# Jimmi Johnson

Der grosse Karamangawald

AF200129

Für Matthias Fischer

Danke für die einzigartige Freundschaft, dein Vertrauen,
deine Treue und dein Verständnis

Und

Für Dario Ballat

Danke für deine Geduld, die lustigen Momente, die tollen
Erinnerungen und ebenfalls deine Treue

Jimmi Johnson Trilogie

Berg Nagur
**Der grosse Karamangawald**
Maskara

Mirco Krättli

# Jimmi Johnson

Der grosse Karamangawald

2. Auflage - April 2019

Bibliografische Information der Deutschen Nationalbibliothek: Die Deutsche Nationalbibliothek verzeichnet diese Publikation in der Deutschen Nationalbibliografie; detaillierte bibliografische Daten sind im Internet über http://dnb.dnb.de abrufbar.

Herstellung und Verlag: BoD – Books on Demand, Norderstedt

ISBN: 978-3-7460-6041-5

# Inhaltsverzeichnis

# Zomga

Die geheimnisvolle dunkle Wolke, die in dieser pechschwarzen Nacht kaum zu erkennen war, bewegte sich schnell.

Den grossen Karamangawald hatten sie bereits überflogen und die mit Fackeln gekennzeichnete Grenze, die diese zwei Ländereien trennte, leuchtete unheilvoll flackernd unter ihren Köpfen auf.

Immer weiter flog die dunkle Wolke ostwärts und das Wetter wurde dabei zunehmend garstiger. Rasch setzte ein eiskalter Regen ein und ein grauenhafter Wind blies ihnen um die Ohren. Die Gegend wurde steiniger, rauer und scharfkantiger. Die Wege verschlangen sich ineinander und spitzige Felsen ragten immer höher in die Luft.

Obwohl die Sicht durch die pechschwarze und stark verregnete Nacht sehr beeinträchtigt war, konnten sie die gewaltige

Bergkette, die von grellen Blitzen überzogen wurde, schon von weit her erkennen. Wie eine einzig grosse, schwarze Wand erstreckte sich diese Bergkette über mehrere Kilometer hinweg.

Eine unsichtbare, finstere Macht schien diesen boshaften Ort zu umgeben und eine Kälte, die nichts mit dem Wetter zu tun hatte, lies ihnen in dieser Gegend buchstäblich das Gehirn einfrieren.

Natürlich fielen nun einige von ihnen wie Steine vom Himmel. Es war der letzte Abschnitt ihrer Reise und es war auch der gefürchtetste. Eingefroren, zu schwach um es mit der eisigen Kälte und mit dieser boshaften Macht, dieses Ortes, aufzunehmen, blieben sie auf dem matschigen Boden liegen. Regungslos, ohnmächtig oder tot.

»Lasst sie! Das wird ihn nicht interessieren! Wir müssen uns beeilen!«, krächzte jemand an der Spitze dieser geheimnisvollen Wolke.

Die Krähen waren beunruhigt. Die Nachrichten, die sie dem dunklen Herrscher von Zomga zu überbringen hatten, waren höchst unerfreulich und bei den Krähen ist es weithin bekannt, dass der dunkle Herrscher eine jähzornige Kreatur ist, die kein Mitleid kannte oder sich gar Verständnisvoll zeigen würde.

Die Berge rückten unaufhaltsam näher und der Anführer flog nun deutlich langsamer. Wenn die Krähen hier nicht aufpassten, würden sie von den dunklen, spitzigen Felsen aufgespiesst werden oder einfach an den dunklen Hängen zerschellen.

Die Krähen wurden von dem Berg regelrecht verschluckt, den sie angesteuert hatten. Die dunkle Wolke war nun nicht mehr zu erkennen. Über eine kleine Nische im Berg gelangten die Vögel in einen schmalen Tunnel, der sie immer weiter in das Innere des Berges hineinführte.

Die Temperatur hatte sich nun deutlich verändert. Innert Sekunden umgab die Krähen eine extreme Hitze und die kam so schlagartig und unerwartet, dass nun nochmals einige Vögel kollabierten und ächzend zu Boden fielen.

Es wurde immer heisser und nun konnten die Krähen den orangen Schimmer erkennen, der am Ende des Tunnels hell aufleuchtete.

Dicht nebeneinander fliegend, schossen die Krähen aus dem Tunnel heraus in eine riesige, steinerne Halle, die mehrere hundert Meter hoch ragte und tief in diesem unheilvollen Berg lag.

Die Halle war im laufe der Zeit komplett aus dem Felsen herausgeschlagen worden und sie hatte schon viele Opfer gefordert, als sie errichtet wurde.

Die Krähen hörten die schwarzen Riesen brüllen, die unten auf dem Boden dieser Halle am Arbeiten waren. Gekonnt schoss der Anführer in einen Sturzflug und die anderen Krähen folgten ihm. Der Lärm in dieser Halle war unerträglich laut. Die Riesen hämmerten mit ihren Werkzeugen so hart auf den Amboss ein, dass der Widerhall das Trommelfell der Krähen beinahe bersten liess.

Feuerstösse zischten aus Schächten am Boden hervor und grillten dabei gleich nochmals ein paar der Krähen, welche unglücklicherweise genau über einem dieser Schächte geflogen waren. Die verbliebenen Vögel flogen zwischen den Riesen und den Feuern hindurch, bis zu einem Tor, das von zwei schwerbewaffneten Trollen bewacht wurde. Schlitternd kamen die Krähen vor den missmutig dreinblickenden Trollen zum Stillstand.

»Lasst uns durch, wir müssen den dunklen Herrscher sprechen!«, krächzte der Anführer der Krähen ungeduldig an die Trolle gewandt.

Die Trolle stiessen das Tor nach innen auf und die Krähen trippelten hindurch.

Wieder standen sie in einer Halle, doch diese war nicht zu vergleichen mit der grossen Halle, durch die sie gerade hindurchgeflogen waren.

In dieser Halle war es leise, muffig und düster. In dem spärlichen, unheilvollen Licht, konnte der Anführer der Krähen auf der gegenüberliegenden Seite den Thron erkennen, auf dem der dunkle Herrscher sass.

Die Krähen kannten seinen Namen und sie kannten seine Geschichte. Bei jedem Treffen erinnern sich die Krähen wer ihr Anführer ist und was er bereits für sagenumwobene Taten vollbracht hatte. Unwillkürlich schoss es dem Anführer der Krähen noch einmal durch den Kopf.

Das Wesen heisst Volador. Er ist einer der drei Herrscher des Bösen von Atramonia. Sein Name ist weithin bekannt und die Sagen, die sich um diese Kreatur drehen, lassen einem das Blut in den Adern gefrieren.

Legenden zufolge war Volador, vor langer Zeit, einer der letzten Drachentöter von Atramonia. Vor einigen hundert Jahren stand er dem gefürchtetsten aller Drachen, Slaughter, gegenüber.

Das Ungeheuer war mächtig, klug und blutrünstig. Dennoch konnte Volador den Feuerspeier bezwingen und als Andenken an diese ruhmreiche Tat, behielt er den Kopf des Drachen. Dies besiegelte sogleich das Schicksal des Drachentöters.

Während dem Duell mit dem Drachen hatte sich Volador eine offene Wunde zugezogen und das Blut von Slaughter und Volador vermischte sich noch in dieser jenen, denkwürdigen Nacht.

Jahr für Jahr ging es Volador schlechter. Seine Gedanken wurden, wie ein sehr langsam wirkendes Gift, vom Bösen befallen. Der Drache schlängelte sich durch seine Gedanken wie ein unsichtbarer Schatten.

Immer weiter zog sich der einst anständige Mann und Held von Atramonia in den Norden zurück. Geblendet von Hass fing er an wahllos Leute zu ermorden. Er trank ihr Blut und schändete ihre Leichen.

Seine Taten blieben nicht unbemerkt. Nach und nach scharten sich Gleichgesinnte um ihn herum, die von seinen Taten begeistert waren und die bereit waren, seine Untertanen zu werden.

Die Schaar suchte sich eine neue Heimat in der sie unter sich sein konnten. Im Nordosten von Atramonia fanden sie eine abgelegene Bergkette, die noch am selben Abend auf Zomga getauft wurde.

In seiner dunklen Höhle betrachtete Volador täglich sein Spiegelbild. Obwohl er etliche Narben am Körper und im Gesicht hatte, gefiel ihm sein Spiegelbild nicht. Der Drachen in ihm war nicht zufrieden.

Immer häufiger schändete er sich selbst mit seinem sagenumwobenen Schwert, dass Slaughter erschlagen hatte. Volador verstümmelte sich immer blutiger, immer brutaler. Seine Qualen wurden unerträglich.

Eines Tages hatte er genug. Er musste nun etwas dagegen unternehmen und so entsandte er eine Truppe von seinen treuen Untertanen in das Reich der Hexen.

Viele Geschichten hatte er von dieser sonderbaren Hexe bereits gehört. Sie war mächtig und in ganz Atramonia bekannt und er musste sie für seine Zwecke haben.

Endlich, nach mehreren Wochen in denen Volador unendliche Qualen erlitten hatte, traf die Hexe ein. Gefesselt, geknebelt, voller Angst und trotzdem bei vollem Bewusstsein und gesund. Unter Folter verriet die Hexe, dass sie eine Gabe besässe. Sie konnte chirurgische Eingriffe vornehmen, die bis anhin nicht einmal annähernd vorstellbar gewesen wären.

Die Blitze krachten auf die Berge von Zomga nieder. Regen prasselte auf die Felsen, als wäre es der Untergang der Welt und als wüsste der Himmel ganz genau, was in den dunklen Tiefen von Zomga vor sich ging.

Volador lag auf dem Tisch, der Drachenkopf von Slaughter lag neben ihm bereit und die Hexe begann mit ihrer Arbeit.

Schreie, wie sie in ganz Atramonia noch nie zuvor zu hören gewesen waren, liessen die Berge von Zomga regelrecht erzittern.

Die Arbeit war getan, das Werk vollbracht. Dichter, grauer Qualm umgab den Tisch auf dem Volador lag.

Mit rasselndem Atem hob er seinen Körper in eine aufrechte Position. Sein Kopf war nun viel schwerer als vorher und seine Pupillen hatten sich zu Schlitze verwandelt.

Schemenhaft erblickte er die Hexe, die ihn operiert hatte. Er sah die Angst in ihren Augen, er sah wie sie sich fürchtete. Als er sich im Spiegelbild betrachtete, begutachtete er seinen neuen Kopf und er begann zu lachen. So düster, so unheilvoll und so böse, dass die Wände bebten.

Slaughdor war geboren. Der Drachen wurde wiederbelebt. Bereit alles und jeden zu unterwerfen, bereit ein neues, dunkles Zeitalter hervorzurufen.

»Oh Dunkelster! Ich verbeuge mich ehrfürchtig vor eurer Herrschaft. Ich bitte darum sprechen zu dürfen, mein oberster Meister«, sprach der Anführer der Krähen und verbeugte sich vor dem Thron. Noch konnte er den dunklen Herrscher nicht sehen, da dieser verborgen im Schatten sass.

»Es sei dir gewährt, Krähe«, antwortete eine zischende Stimme aus der Dunkelheit heraus und gräulicher Rauch erschien im fahlen Licht einer Fackel

»Meister, ich habe beunruhigende Nachrichten, die ich Euch schweren Herzens überreichen muss!«, begann der Anführer und brach kurz ab, da er befürchtete, dass der dunkle Herrscher eine Reaktion zeigen würde.

Slaughdor reagierte nicht und so fuhr die Krähe fort: »Meister, wie Ihr uns befehligt habt, suchten wir eine aussergewöhnliche Gruppe, die sich auffällig in Richtung des Berges Nagur fortbewegen sollte.«

Wieder hielt die Krähe inne, doch auch jetzt zeigte der dunkle Herrscher keine Reaktion.

»Wir haben sie entdeckt. Bei den Trollenhügeln. Wir haben sie in der Obhut zweier Trolle gelassen, die sich um die Gruppe kümmern sollten. Leider konnte die Gruppe entkommen, oh Dunkelster.«

Nun zeigte Slaughdor eine erste Reaktion. Die Krähe konnte ihn schwer atmen hören und der gräuliche Rauch verdichtete sich im fahlen Licht der Fackel. Dies verriet der Krähe sofort, dass die Nachricht seinem Meister gar nicht gefiel. Voller Angst und mit etwas zittriger Stimme fuhr sie fort.

»Meister, die Gruppe konnte nach Nagur gelangen und schliesslich ist ihnen sogar der Einstieg in den Berg Nagur gelungen.«

Die Kreatur auf dem Thron beugte sich nun ein wenig vor, sodass ihn der Anführer der Krähen betrachten konnte.

Die Krähe hatte Slaughdor bereits mehrere Male gesehen, doch immer wieder erschauderte er bei diesem Anblick. Der rote Drachenkopf mit den stechenden, orange- glühenden Augen blickte von oben herab auf die Krähe herunter. Die Nüstern weiteten sich dabei unheilvoll. Der menschliche Körper von Slaughdor war alles andere als normal. Stacheln drangen ihm an etlichen Stellen hervor und seine Haut war schuppig. Er war muskulös, doppelt so gross wie ein normaler Mensch und an seinen Fingern wuchsen scharfe Krallen hervor.

»Sage mir, kleine Krähe, was ist danach passiert? Konnten die Skaps diese Gruppe aufhalten?«, zischte der dunkle Herrscher und stiess dabei wiederum grauen Rauch aus seinen Nüstern.

Die Krähe schluckte schwer.

»Meister, ich bitte euch, verschont uns! Wir hatten keine Chance! Wir wussten dazumal noch nicht, dass die Gruppe in den Berg gegangen war. Zu diesem Zeitpunkt hielten wir uns in der Stadt Nagur auf und suchten sie!«

Das Geschöpf stand auf und stieg langsam gehend die kurze Treppe von seinem Thron herunter. Slaughdor stand nun direkt vor den Krähen, die im Vergleich zu seiner monströsen Gestalt wie kleine Brotkrümel wirkten.

»Du willst mir doch nicht etwa sagen, dass diese Gruppe es tatsächlich geschafft hat, den Berg, der sich in unserer Hand befindet, lebend wieder zu verlassen?«

Die Krähe sackte nun zusammen. Mit aller Willenskraft versuchte sie in die orangen, schlitzartigen Augen zu blicken, doch es gelang nicht.

»Doch, Meister. Eines Tages sahen wir eine Gruppe von Kobolden, vom Berg Nagur her, in die Stadt gelangen. Sie hatten den Kobolden dabei, der es uns ermöglicht hatte, den Berg in unsere Hand zu bekommen. Dieser Kobold wurde noch an demselben Tag hingerichtet. Wir haben uns danach sofort auf den Weg zum Berg gemacht und die wenigen verbliebenen Skaps berichteten uns, dass es der Gruppe gelungen war, den Berg unversehrt zu verlassen.«

Der dunkle Herrscher schrie auf vor Zorn und die Krähen wagten es nicht sich zu bewegen. Ihre kleinen schwarzen Augen blickten das Monster ängstlich an.

»Nun denn. Sie sind weiter gekommen, als ich gedacht hatte«, gab Slaughdor zu und fuhr an die Krähen gewandt fort: »Ihr werdet die verbliebenen Skaps benachrichtigen, dass sie sich unverzüglich nach Schloss Mortenstein zurückziehen sollen!«

»M-Meister e-es gibt keine übrigen S-Skaps mehr. Die Kobolde der Stadt N-Nagur h-haben den Berg z-zurück erobert. W-wir konnten g-gerade n-noch so f- flie …«

Weiter kam der Anführer der Krähen nicht. Slaughdor, der Unbarmherzige, raste vor Wut. Wild schreiend streckte er alle Krähen nieder, die er mit seinem Schwert erreichen konnte. Die wenigen verbliebenen Krähen stoben in wilder Panik davon. Slaughdor spie Feuer. Er grillierte jede Krähe, die er erwischen konnte. Nur wenige Krähen überlebten und die flüchteten in die grosse Halle zurück.

Nach einigen Minuten beruhigte sich Slaughdor wieder ein wenig. In Gedanken vertieft setzte er sich wieder auf seinen Thron. Die Gruppe musste noch kilometerweit von der Elfenstadt entfernt sein. Es gab noch einige Gelegenheiten den Jungen zu töten, ehe er sich diese Waffen schnappen konnte und ausserdem hatte er noch ein Ass im Ärmel, das goldwert war. Slaughdor atmete einige Male tief durch. Noch mehr Qualm entfloh seinen Nüstern. Welchen Weg würde die Gruppe wohl einschlagen? Dies musste er sich genauestens überlegen und die weiteren Schritte planen, sodass diese Gruppe Maskara niemals erreichen wird.

»Snog! Komm her! Du musst zwei Nachrichten nach Mortenstein überbringen«, zischte Slaughdor in Richtung einer dunklen Ecke der Halle. Aus dem Schatten heraus kam eine kleine, listig aussehende Eidechse geschlichen.

»Sage ihnen, der Angriff auf Bärenstadt wird bald beginnen. Sobald Zomga bereit ist, entsenden wir die schwarzen Riesen nach Schloss Mortenstein und danach soll der Angriff gestartet werden. Du erzählst ihnen ausserdem genau das, was mir diese verfluchte Krähe erzählt hat. Sage ihnen, dass sie an den Grenzen Patrouillen aufstellen sollen. Ich weiss nicht, was Tados gedenkt zu tun, doch ich denke er wird einen Plan haben. Mortenstein soll trotzdem nach der Gruppe Ausschau halten! Überreiche ihnen dieses Bild, damit sie wissen, wie sie aussehen.«

Slaughdor überreichte Snog ein kleines Bild, auf dem ein schmächtiger Junge, ein Elf, ein Bär, ein weisser Ritter, ein Werwolf, ein junger und ein alter Kobold zu sehen waren.

Glücklich lächelten sie in die Kamera, als herrschte Frieden auf dieser Welt. Doch dies würde sich bald ändern.

Listig grinsend nahm Snog das Bild entgegen und verstaute es sicher in einer Tasche, welche er um seinen dürren Echsenkörper geschlungen hatte.

»Der Sieg wird unser sein, Meister. Das Versagen der Krähen war nur ein kleiner Rückschlag!«, zischelte Snog und machte sich sogleich auf den Weg, seinen Auftrag zu erfüllen.

# Gerüchte und Legenden

»Was in aller Welt soll das sein?«

Die Gruppe sass am Rande des Berges Nagur, gut versteckt in einem kleinen aber sehr dicht bewachsenen Wald, der ihnen genug Schutz vor unerwünschten Blicken bot.

»Das sind verschieden Pilze, du Idiot. Habe ich hier in diesem Wald gefunden«, brummte Rombo und rührte in seiner Pilzsuppe herum.

Wandak, der sich über den Kessel gebeugt hatte um das Gebräu zu betrachten, wich mit einem Würgen zurück.

»Ich mag Pilze, aber was du hier veranstaltest ist ja grauenhaft!« bemerkte der Kobold mit mürrischer Miene.

»Na wenn es dir nicht passt, kannst du ja dein eigenes Futter suchen!«, giftete Rombo zurück und der Kobold machte sich fluchend davon, mit dem Ziel etwas Essbares zu finden.

Jimmi sass ein wenig abseits von der Gruppe an einen Baum gelehnt und betrachtete verträumt seinen Ring am Finger, den er von Faldok bekommen hatte. Nach der anstrengenden Tour durch den Berg Nagur hindurch, hatte Handor ihnen zwei Tage Ruhepause erlaubt und Jimmi fühlte sich bereits um einiges fitter, als noch vor wenigen Tagen.

Am nächsten Tag wird die Reise weitergehen und wie Handor es immer wieder zu verstehen gab, hatten sie noch eine sehr lange Reise vor sich, ehe sie nach Maskara, der Stadt der Elfen, gelangen würden.

Jimmi sah auf und blickte in die Runde. Sir Larzeron war mit dem Buch beschäftigt, das Gamba mit auf die Reise genommen hatte und das voll mit Ideen und Anweisungen gegen Krankheiten und Verletzungen war.

Gabamanga schärfte seinen Säbel mit seinen eigenen Krallen und das Geräusch liess Jimmi die Haare zu Berge stehen.

Rombo war mit seiner Pilzsuppe beschäftigt und Wandak war fortgegangen um andere Nahrung zu suchen. Handor entdeckte Jimmi angelehnt an einen Baum. Der Elf schlief eine Runde und liess tiefe Atemzüge von sich hören.

Gamba, sein Hausäffchen, hatte Jimmi seit einigen Stunden nicht mehr gesehen, doch er machte sich deswegen keine grossen Sorgen. Das Äffchen war schon früher, als Jimmi und er noch in Xandera gelebt hatten, in den Hexenwald verschwunden und er tauchte damals tagelang nicht zu Hause auf.

Jimmi Johnson vermisste sein zu Hause nicht. Für ihn war es wie ein Traum, der in Erfüllung gegangen war. Er konnte dem elenden Dasein des Armenviertels von Xandera entfliehen. Der unbeliebten Backstube, den unfreundlichen Menschen, der stinkenden Gruft seines Dorfes. Seinen Vater vermisste er allerdings schon, wie er in letzter Zeit mehrfach festgestellt hatte. Trotz der kalten Beziehung, die sie über mehrere Jahre miteinander gehalten hatten, zeigte Jimmis Vater doch einige Zuneigung für seinen Jungen, als dieser sich zusammen mit Handor auf die gefährliche Reise begab. Es gab jedoch noch einen weiteren Menschen, den er vermisste und diesen Menschen wird Jimmi nie wieder sehen können.

Der Tod von seiner Mutter Cecilia hatte seinen Vater damals völlig aus der Bahn geworfen. Jimmi war sich dessen bewusst und nichts desto trotz, hätte sein Vater ihm mehr Aufmerksamkeit schenken sollen in all der Zeit. Es ist eine grosse Last für Jimmi, dass er nur so kurze Zeit mit seiner Mutter verbringen durfte und er vermisst sie schmerzlich.

Mit einem leisen Seufzer erhob sich Jimmi und ging zu Rombo hin, der nach wie vor in seinem Topf rührte.

»Alles klar, Junge?«, brummte Rombo ohne dabei von seinem Suppentopf aufzublicken.

»Ja, alles bestens«, antwortete Jimmi nicht ganz wahrheitsgetreu und bückte sich über den Kessel um die Pilzsuppe zu begutachten.

»Waren ein paar anstrengende Wochen, was?«, brummte der Bär einfühlsam und schmiss dabei einige Kräuter in seine Pilzsuppe.

»Ja, war ziemlich heftig«, antwortete Jimmi knapp.

Rombo, der offensichtlich nicht zugehört hatte, löffelte mit seiner Kelle ein wenig Suppe heraus um sie abzuschmecken. Der Bär liess ein zufriedenes Grunzen von sich hören und begann damit, hölzerne Schalen, die er am Morgen selbst geschnitzt hatte, zu befüllen.

»Ey! Seht mal was ich da gefunden habe!«, hörte Jimmi eine erfreut klingende Stimme hinter einem Baum hervorrufen. Rasch drehte er sich um und entdeckte Wandak, der ein riesiges Wildschwein hinter sich herzog. Der Kobold hatte dabei ein für ihn typisch hämisches Grinsen aufgesetzt.

»Oh nicht doch«, hörte Jimmi Rombo grummeln.

»Sieh her, Meister Petz! Das nenn ich Futter!«, frohlockte der Kobold und warf das Wildschwein vor die Füsse des Bären.

»Ich habe Suppe gemacht, du Idiot! Ich werde auf keinen Fall auch noch dieses Schwein zubereiten!«, knurrte Rombo missmutig, doch Jimmi sah es in seinen schwarzen Augen. Der Bär hatte durchaus Lust auf das Wildschwein, obwohl er dies gegenüber Wandak niemals zugeben würde.

»Ach komm schon Dicker! Ich zieh dem Ding das Fell ab. Dein Feuer brennt doch noch. Dann nehmen wir deine Suppe eben als Vorspeise«, antwortete Wandak mit bemüht freundlicher Stimme.

Nach mehrmaligem Bitten des Kobolden stimmte Rombo schliesslich zu und fing an das Wildschwein über dem Feuer zu braten.

Nach dem üppigen Abendessen bestand Handor auf eine kleine Sitzung, da er seinen Plan mit dem Rest der Gruppe teilen wollte.

»Nun denn«, begann Handor und breitete seine Karte in der Mitte ihres kleinen Kreises aus. »Wie ihr seht, sind wir hier«, er deutete mit dem Finger auf den östlichen Rand des Berg Nagur. »Wie schon in Xandera besprochen, werden wir den Totensee überqueren müssen um weiter in Richtung Bärenstadt zu gelangen.«

»Handor!«, unterbrach Rombo den Elfen und alle blickten den Bären an.

»Ich habe nach wie vor Bedenken! Schon bei dem Gedanken daran, diesen verfluchten See zu überqueren, stellt es mir den Pelz auf. Es gibt Gerüchte und Legenden, dass die Toten des BALS Krieges nicht erfreut sind, wenn man versucht ihr Gebiet zu durchqueren!«

Handor blieb bei diesen Worten gelassen und liess sich Zeit mit der Antwort.

»Nun, da wir die Grenze zum Karamangawald möglichst lange meiden wollen, sehe ich leider keinen anderen Weg, den wir einschlagen könnten«, antwortete der Elf endlich.

»Wir könnten bei Nacht reisen. Wir würden weniger auffallen«, konterte Rombo, allerdings nur halbherzig.

»Auch wenn wir in der Nacht reisen würden ... unser Eindringen in den Berg Nagur wird nicht unbemerkt geblieben sein. Die dunklen Mächte rechnen wahrscheinlich damit, dass wir uns an der Grenze des Karamangawaldes durchschlagen, denn das ist der kürzeste Weg um nach Bärenstadt zu gelangen«, meldete sich der weisse Ritter zu Wort.

»Völlig richtig«, pflichtete Handor ihm bei und fuhr fort: »Wir müssen den Weg wählen, der das Böse am wenigsten vermutet und das führt uns unweigerlich über den Totensee. Ausserdem, mein lieber Rombo, was genau denkst du, können uns diese Toten antun? Sie sind tot und damit auch keine Gefahr für uns!«

# Lima

Noch bevor die Sonne aufgegangen war, packte die Gruppe ihre Sachen zusammen und Handor führte sie an, weiter in Richtung Osten und damit weiter in Richtung Bärenstadt, das ein weiteres, grosses Zwischenziel auf ihrer Reise war.

Jimmi hatte sich in den letzten beiden Tagen gut erholt und er freute sich richtig, dass sie nicht mehr in den dunklen Stollen des Bergs Nagur unterwegs waren.

Handor führte die Gruppe nicht über den normalen, geebneten Weg nach Lima. Immer wieder lotste der Elf sie durch hohes Gras, dichte Sträucher und viele kleine Wäldchen hindurch. Der Elf wollte es allfälligen Verfolgern so schwer wie nur möglich machen.

Jimmi war es egal. Er freute sich über den milden Herbsttag. Die Sonne schien und seine Laune war glänzend.

»Hierr beginnt derr Dorrnenweg«, meldete sich Gabamanga unerwartet zu Wort und Jimmi folgte dem Blick des Werwolfes, der nach rechts gerichtet war.

Ein wenig entfernt von ihnen erblickte Jimmi tatsächlich etwas, das aussah wie ein uralter, mit Unkraut überwucherter Torbogen. Dahinter konnte Jimmi einen Weg erkennen, der breit angelegt und von dichten Sträuchern umgeben war. Für Jimmi hatte dieser Eingang etwas Düsteres an sich und dies machte ihn neugierig.

»Wohin führt dieser Weg?«, wollte er stutzig von Gabamanga wissen.

»Bis in die Nähe von Krrokendarr«, antwortete der Werwolf. »Allerrdings ist es ein sehrr gefährrlicherr Weg, err führrt zwischen derr Wüste Grrebold und dem Karramanga Wald hindurrch. Doch das allerrgefährrlichste ist, dass du wahnsinnig werrden könntest wenn du ihn durrchläufst.«

»Wieso sollte man wahnsinnig werden?«, fragte Jimmi und blickte verdutzt auf den doch recht breit angelegten Weg.

»Einen Monat ist man auf dem Weg unterrwegs und derr ganze Weg ist von dichtem Dorrnengestrüpp umgeben. Es gibt keinen Ausweg, bis man das anderre Ende errreicht hat«, knurrte Gabamanga.

»Weshalb ist dieser Weg von Dornengestrüpp umgeben? Man könnte es doch einfach abbrennen oder etwas in der Art«, sagte Jimmi etwas ungeduldig. »Ausserdem, warum nehmen wir nicht den Dornenweg?«, fügte er noch etwas plump hinzu.

Den Dornenweg zu nehmen wäre doch um einiges vernünftiger, als den weiten Umweg zu gehen, den die Gruppe geplant hatte. Sie könnten sich etliche Wochen ihrer Reise sparen. Krokendar lag in der Nähe von Maskara, dem Ziel ihrer Reise, dies wusste Jimmi. Ausserdem würde sich die Gruppe den grössten Teil des grossen Karamangawaldes sparen können.

»Der Weg wird überwacht«, sagte Handor schlicht an Jimmi gewandt.

»Ich sehe hier niemand, der den Weg bewacht«, antwortete Jimmi prompt.

»Am anderen Ende ganz bestimmt, und es wäre töricht dem Feind im grossen Karamangawald in die Arme zu laufen«, gab Handor gelassen zurück.

Jimmi verstand es nicht wirklich. Immerhin hatten sie die Skaps besiegt und jedem Kampf werden sie wohl kaum aus dem Weg gehen können.

Dennoch zog Handor immer weiter ostwärts und der Torbogen verschwand aus ihrem Blickfeld.

»Für was wurde dieser Weg überhaupt gebaut?«, fragte Jimmi nach einigen Minuten mit neugieriger Stimme. Aus einem unbestimmten Grund liess ihn dieser so verlockend scheinender Weg einfach nicht los.

»Das ist ein Sklavenweg, mein Junge«, knurrte Wandak mit finsterer Miene.

»Ein Sklavenweg?«, horchte Jimmi erstaunt auf. »Und zu welchem Zweck wurde er denn nun gebaut?«, fügte er hastig hinzu, ehe ihm jemand dazwischen reden konnte.

»Natürrlich um die Sklaven hindurrchzuschicken«, antwortete Gabamanga.

»Die Sklaven wurden hindurchgeschickt? Ohne Bewachung?« fragte Jimmi verwundert. »Die hätten doch fliehen können!«, fügte er stutzig hinzu.

»Du hast mirr nicht rrichtig zugehörrt, Junge«, knurrte der Werwolf. »Derr Weg ist umgeben von Dorrnen, es gibt nurr eine Rrichtung. Gib ihnen zu wenig Wasserr, gib ihnen zu wenig Brrot und die Sklaven beeilen sich automatisch um an das anderre Ende des Weges zu gelangen. Schlicht um zu überrleben.«

Die Stimme von Gabamanga hatte sich in einen düsteren Ton verwandelt und seine Augen verengten sich zu einem hasserfüllten Blick.

»Was waren das für Sklaven und wer waren die Sklaventreiber?«, keuchte Jimmi mit erschrockener Stimme.

»Wilde, die von einer grossen Insel auf dem Meer hierher auf das Festland kamen. Sie brachten Sklaven zu uns in die grosse Stadt«, antwortete, zu Jimmis Überraschung, der weisse Ritter mit erbitterter Miene.

Handor drängte sie zur Eile und Jimmi war froh darüber, denn die Stimmung war nach dieser Geschichte sehr betrübt und er versuchte sie schnell wieder aus dem Kopf zu kriegen.

Die Gruppe legte nun ein ordentliches Tempo an den Tag und noch vor Sonnenuntergang erreichten sie die Grenze zu Lima. Die Stadt konnten sie noch nicht sehen, doch Handor versicherte ihnen, dass sie am nächsten Morgen um die Mittagszeit herum dort eintreffen würden.

Jimmi war froh, dass er sich ein wenig zur Ruhe setzen konnte. Er verschlang sein Abendessen, das aus den Resten des Wildschweins bestand, rasch hinunter und legte sich auf die Erde hin. Er zog sich seinen wärmenden Elfenmantel über den Körper und starrte in die Sterne, die Hell am Himmel schimmerten.

Die Geschichte vom Dornenweg wirrte ihm noch lange im Kopf herum und hinderte ihn lange am Schlafen. Erst als der Mond bereits hoch am Himmel stand, döste Jimmi schliesslich ein.


»Aufstehen, heute begegnen wir den Toten vom BALS Krieg!«, hörte Jimmi die Stimme von Wandak am nächsten Morgen brüllen, wobei eine gehörige Portion Sarkasmus darin herauszuhören war.

»Das ist nicht komisch, du dämlicher Wicht!«, brummte Rombo, der sich schlaftrunken die Augen rieb.

»Ich erzittere vor Angst. Ihre durchsichtigen Schwerter werden uns den Garaus bereiten«, krächzte Wandak mit übertrieben ängstlicher Stimme.

»Ich bring ihn um. Eines Tages ist es soweit und ich steck ihm meine Lanze in seinen runzligen, grünen Bauch«, hörte Jimmi den Bären wettern, doch zum Glück hörte es Wandak nicht.

Bereits war die Gruppe wieder einige Stunden unterwegs, als Handor mit seinem Zeigefinger bedeutungsvoll in die Ferne zeigte.

Jimmi konnte einige Häuser erkennen, die von weit her gesehen sehr ramponiert aussahen. Etwas zog seinen Blick allerdings mehr an, als die ramponierten Häuser von Lima. Ein grünliches Licht schien hinter der Stadt unheilvoll aufzuleuchten und für Jimmi war augenblicklich klar, dass dieses Licht vom Totensee stammen musste. Ihm lief es kalt den Rücken herunter, als er dieses unnatürliche Schauspiel betrachtete.

»Am besten verschanzen wir uns am Nachmittag in einer dieser Hütten«, bemerkte Handor, mehr an sich selbst als an die Gruppe gerichtet.

»Die sehen allerdings sehr baufällig aus«, bemerkte Sir Larzeron mit gerunzelter Stirn.

»Schauen wir nach«, antwortete Handor gelassen und ging voran, der Stadt Lima entgegen.

Es dauerte nicht lange und sie erreichten die ramponierte Stadt. Langsam und vorsichtig schlichen sie sich durch ein grosses Chaos hindurch.

Die Stadt war gezeichnet vom BALS Krieg. Grosse Schutthaufen lagen überall auf dem Boden verstreut herum. Alles war verstaubt und vergilbt und passend zu der Umgebung war es mucksmäuschenstill in der Stadt und dies liess sie wahrlich geisterhaft erscheinen.

Die Hütte, vor der die Gruppe nun stand, war aus Holz gefertigt. Grosse Löcher klafften darin und wirklich viel war von dem Gebäude nicht mehr übrig.

Jimmi hatte kein gutes Gefühl dabei, doch Handor zuckte nur mit den Schultern und ging voran. Es war das noch am besten aussehende Haus, das sie bisher gesehen hatten.

Als der Elf die Türe nach innen aufstossen wollte, krachte sie einfach nach zu Boden. Die Gruppe trat mit einem mulmigen Gefühl hinein und es herrschte ein unglaubliches Chaos darin. Die Decke war zwar noch da, doch auch sie hatte grosse Löcher vorzuweisen. Jimmi entdeckte abgebrochene Felsstücke, die überall verstreut auf dem Boden herumlagen und ihm dämmerte es langsam, mit was dieses Haus beschossen worden war.

Jimmi hatte nach wie vor ein mulmiges Gefühl in der Magengegend. Handor allerdings, beschloss, dass die Hütte vorerst ein geschützter und geeigneter Unterschlupf für die Gruppe darstellte und so machten sie es sich so gut wie es nur ging gemütlich.

Jimmi hatte es bereits nach kurzer Zeit satt, irgendwo herumzuliegen und so entschloss er sich die Hütte genauer zu untersuchen. Nebst einfachen, aus Holz gefertigten Utensilien zum Kochen, kaputten Tischen und Stühlen, sah er auch eine offene Feuerstelle. Die Feuerstelle sah so alt aus, dass ihm dabei eine Frage durch den Kopf schoss.

»Wie lange ist dieser Krieg her?«, fragte er in die Runde.

»Schon ewig her. Den Büchern nach vor über 600 Jahre«, antwortete der weisse Ritter mit einem Seitenblick auf Jimmi.

*600 Jahre*, dachte sich Jimmi erstaunt.

Seine Neugierde war geweckt und rasch blickte er weiter in dem Raum um. Nach wenigen Sekunden entdeckte er das, was er gesucht hatte. Ein Regal mit uralt aussehenden Büchern, deren Einband schon längst zerfallen war, stand verstaubt an einer löcherigen Wand.

Rasch ging Jimmi zu den Büchern hin und zog wahllos eines aus dem Regal heraus. Dicker Staub kam ihm dabei entgegen und nach einem kleinen Hustenanfall schlug er das Buch auf.

Die Schrift war sehr gewöhnungsbedürftig. In der jetzigen Zeit würde wohl niemand mehr mit dieser Schrift schreiben und Jimmi musste mit zusammengekniffenen Augen lesen, damit er die Schrift entziffern konnte.

Der Rat der vier Seestädte von Balsaria, Akara, Lima und Janderaga sind heute in der neutralen Zone, der Sandinsel auf dem See zusammengekommen. Als Schreiberling für Lima konnte auch ich mitgehen und den Gesprächen lauschen. Ziel war es, was ich schon vorher wusste, einen neuen Handelsvertrag abzuschliessen. Denn Geschichten nach zu beurteilen, die mir von meinem Meister erzählt wurden, war das schon immer ein sehr schwieriges Thema, doch die heutige Sitzung löste in mir nur ein Gefühl aus. Angst! Die obersten Räte stritten sich über mehrere Stunden hinweg und schlussendlich wurde mit Krieg gedroht. Ich hoffe, dass der Rat noch eine Lösung finden wird, doch es sieht sehr schlecht aus.

Jimmi überflog einige Seiten und las weiter.

Heute erhielt ich den erwarteten, doch so unverhofften Brief von der Regierung Limas. Ich werde für den Krieg eingezogen. In 2 Tagen muss ich mich zur Verfügung stellen und für meine Stadt kämpfen. Meine Träume sind dahin. Wenn ich überleben sollte, werde ich verschwinden.

Jimmi hörte auf zu lesen und klappte das staubige Buch wieder zu. Er wusste genau, dass dieser Schreiberling den Krieg nicht überlebt hatte, ansonsten wäre das Buch wohl nicht mehr in diesem Regal gewesen. Ein Schauer lief ihm eiskalt den Rücken herunter bei dem Gedanken daran, dass er unfreiwillig für einen Krieg eingezogen worden wäre.

»Doch im Grunde«, dachte sich Jimmi, »ergeht es mir auch nicht besser. Das hier kann man durchaus auch als Krieg bezeichnen, mit dem Unterschied, dass auf meinen Schultern noch einiges mehr lastet.«

Jimmi kam ins Grübeln und schliesslich hielt er es nicht mehr aus.

»Was soll das?«, sprach er Handor an, der ihm verwirrt und mit gerunzelter Stirn seinen Kopf zuneigte.

»Was soll was?«, fragte der Elf.

»Einen Krieg zu führen, weil man sich über einen Handelsvertag nicht einigen konnte? Das ist doch absurd!«

Handors Blick wanderte auf das Buch, das Jimmi noch immer in den Händen hielt. Der Elf seufzte auf.

»Überlege doch mal, Jimmi. Was würde passieren, wenn die grosse Stadt sich auf einen Schlag weigern würde, die Händler von Xandera mit Waren zu beliefern?«, fragte Handor an Jimmi gewandt.

Jimmi stutzte kurz und nahm sich Zeit für die Antwort.

»Naja, die grosse Stadt erhält doch Gold von Xandera«, sagte er schliesslich. »Wieso sollten sie diesen Zufluss stoppen wollen?«, fügte er noch fragend hinzu.

»Nehmen wir mal an, es gäbe eine Plage, eine Dürre oder eine sonstige Katastrophe. Die Ernten von der grossen Stadt wären dahin und sie hätten nicht einmal mehr genügend Ware um sich selber zu versorgen«, sagte Handor gelassen.

Langsam dämmerte es Jimmi worauf Handor hinaus wollte.

»Die grosse Stadt würde in erster Linie natürlich auf die eigenen Bewohner Rücksicht nehmen müssen«, bemerkte er folgerichtig.

»Richtig!«, antwortete Handor mit einem Seitenblick auf Jimmi. »Und was würde nun mit Xandera geschehen?«, fragte Handor weiter.

»Wir würden verhungern«, antwortete Jimmi.

»Und bevor ihr verhungert? Was würde Xandera da tun?«, drängte Handor weiter.

»Zusehen, dass wir eine andere Nahrungsquelle finden. Ein Krieg gegen die grosse Stadt würde Xandera verlieren!«, grummelte Jimmi.

»Schön und gut«, begann Handor noch immer sehr ruhig, »aber der Hexenwald bietet zu wenig Nahrung für Xandera und die Obstplantagen reichen euch vielleicht für einen, zwei Monate.«

»Xandera wäre nicht so dumm sich mit der grossen Stadt anzulegen«, sagte Jimmi stur.

»Jimmi, es geht mir um das Prinzip«, seufzte Handor. »Von mir aus kann es auch Nagur sein, die ausgebildete Krieger haben und die für ihr Volk etwas zu essen brauchen. Die Blicke wenden sich dann schnell zu dem Ort hin, an dem es noch einige letzte Rohstoffe und Nahrung gibt«, fügte Handor hinzu.

»Deswegen kann man doch verhandeln!«, sagte Jimmi uneinsichtig.

»Die grosse Stadt wäre kaum in der Lage die eigene Bevölkerung zu ernähren, doch die Kobolde stehen vor ihrer Türe. Die Kobolde denken, dass die grosse Stadt mehr als genügend Nahrung zur Verfügung hat. Die Verhandlungen scheitern und es kommt zum Krieg«, mischte sich Sir Larzeron in das Gespräch mit ein.

Jimmi hatte weiterhin eine uneinsichtige Miene aufgesetzt.

»Bevor du und dein Volk verhungert, würdet ihr auch kämpfen. Auch wenn die Ausgangslage noch so sinnlos erscheint, und nun genug davon!«, fügte Handor bestimmt hinzu und machte Jimmi damit deutlich, dass er nicht mehr über dieses Thema sprechen wollte.

Jimmi liess von Handor ab und setzte sich auf einen noch intakten Holzstuhl. Mit solchen Gedanken hatte sich Jimmi noch nie beschäftigt. Für ihn hatte es immer genug Brot zu essen gegeben und wie er wieder einmal feststellen musste, war dies ein sehr grosser Luxus, täglich frisches Brot auf dem Tisch zu haben.

Die Nacht brach über der zerstörten Stadt herein und Jimmi fühlte sich schläfrig. Rombo und Gabamanga hatten die undichten Stellen in der Hütte notdürftig mit Brettern zugenagelt und in der Feuerstelle prasselte nun ein Feuer.

»Alles in allem«, dachte sich Jimmi »ist es gemütlich und warm.«

Jimmi schlief ein, ohne sich über die Toten vom BALS Krieg oder über den Krieg im Allgemeinen noch weitere Gedanken zu machen.

Der nächste Morgen brach an und Jimmi wurde von einem herrlich riechenden Duft, der von dem altmodischen Herd herüberwehte, geweckt. Er richtete sich auf und stellte fest, das Wandak pfeifend und mit fröhlicher Miene einige Eier am Braten war.

»Sag mal, woher hast du diese Eier?«, fragte Rombo, der aufgestanden war und mit hungrigem Blick die herrlich brutzelnden Spiegeleier betrachtete.

»Von dem Dach«, frohlockte Wandak. »Da hat es mehrere Vogelnester. Ich bin ein wenig früher aufgestanden, da ich die Geister vom BALS Krieg sehen wollte«, fügte Wandak mit einem schnaubenden Lachen hinzu.

Jimmi nahm sich ein wenig von den gebratenen Eiern und fing an sie zu verspeisen. Handor begrüsste sie mit einem »guten Morgen« und berichtete sogleich, wie es an diesem Tag weiterging.

»Damit wir den See überqueren können, müssen wir erst ein Floss bauen«, begann Handor während sich die anderen weiter Eier in den Mund schaufelten. »Gabamanga, Rombo und Sir Larzeron, kriegt ihr das hin?«, fragte der Elf an die Geschöpfe gewandt.

»Natürlich, vorausgesetzt wir finden genügend Material«, brummte Rombo als Antwort.

»In einer verlassenen und zerstörten Stadt, voller Holzhäuser, wird es schwierig sein genügend Material zu finden, das für ein Floss geeignet wäre«, sagte Wandak und versuchte dabei eine ernste Miene aufzusetzen.

Rombo knurrte mit verärgerter Stimme etwas Unverständliches und Sir Larzeron sagte: »Wir werden das Floss bauen, was macht ihr in dieser Zeit?«

»Jimmi, Wandak und ich gehen in die Stadtbibliothek. Vielleicht finden wir etwas Brauchbares über diesen See heraus, das uns hilft die Überfahrt gut zu überstehen«, antwortete Handor gelassen.

Nach dem Frühstück teilten sie sich in die zwei Gruppen auf und verliessen ihren Unterschlupf.

Rombo, Gabamanga und Sir Larzeron machten sich auf den Weg zu dem Flussufer, an dem sie das Floss bauen wollten. Handor, Jimmi und Wandak schlugen den Weg zu der Stadtmitte ein, in der Handor die Stadtbibliothek vermutete.

Die Stadt, da war sich Jimmi sicher, musste einmal wunderschön gewesen sein. Mit genügend Vorstellungskraft konnte man sich hier ein gemütliches Leben an einem schönen See vorstellen. Leider waren die Häuser mittlerweile allesamt baufällig und der See war auch nicht mehr schön. Es gab kein einziges Haus in Lima, das von den schweren Felstücken verschont geblieben war.

Lima stellte sich als eine verwinkelte, enge Stadt heraus. Mehrere Male mussten Handor, Jimmi und Wandak kehrt machen, da sie auf eine Sackgasse gestossen waren.

Jimmi hatte immer die Befürchtung, dass sie nach der nächsten Ecke auf einen Leichenberg stossen würden, doch sie sahen nicht einen einzigen Knochen auf den Strassen.

»Nun gut, ist ja auch schon 600 Jahre her«, dachte er sich.

Handor hatte eines der höchsten Gebäude in Lima in Augenschein genommen. Schon von weit her konnte man erkenne, wie dieses Haus die Restlichen überragte. Wegen der Grösse des Gebäudes war es auch ein leichtes Ziel gewesen, denn Jimmi schien es, als wäre das Haus noch ein wenig mehr verwüstet worden als die anderen. Das Dach hatte grosse Einschusslöcher und Balken hingen lose herunter.

»Nach was genau suchen wir denn in der Stadtbibliothek?«, wollte Jimmi von Handor wissen, gerade als sie auf einen grossen, kreisrunden Platz gelangten.

»Informationen«, antwortete Handor gelassen und stieg über einige Bretter hinüber, die am Boden lagen.

»Über den Totensee?«, wollte Wandak wissen.

»Einerseits«, murmelte Handor und half Jimmi über einen besonders grossen Felsbrocken herüberzuklettern. Handor liess es bei dieser Antwort bleiben.

Endlich standen sie vor der Eingangstüre dieses hohen Gebäudes und Jimmi entdeckte ein Schild, das darüber angemacht worden war.

»Stadt Lima«, las Jimmi von dem ramponierten Schild ab.

Handor öffnete eine Türe, die knarrend aufging. Wie bereits bei dem Unterschlupf, in dem sie übernachtet hatten, lag auf dem Boden massenweise Holz und Fels herum. Das Haus war mehrere Stockwerke hoch und Jimmi sah, dass eine schmale Treppe in den nächsthöheren Stock führte. Ausserdem erkannte er einen Empfangsschalter, der ganz am Ende des Gebäudes lag und an den Seiten mussten wohl lange Bänke gestanden haben, die nun jedoch alle kaputt waren.

»Gehen wir nach oben, aber vorsichtig! Ich weiss nicht ob das Haus unser Gewicht trägt«, murmelte Handor leise und schritt auf die Treppe zu, die nach oben führte.

Langsam stieg der Elf die Treppe hinauf. Jimmi und Wandak folgten ihm.

»Ah ja«, hörte Jimmi Handor murmeln, als dieser das obere Stockwerk erreicht hatte. Sie hatten die Bibliothek gefunden.

Jimmi staunte nicht schlecht, als er die hohen Regale erblickte, die vollgepackt mit verstaubten und teils vermoderten Bücher waren.

»Suchen wir etwas Bestimmtes?«, fragte Wandak ungeduldig an Handor gewandt.

»Ihr zwei sucht Aufzeichnungen, Pläne oder sonstige Informationen über den Totensee, ich stöbere ein wenig herum.«

Jimmi und Wandak wussten nicht wonach Handor suchen wollte, doch sie liessen den Elfen in Ruhe. Gemeinsam schlenderten Wandak und Jimmi durch die Regalreihen hindurch und begutachteten die verschiedenen Bücher.

Es verging eine ganze Stunde, bis Jimmi endlich eine einfache von Hand gezeichnete Karte des Totensees fand. Sehr aussagekräftig schien sie ihm allerdings nicht zu sein. Auf dem Plan waren lediglich die vier Städte eingezeichnet und die Form des Totensees.

»Mehr scheint es hier nicht zu geben«, sagte Jimmi an Wandak gewandt, als er ihm die Karte gezeigt hatte.

»Nein, wir sind alles abgelaufen. Lass uns Handor suchen, ich denke nicht, dass es noch einen Wert hat weiter zu forschen«, antwortete Wandak mit nachdenklicher Miene.

Sie fanden Handor bei einem hohen Regal stehend. In der Hand hielt er ein sehr dickes Buch, in dem er konzentriert las. Jimmi las die Überschrift des Buches. Es hiess: »*Moderne Waffen und ihre besonderen Eigenschaften*«

»Du hast doch ein Schwert, wozu willst du eine neue Waffe?«, fragte Wandak herausfordern an den Elfen gewandt.

»Ich brauche keine neue Waffe«, antwortete Handor in Gedanken versunken.

»Wozu liest du den Schinken dann?«, fragte Wandak weiter.

Handor legte das Buch mit einem Seufzer wieder in das Regal zurück.

»Ich dachte ich könnte Hinweise auf eine besondere Waffe finden«, antwortete Handor dem Kobold.

»Hast du was gefunden?«, fragte Jimmi neugierig

»Nein, es geht mehrheitlich um gewöhnliche Waffen, die wir alle bereits kennen und ich kann mir nicht vorstellen, dass die Waffe, die in der alten Theorie beschrieben ist, eine herkömmliche Waffe ist«, antwortete Handor.

»Woher sollten diese Leute Informationen über eine versteckte Waffe besitzen, die angeblich in Maskara versteckt liegt?«, fragte Wandak und blickte dabei den Elfen mit einem unverständlichen Blick an.

»Wir müssen alle Möglichkeiten ausschöpfen. Wenn wir auch nur die Spur eines Hinweises finden würden, wäre das sehr wertvoll für uns«, gab Handor zurück.

»Völlig richtig«, antwortete Wandak, doch Jimmi konnte die Ironie in seiner Stimme hören.

Handor ging nicht weiter darauf ein und wollte nun von ihnen wissen, was sie alles über den Totensee herausgefunden hatten.

»Nichts«, antwortete Jimmi murmelnd und überreichte Handor die simpel gezeichnete Karte, die er und Wandak gefunden hatten.

»Das ist wirklich nicht viel mehr als das, was wir schon haben«, seufzte Handor und packte die Karte in seine Tasche. »Gehen wir zurück. Wir sollten uns noch ein wenig ausruhen, ehe wir den See überqueren.«

Jimmi und Wandak warfen sich einen fragenden Blick zu. Sie hatten wohl beide dieselben Gedanken. Jimmi erschien die Idee in einer verlassenen Stadt nach Informationen über eine Waffe, die in Maskara liegt, zu suchen wenig sinnvoll und vielleicht auch ein wenig verzweifelt.

Dieser Gedanke beunruhigte Jimmi mehr als ihm lieb war. Zweifelte Handor etwa an ihrer Mission?

# Die Ruhe vor dem Sturm

Die Gruppe sass gemütlich um die Feuerstelle herum, die sie in ihrer vorübergehenden Unterkunft entzündet hatten.

Handor war stundenlang damit beschäftigt gewesen, einen langen Brief zu schreiben. Der Elf hatte ihnen nicht verraten, weshalb er das tat und so liessen sie ihn einfach machen.

Jimmi röstete über dem lodernden Feuer gerade ein Stück seines Brotes, als Handor nach ihm verlangte. Etwas überrascht stand er auf und lief zu dem Elfen hin, der gerade dabei war den Brief zu versiegeln.

»Ich möchte, dass Gamba diesen Brief den Kobolden überreicht«, sagte Handor direkt zu Jimmi und hielt ihm den Brief hin.

»Gamba soll den ganzen Weg zurückgehen?«, fragte Jimmi und zu spät bemerkte er, dass seine Stimme etwas ängstlich klang. Handor bemerkte es auf der Stelle und antwortete mit beruhigender Stimme: »Gamba hat sich in dem Berg mehr als nur bewiesen. Er ist bereit für diese Aufgabe und er wird uns auch wieder finden, sei unbesorgt.«

Jimmi nickte, wenn auch nicht ganz überzeugt. Er suchte Gamba und fand ihn schliesslich an einem Balken hängend und Apfelstücke in sich reinfutternd. Das Äffchen glotzte ihn schon von weitem her mit seinen grossen Augen an. Jimmi winkte ihn herunter und Gamba kam sofort angetrabt.

»Du bist klein, flink und schlau«, begann er und das Äffchen horchte gespannt. »Wir haben einen Auftrag für dich«, fuhr Jimmi fort und zeigte Gamba den Brief. »Du musst diesen Brief den Kobolden überbringen. Es ist sehr wichtig und du darfst dich auf keinen Fall erwischen lassen.«

Das Äffchen kreischte auf vor Freude. Endlich bekam es einen richtigen und wichtigen Auftrag.

Jimmi schmunzelte während er zusah, wie Gamba auf und ab hüpfte und sich dann wichtigtuerisch vor ihm aufstellte. Trotz der Freude seines Wegbegleiters, fühlte sich Jimmi alles andere als wohl bei dem Gedanken, Gamba alleine zu lassen und ihn auf diese Mission zu schicken.

Gabamanga, Sir Larzeron und Rombo hatten das Floss im Verlaufe des Tages fertig gebaut und es am Ufer des Totensees fest angebunden. Rombo versicherte ihnen, dass es praktisch unsinkbar sei.

Die restliche Zeit genoss die Gruppe gemeinsam in der warmen Hütte und bald darauf war auch schon Schlafenszeit.

Jimmi konnte in dieser Nacht sehr lange nicht einschlafen. Während er dem tiefen Grollen des Bären lauschte, der tief und fest schlief, musste er unweigerlich an den folgenden Tag denken. Gamba wird sich am Morgen von ihnen trennen und Jimmi wusste nicht, wann das Äffchen wieder zu ihnen stossen wird. Er hatte sich so fest an seinen kleinen Freund gewöhnt, dass es nun ein äusserst komisches Gefühl war, das kleine Äffchen alleine losziehen zu lassen.

Es dauerte bis tief in die Nacht hinein, ehe sich Jimmis Augen endlich schlossen und er in den Schlaf versank.

Handor weckte Jimmi in aller Frühe. Der Morgen schien noch nicht angebrochen zu sein, denn die Hütte lag noch immer im Dunkeln und durch die Löcher der Hütte war die Morgenröte noch nicht zu erkennen.

Rasch machte sich die Gruppe zum Aufbruch bereit. Wandak packte die letzten Eier, die noch übrig waren, in seine Tasche und der Rest der Gruppe verwischte ihre Spuren, so gut es ging.

Wie Handor am Vorabend noch berichtet hatte, wurden ihre Vorräte wieder einmal knapp. Der Elf hoffte jedoch, dass sie an ihrem Zielort, nämlich in Balsaria, etwas zu essen finden würden.

»Wie soll man in diesen vier Städten genügend zu futtern finden, wenn sie alle ausgestorben sind?«, flüsterte Wandak missmutig und Jimmi musste ihm insgeheim Recht geben.

Die Gruppe trat hinaus in die wunderschöne Morgenröte, die sich zwischenzeitlich über Lima hinweg ausgebreitet hatte. Jimmi trug den wärmenden Elfenmantel, den Handor ihm geschenkt hatte.

Trotz dem schützenden Elfenmantel bibberte Jimmi. Er war sich bewusst, dass es nicht nur die natürliche Kälte war, die ihn zittern liess. Diese Gegend war sonderbar. Ein unsichtbarer Schatten schien wie ein eisiger Nebel über diese Stadt herzuziehen und trotz des schönen rötlichen Lichtes, der aufgehenden Sonne, hatte man hier das Gefühl, dass etwas unsichtbar Dunkels und böses vorherrschte.

Nun war es endgültig soweit. Jimmi tätschelte mit wehmütiger Miene sein Hausäffchen. Gamba hatte den Brief mit dieser wichtigen Botschaft auf seinem Rücken festgeschnallt.

Handor hatte dem Rest der Gruppe am vergangenen Abend noch berichtet, dass Gamba diesen Brief an die Kobolde überreichen würde, doch was darin stand wollte er ihnen nicht verraten.

Wandak hatte das mit viel Unverständnis zur Kenntnis genommen. Immerhin war der Brief an seine Artgenossen gerichtet. Der Kobold wollte unbedingt wissen, was in diesem Brief stand, doch Handor gab nicht nach und verriet es selbst Wandak nicht.

Gamba kreischte noch einmal zutraulich auf, danach rannte er mit gestrecktem Schwanz und mit hoher Geschwindigkeit in die Richtung davon, aus der sie gekommen waren.

Jimmi blickte ihm so lange nach, bis Gamba schliesslich nicht mehr zu sehen war und das rötliche Licht der aufgehenden Sonne ihn verschluckt hatte.

Die Gruppe machte sich nun auf den Weg zu dem Floss, das am Ufer des Totensees lag. Schweigend folgten sie Gabamanga, der sie zu dem See hin führte.

Nach einer guten Viertelstunde bogen sie um eine letzte Hausecke und Jimmi bekam zum ersten Mal in seinem Leben den Totensee von Nahem zu sehen. Er musste ein paarmal leer schlucken, als er den sagenumwobenen See genauer betrachtete. Das Wasser des Sees leuchtete unheilvoll und in giftgrüner Farbe auf. Grünlicher Nebel umhüllte den gesamten See. Die Sicht über den See hinweg betrug nicht mehr als fünf Meter und das erschwerte ihr Vorhaben um einiges. Wie sollten sie sich bei dieser jämmerlichen Sicht nur orientieren können?

Handor fluchte leise vor sich hin bei diesem Anblick, und auch alle anderen sahen nicht gerade begeistert aus. Trotzdem hatten sie keine andere Wahl und so gaben sie sich einen Ruck.

Gabamanga führte sie zu dem Floss, das er, Rombo und der weisse Ritter am vorherigen Tag gebaut hatten.

Jimmi staunte nicht schlecht, als er es im Wasser treiben sah. Er bewunderte seine drei Gefährten dafür, dass sie in kürzester Zeit ein solch tolles Floss gebaut hatten.

Das Floss bot genügend Platz für sie alle. Sie hatten es mit zwei langen Bänken ausgestattet, sodass jeder von ihnen einigermassen bequem darin Platz nehmen konnte. Die Seitenränder, die Rombo, der weisse Ritter und Gabamanga ebenfalls gebaut hatten, boten einen zusätzlichen Schutz vor dem Wasser. Ausserdem hatten sie noch vier Paddel hergestellt, sodass die Gruppe recht zügig vorankommen konnte, ohne auf den Wind vertrauen zu müssen.

Ohne noch lange herumzutrödeln setzte sich die Gruppe hinein. Rombo, Gabamanga, der weisse Ritter und Handor übernahmen die vier Paddel und schon ging es vorwärts in den erdrückenden, grünlichen Nebel und in das schaurig düstere Schauspiel hinein.

»Wie sollen wir wissen wohin wir paddeln?«, fragte Wandak, der sich über den Bug des Flosses gelehnt hatte und auf das Wasser blickte. Auf dem See war es eiskalt und schon nach wenigen Metern konnte die Gruppe rundherum nichts weiter erkennen, als die grünliche Suppe die sie umgab.

Handor hielt einen Kompass in die Höhe. Jimmi hatte nicht gewusst, dass der Elf einen Kompass besass, doch er war erleichtert, dass Handor einen bei sich trug. Wenn sie hier nach Sicht hätten paddeln müssen, hätten sie sich zweifelsohne verirrt. Der Kompass erhöhte die Chancen, dass sie ihr Ziel trotz der schlechten Sicht erreichen konnten beträchtlich.

»Wir fahren ostwärts. Kurs halten. Richtung stimmt«, gab Handor knapp bekannt und so paddelten sie gleichmässig weiter auf den See hinaus.

Auf dem See war es stiller als auf einem Friedhof. Die Geräusche, die die Paddel machten, waren die einzigen die sie hörten, und dies war ihnen allen sehr unheimlich.

Der grüne Nebel hielt die ganze Zeit über an. Hin und wieder blickte Jimmi über den Seitenrand auf das undurchdringliche, grüne Wasser, das wie eine dickflüssige Erbsensuppe aussah.

»Alles in allem…«, begann Wandak unvermittelt, »…ist es eine gemütliche Angelegenheit.«

Die Gruppe hatte lange geschwiegen. Die Stimmung auf dem Floss war doch sehr zermürbend gewesen und dies wollte Wandak offensichtlich ändern.

»Für dich schon, du Faulpelz«, grummelte Rombo und warf dem Kobolden einen vorwurfsvollen Blick zu.

»Ich komme dann zum Zuge, wenn mein Hirn gefragt ist. Hier kannst du deine hirnlose Kraft besser einsetzen als ich«, schnaubte Wandak verächtlich.

Jimmi spürte einen kleinen Ruck und sah gerade noch rechtzeitig auf, als Rombo dem Kobold sein Paddel mit voller Wucht auf den Schädel hämmerte.

Wandak heulte auf vor Schmerz, drehte sich wutentbrannt um und stürzte sich auf Rombo.

Das Floss schwankte bedrohlich, da sich die beiden Streithähne gegenseitig verkloppten. Handor machte dem Ganzen allerdings schnell ein Ende. Er packte Wandak und schleuderte ihn zu seinem Platz am Bug zurück.

»Seit ihr bescheuert, wollt ihr dass wir kentern?«, fauchte der Elf die beiden an.

»Dieser Wicht soll mich bloss in Ruhe lassen!«, knurrte Rombo drohend und vor Wut zitternd.

Noch bevor Wandak etwas zurückgeben konnte, beendete Handor den Streit endgültig.

»Ruhe! Konzentriert euch auf die Sache!«, sagte der Elf erbost.

Die Stimmung auf dem Floss war nach diesem Zwischenfall sehr aufgewühlt. Die Anspannung war spürbar und die Nerven lagen blank.

Jimmi blickte mit trübem Blick in den grünlichen Nebel hinein. Er hatte keine Ahnung wo sie sich gerade befanden oder wie lange die Fahrt über den unheilvollen See noch dauern würde.

Immer weiter ging es. Nur das Plätschern der Paddel war zu hören. Rombo und Wandak machten ein Gesicht als wäre es der Weltuntergang. Gabamanga zuckte bei jedem unnatürlichen Geräusch, das nicht von den Paddeln stammte, zusammen. Sir Larzeron sprach kein Wort mit niemandem und Handor war auf seinen Kompass konzentriert. Mehrere Male liess der Elf das Boot stoppen um zu horchen, doch es herrschte weiterhin eine Totenstille.

»Handor, wie lange soll das noch so weitergehen? Mein Kopf explodiert gleich!«, heulte Wandak nach mehreren Stunden unverhofft auf.

»Lass mich in Ruhe, ich weiss es selber nicht!«, antwortete Handor in einem genervten Tonfall. »Irgendwann werden wir auf Land stossen, immerhin ist es ein verfluchter See!«

Nach einer weiteren Stunde ohne erwähnenswerte Vorkommnisse, hörte Jimmi Handor unvermittelt »Stopp« flüstern und dies hatte bis anhin noch nie etwas Gutes bedeutet.

# Die wahre Geschichte

Wie befohlen hörten Rombo, Sir Larzeron und Gabamanga augenblicklich auf zu paddeln und das Floss glitt noch einige Sekunden geräuschlos auf dem stillen Wasser dahin.

»Weg von dem Rand!«, raunte Handor, als Jimmi sich ein wenig darüber hinaus beugte um einen Blick nach unten zu werfen.

»Was ist los, Handorr?«, knurrte Gabamanga mit einer Hand an seinem Säbel. Die Stimme des Werwolfes zitterte ein wenig.

»Ich dachte, ich hätte was gespürt«, antwortete Handor, doch nach einigen Minuten gab er mit einem Kopfschütteln das Zeichen um weiter zu paddeln.

»Jagt der mir doch einen Schrecken ein«, murrte Rombo mit verdriesslichem Gesichtsausdruck. »Als wäre diese grüne Suppe nicht schon unheimlich genug!«

Wieder verging eine Stunde und Wandak, dem alles ein wenig zu viel wurde, nervte sie alle, in dem er gruselige Geschichten vom Berg Nagur preisgab. Der Kobold musste sich einfach wieder einmal aufspielen.

»Wisst ihr, es gab mal eine Zeit, in der mehrere Kobolde innert zwei Wochen einfach so verschwanden. Wir haben sie nie gefunden, doch das Gerücht ging um, dass eine Kobolddame ihren Mann beim Fremdgehen erwischt hatte und dass sie sich nun einen Mann nach dem anderen vorknöpfte um ihn bei ihr zu Hause in einen Kochtopf zu werfen und zu verspeisen. Da war eine gehörige Portion Panik mit dabei und wir wurden angewie …«

Es gab einen gewaltigen Ruck und das Floss kam ohne Vorwarnung zu stehen. Rombo schrie verängstigt auf und Jimmi rieb sich seinen schmerzenden Kopf, den er sich an einer Kante gestossen hatte.

Sir Larzeron befand sich bereits am Bug des Flosses und Jimmi konnte ihn keuchen hören.

Rasch begaben sich alle nach vorne um nachzusehen. Das Floss kippte dabei ein wenig.

»Was in aller Welt ist das?«, stammelte Sir Larzeron verängstigt. Sein Blick war auf etwas gerichtet, das sich wie ein dicker, brauner Baumstamm um den Bug ihres Flosses geschlungen hatte.

»Das ist nur ein Baumstamm«, murmelte Rombo beruhigt.

Es hätte natürlich ein ganz normaler Baumstamm sein können, doch das Problem war, dass Jimmi noch nie in seinem Leben einen solch biegsamen Baumstamm gesehen hatte. Er betrachtete den bräunlichen Stamm etwas genauer. Mit zusammengekniffenen Augen erkannte er etwas, das wie ein regelmässiges Muster auf dem Stamm aussah.

Jimmi runzelte ein wenig die Stirn und blickte noch etwas schärfer hin. Plötzlich bemerkte er, dass es kein Baumstamm war, der sich da um ihr Floss geschlungen hatte. Er erkannte, dass es Schuppen waren, die auf dem baumstammartigen Ding zu sehen waren. Jimmi folgte dem Verlauf des schuppenartigen Stammes mit weit geöffneten Augen und mit einer grauenhaften Vorstellung, die sich nun in seinem Kopf festgesetzt hatte.

Die Schuppen verliefen vom Bug des Flosses an den Seitenwänden entlang bis zum Heck. Weiter musste Jimmi dem Ding nicht folgen, denn Wandak meldete sich zu Wort.

»Ahm, das ist kein Stamm«, hörte Jimmi den Kobolden mit ängstlicher Stimme sagen.

Der Kobold stand in der Mitte des Flosses und blickte wie erstarrt über das Heck hinaus.

Jimmi folgte dem Blick und was er da sah liess ihm das Blut in den Adern gefrieren. Der vermeintliche Baumstamm windete sich über das Heck des Flosses und streckte sich mehrere Meter darüber hinaus. Die Nüstern blähten sich und seine pechschwarzen, schlitzartigen Augen blickten direkt auf die Gruppe herunter. Die grässliche Fratze grinste sie von oben herab an und ihre gespaltene Zunge peitschte blitzartig aus dem schuppenartigen Mund hervor. Der bräunliche Körper windete und bewegte sich ein wenig, was das Wasser leichte Wellen schlagen liess.

Handor, der sich an Jimmi vorbeigedrückt hatte, stand mit seinem Schwert in der Hand da und hatte den Blick nach vorne auf das riesige Geschöpf gerichtet.

»Was willst du von uns, Schlange? Wir haben dir nichts getan«, sagte der Elf mit fester Stimme.

Die braune Schlange, deren riesiger Körper halb aus dem Wasser ragte, neigte ihren schuppigen Kopf ein wenig nach unten, griff allerdings nicht an. Dass Schlangen nicht die besten Augen hatten, wusste Jimmi von der Schule her. Die Schlange schnüffelte ein wenig herum, züngelte und blickte dann etwa in die Richtung, aus der Handor zu ihr gesprochen hatte. Dann öffnete sie ihr riesiges Maul und fing an zu sprechen: »Es muss eine Ewigkeit her sein, als ich zum letzten Mal ein solch gewaltiges Vibrieren des Wassers wahrgenommen habe.«

Die zischenden Geräusche der Schlange taten ihnen in den Ohren weh.

Jimmi blickte mit erstarrter Miene auf die riesigen Giftzähne, die zu erkennen waren, als die Schlange ihr riesiges Maul zum Sprechen geöffnet hatte.

Handor sagte nichts und die Schlange fuhr fort: »Es ist in der Tat ein wenig überraschend für mich, dass sich noch immer Geschöpfe, auf diesen, von Flüchen heimgesuchten, See wagen. Es erfordert durchaus Mut, sich über meine Gewässer zu bewegen.«

»Wir wussten nicht, dass dieser See noch bewohnt ist. Wir dachten, dass hier alles ausgestorben wäre«, antwortete Handor in einem ruhigen Ton.

Die Schlange wand ein wenig den Kopf und züngelte unheilvoll. Jimmi konnte das Monstrum nicht genau einschätzen. Die Schlange sah sehr angriffslustig aus und dennoch hatte sie gegen einen Wortwechsel im Moment wohl nichts einzuwenden. Konnte man mit ihr vielleicht sogar verhandeln?

»Habt ihr euch nie gefragt, weshalb hier Leute verschwinden? Glaubt ihr nicht an die Geistergeschichten, die mich so lange hungern haben lassen?«, zischte die Schlange und windete sich ein wenig höher über das Heck hinaus.

»Nun, seit dem BALS Krieg sind diese vier Städte und der See ausgestorben, das wussten wir bereits …«, begann Sir Larzeron und die Schlange neigte ihren grossen Schädel dem weissen Ritter zu. »… Doch wir wussten nicht, dass es jemanden gibt, der nach wie vor hier in diesem See haust«, fuhr der weisse Ritter fort und Jimmi bemerkte, dass er sein Schwert gezogen hatte.

Die Schlange verzog ihren Mund zu einem listigen Grinsen. »Ihr wisst genau so wenig wie alle anderen, die versucht haben das mysteriöse Geheimnis dieser Gegend und dieses Sees zu erforschen«, bemerkte das Biest in einem höhnischen Tonfall.

Jimmi wurde nervös, denn die Schlange kam jetzt sehr nah an sie heran. Der Kopf wurde immer grösser und Jimmi erkannte die langen, gelblich gefärbten Fangzähne nun noch besser.

»Ich habe den BALS Krieg miterlebt. Natürlich, ich war noch klein, als die Menschen sich in dieser Gegend selbst auslöschten. Doch schon damals wusste ich, wie ich am besten zu meiner Nahrung gelangen konnte«, zischte die Schlange und schlängelte sich im Wasser ein wenig um das Floss herum. Jimmi musste seinen Hals recken, damit er die Schlange nicht aus den Augen verlor.

»Haben die Bewohner versucht dich für den Krieg zu gewinnen?«, fragte Wandak und Jimmi wusste sofort, dass der Kobold etwas Falsches gesagt hatte.

Die Schlange preschte blitzschnell auf das Floss zu und beugte sich über die Rehling herunter. Rasch wich die Gruppe ein wenig zurück, doch die Schlange griff nicht an.

»Ich bin nicht das Werkzeug von Menschen oder anderen Kreaturen!«, zischte die Schlange erbost und erhob sich langsam und tief atmend wieder über ihre Köpfe hinweg.

»Ich war noch winzig, natürlich. Dennoch konnte ich bereits kleine Kinder, die am Ufer des Sees spielten, ohne Mühe in die Tiefe entführen und sie verspeisen«, fuhr die Schlange mit hörbarem Stolz in der Stimme fort.

Jimmi blieb indes beinahe das Herz stehen. Winzig und trotzdem konnte er diese Kinder bereits entführen. *Ein grauenhafter Tod für die Kleinen*, dachte er sich bestürzt.

»Es wäre nicht mehr lange gegangen und ich hätte auch erwachsene Menschen überwältigen können«, fuhr die Schlange zischend fort.

»Was bedeutet das? Es wäre nicht mehr lange gegangen?«, fragte Handor ruhig, doch Jimmi konnte sehen wie er den Griff seines Schwertes fester umklammerte.

»Nun, ich war intelligent genug mich nicht in diesen Krieg einzumischen«, begann die Schlange und schlängelte sich dabei wieder ein wenig um das Floss herum. »Die Verlockung war für mich natürlich riesig. Täglich segelten grosse Schiffe, vollgepackt mit leckeren Menschen, über den See und das machte mich natürlich hungrig.«

Jimmi musste sich unweigerlich vorstellen wie es wäre, sich auf den Krieg mit einer anderen Stadt vorzubereiten und stattdessen in den Fangzähnen dieser Schlange zu landen.

»Weshalb hast du sie denn nicht angegriffen?«, wollte ein verängstigt klingender Rombo von der Schlange wissen.

»Ich verbreitete natürlich Angst und Schrecken«, grinste die Schlange unheilvoll.

»Natürlich, natürlich«, piepste Rombo.

»Ich riskierte es nicht, mich mit einer ganzen Horde von Menschen anzulegen. Ich zeigte mich einigen Menschen am Ufer des Sees und das reichte natürlich vollkommen aus«, fuhr die Schlange gewieft fort.

»Sie nahmen dich wahr und sie fingen an zu begreifen, wohin ihre Kinder verschwunden waren. Die Menschen begannen sich vor dir zu fürchten«, sagte Handor weise.

Die Schlange nickte langsam und zustimmend mit ihrem gewaltigen Kopf.

»Weshalb haben die Bewohner dich nicht angegriffen?«, wollte Sir Larzeron von der Schlange wissen.

»Ich hielt mich zurück. In der Tiefe des Sees war ich natürlich sicher und mein Plan ging voll und ganz auf. Die Bewohner der vier Städte hatten während des Krieges keine Zeit sich um mich zu kümmern«, antwortete sie gewieft.

»Dennoch verschwanden weiterhin einige ihrer Kinder, nehme ich einmal an«, murmelte Handor bedrückt.

»Vollkommen richtig«, grinste die Schlange süffisant. »Schliesslich bekam ich das was ich wollte, nämlich eine Unterredung« fügte sie hinzu.

»Eine Unterredung?«, fragte Jimmi laut und erschrak ab sich selber.

Die Schlange neigte den Kopf in seine Richtung.

»Oh ja, eine Unterredung mit den vier Bürgermeister der vier Städte und ich roch eine ähnliche Angst, wie ich es gerade bei dir tue«, sagte sie und züngelte dabei mit ihrer gespaltenen Zunge.

Jimmi wurde ein wenig violett, doch die Schlange ging nicht weiter darauf ein.

»Was hast du damals ausgehandelt?«, wollte der weisse Ritter wissen.

»Einen Packt natürlich!«, antwortete die Schlange zischend.

»Was für einen Packt?«, wollte Handor knapp wissen.

Die Schlange zischelte kurz und bedrohlich mit der Zunge.

»Jedes Opfer, das im Krieg gefallen ist, wird in den See geworfen. Sozusagen als Tribut für mich. Im Gegenzug liess ich davon ab, ihre Kinder in den See zu entführen«, antwortete die Schlange.

Dies erklärte einiges für Jimmi. In Lima hatten sie keine Anzeichen von Skeletten oder Knochen gefunden. Jimmi nahm an, dass diese allesamt in den Tiefen dieses Sees lagen. Trotz der Grausamkeit fand er es eine äusserst gewiefte Sache, die sich die Schlange da ausgedacht hatte. Sie musste nichts weiter tun, als den Boden des Sees nach Leichen abzusuchen. Für sie bestand nicht die Gefahr von den Menschen getötet zu werden und doch hatte sie immer genügend Nahrung.

»Was ist mit denen geschehen, die den Krrieg überrlebt haben?«, knurrte Gabamanga unvermittelt.

Die Schlange lachte zischend auf und Jimmi begutachtete abermals die Fangzähne der Schlange, die etwa so lang waren wie sein Arm.

»Es gibt einen Weg, der lange durch unwegsames Gelände führt und nördlich am Meer endet«, zischte die Schlange weiterhin grinsend. »Der Krieg neigte sich dem Ende zu und die Stadt Akara stand als Sieger da, zumal sie noch die meisten Krieger und Bewohner vorwies zu diesem Zeitpunkt.«

»Warum flohen diese Menschen denn? Wenn sie den Krieg gewonnen hatten gab es für sie keinen Grund mehr fortzugehen. Weshalb sind die Städte heute ausgestorben?«, fragte Handor ruhig.

Jimmi hatte eine leise Ahnung weshalb und die Schlange bestätigte seine Vermutung.

»Das war natürlich wegen mir!«, zischelte sie. »Einige Menschen flohen, doch die Krieger von Akara feierten tagelang ihren vermeintlichen Sieg. Ich war geduldig, liess ihnen Zeit und belauschte ihre Gespräche.«

Die Schlange schwelgte einige Momente in ihren Erinnerungen ehe sie fortfuhr.

»Die Menschen von Akara waren bereits damit beschäftigt, ihre Stadt wieder aufzubauen und sie wieder zu bevölkern.«

Jimmi bemerkte, dass die Schlange immer aufgeregter wurde und sich selbst über ihre Taten gütlich tat.

»Einige Monate liess ich die Menschen gewähren. Dann war es an der Zeit für mich. Mein Hunger wurde grösser, der Durst nach Blut gierte in mir, ich wollte nicht mehr warten!«

Die Schlange wand sich ein wenig und züngelte zischend, ehe sie das preisgab, was Jimmi schon vermutet hatte.

»Punkt Mitternacht schlängelte ich mich in Akara herum und holte mir dann einen nach dem anderen!«

Wandak stöhnte auf und die Schlange lachte zischend.

»Die Menschen waren unvorsichtig geworden. Sie haben vergessen, dass der See noch immer einen hungrigen Bewohner beheimatete«, sagte die Schlange unheilvoll.

»Die Menschen haben nicht bemerkt, dass ihre Leute in der Nacht verschwanden?«, fragte Sir Larzeron mit vorsichtiger Stimme.

»Das haben sie in der Tat bemerkt«, antwortete die Schlange grinsend.

»Weshalb sind sie denn in Akara geblieben?«, fragte Handor stirnrunzelnd.

Die Schlange lachte abermals auf. Es freute sie offensichtlich, dass sie die ganze Geschichte noch einmal aufrollen und ihre Taten genüsslich kundtun konnte.

»Sie bemerkten, dass in der Nacht Leute verschwanden. Sie wussten nicht, dass ich es war, der sie entführte und verspeiste. Eines Tages belauschte ich zwei Menschen, die sich nahe dem Ufer miteinander unterhielten.«

Die Schlange kam ein wenig näher an das Floss heran und die Gruppe wich wiederum einige Zentimeter zurück.

»Sie glaubten, dass die Toten des BALS Krieges die Stadt heimgesucht hatten und sich nun die unwürdigen Bewohner schnappten, die den Krieg überlebt hatten«, höhnte sie und lachte abermals zischend auf.

Damit war das Geheimnis um die mysteriösen Toten des BALS Krieges gelüftet. Es waren nicht die Toten, die sich in den vier Städten herumgetrieben hatten, es war diese riesige Schlange gewesen.

»Wie konnten die Leute vergessen, dass du dich in dem See herumtreibst? Sie hätten doch darauf kommen können, dass du es warst, der diese Menschen entführte«, sagte Wandak nervös.

»Die vier Herrscher dieser Städte wussten von mir und wohl noch eine Handvoll derer, die mir die Opfer auf den Grund des Sees geschickt hatten«, antwortete die Schlange an Wandak gerichtet. »Nun, zufällig weiss ich, dass alle vier Bürgermeister von den vier Städten im Krieg gefallen waren. Wie alle anderen Toten wurden auch sie mir als Tribut in den See geworfen. Höchstpersönlich habe ich sie verspeist«, fuhr die Schlange genüsslich fort. »Damit wusste kaum noch jemand, dass ich noch immer in diesem See hauste, und die Restlichen hatten wohl zu viel Angst um über mich zu sprechen!«

Jimmi war klar, was die Schlange sagen wollte, dennoch konnte er es nicht ganz begreifen, dass die übrigen Bewohner nicht bemerkt hatten, dass eine gefährliche Schlange im See hauste.

»Nun gut, dann hast du also alle vier Städte ausgerottet«, stellte Sir Larzeron klar.

»Nicht ganz«, antwortete die Schlange. »Nach einer Weile wurde es den überlebenden Bewohner zu bunt und sie verschwanden. Sie hatten Angst vor den Toten und dies vollkommen zu Unrecht«, fuhr sie fort.

»Und diese Leute, die geflohen waren, verbreiteten natürlich das Gerücht, dass die Toten des BALS Krieges hier ihr Unwesen treiben«, sagte Handor.

Die Schlange nickte mit ihrem gewaltigen Kopf. »Zu meinem Bedauern, natürlich. Meine Nahrungsquelle verschwand und seither ernähre ich mich von verirrten Vögeln, die ahnungslos aus dem See trinken wollen. Ein ziemlich mickriges Menü, wie ihr euch vorstellen könnt«, sagte sie und wurde für einige Sekunden nachdenklich, ehe sie fortfuhr.

Schliesslich drehte die Schlange ihren gewaltigen Kopf ein wenig und blickte ungefähr in die Richtung von Rombo. »Ab und an verirrt sich auch ein Bär hierher und denkt wohl er könne den See für sich beanspruchen. Die Idioten denken, hier drinnen gibt es vielleicht leckere Fische, die sie dann angeln können. Nun, die Bären gehören zu meinem Leibgericht. Die sind so fett, dass ich für mehrere Wochen keinen Hunger mehr haben muss«, fügte sie zischend hinzu und Jimmi hörte wie die Stimme der Schlange gierig wurde.

Rombo schluckte schwer. Handor stellte sich vor den Bären hin.

»Wir wollen diesen See nicht beanspruchen, wir wollen nur nach Balsaria gelangen«, sagte der Elf in einem ruhigen Ton, doch mit wachsamen Blick auf die Schlange gerichtet.

Die Schlange zischelte vergnügt und kam wieder ein wenig näher an sie heran. Das Floss schwankte ein wenig, da die Schlange ihren grossen Körper nun auf die Reling gelegt hatte. Jimmi wusste, dass es wohl gleich soweit war. Mit zitternden Händen tastete er nach den Griffen seiner beiden Beile.

»Eure Absichten interessieren mich nicht. Frischem Fleisch kann ich einfach nicht widerstehen«, begann die Schlange und alle aus der Gruppe zückten bei diesen Worten ihre Waffen aus den Halftern hervor.

»Nun aber genug geplaudert. Adieu, ihr Fremdlinge, es war mir ein Vergnügen euch meine Geschichte zu erzählen! Schade, dass ihr sie nicht weitergeben könnt. Sei es drum. Euer Fleisch wird mich für Monate versorgen und nun, ab in meinen Magen!«

Handor warf Jimmi blitzschnell auf den Boden des Flosses, die Schlange preschte bereits herunter. Mit einem lauten Krachen und mit der Absicht zu töten, stiess sie ihren riesigen Kopf mitten durch das Floss hindurch.

Es krachte und knarzte. Splitter flogen herum und das Floss zerbrach in seine Einzelteile.

Jimmi hörte den weissen Ritter schreien, den Bären brüllen und Wandak fluchen.

Eiskaltes Wasser berührte Jimmis Haut und liess ihm die Poren gefrieren. Verzweifelt hielt er sich an einem Stück Holz fest, das im grünlichen Wasser herumtrieb.

»Wo ist das Biest?«, brüllte Wandak von wilder Panik gepackt. Die Schlange war nirgends zu sehen.

»Auf ein Holz rauf!«, befahl Handor.

Wie befohlen kletterte Jimmi auf sein Holz herauf und ihm wurde schlagartig bewusst, was für ein leichtes Ziel die Gruppe abgab.

»Wo ist das Biest?«, brüllte Rombo abermals, während der Bär versuchte die Schlange ausfindig zu machen.

In ebendiesem Moment schoss die Schlange neben ihm aus dem Wasser heraus. Sie stieg hoch in die Luft und stach danach auf den Bären herab.

Mit einem angsterfüllten Brüllen sprang der Bär von seinem Stück Holz herunter in das eiskalte Wasser und die Schlange verfehlte ihn nur um Zentimeter.

»Helft mir!«, prustete Rombo, den Mund voller Wasser. Rasch paddelte Sir Larzeron zu ihm herüber und der Bär konnte sich immerhin an das Stück Holz klammern, auf dem der weisse Ritter kniete.

»Rauf da!«, brüllte ihm Handor zu, doch Rombo war zu schwer. Das Holz schwankte bedrohlich und der weisse Ritter rutschte beinahe in das Wasser. Rombo liess es bleiben und hielt sich einfach nur an dem Holz fest.

Es war ruhig und die Anspannung in der Luft war beinahe greifbar.

»Ist es weg?«, fragte Rombo mit verängstigter Stimme.

Doch dann, ohne Vorwarnung, schoss Wandak zehn Meter in die Höhe. Die Schlange hatte den Kobold in die Luft geschleudert und flog ihm hinterher. Ihren gewaltigen Kiefer ausgerenkt, der Blick voller Gier.

Die Schlange kam wie ein Pfeil auf Wandak zugeschossen. Handor brüllte: »Pass auf!«

Wandak brüllte, als er sich in der Luft umdrehte. Die Schlange hätte ihn gleich verschlungen, doch der Kobold hämmerte seine Keule mit voller Wucht auf einen Zahn der Schlange. Ein zischendes Kreischen war zu hören und der Zahn des Biestes flog aus dem Mund heraus und versank in dem grünen Wasser.

Warmes Blut prasselte auf sie herab, dick wie Regentropfen. Wandak platschte ins Wasser und die Schlange landete nur einige wenige Meter neben ihm.

Einige Sekunden lang war die Schlange mit ihrem Schmerz beschäftigt, denn sie windete sich und fluchte laut herum.

Dann, als das Biest sich wieder gefasst hatte, blickte sie sich nach dem Übeltäter um und nahm Wandak wutentbrannt ins Visier.

Mit grauenerfüllter Miene blickte Jimmi der Schlange nach, die kochend vor Wut auf Wandak zu schlängelte. Machtlos sah sich Jimmi das Geschehen an. Das Schicksal des Kobolds schien besiegelt.

Der Kobold trieb auf der Oberfläche des Sees und hatte keine Chance irgendwo heraufzuklettern. Mit einem angsterfüllten Kreischen versuchte Wandak der Schlange zu entkommen, doch es schien zu spät zu sein.

Den Kiefer ausgerenkt schlängelte das Biest auf Wandak zu. Ihre Augen erglühten voller Bosheit und Blutdurst.

Wandak hatte seinen Fluchtversuch aufgegeben. Er drehte sich im Wasser um und hielt so gut es ging seine Keule bereit um es mit der Schlange aufzunehmen.

Wenige Meter trennten die Schlange nun noch von Wandak. Handor hatte einen Pfeil nach dem Biest abgeschossen, doch dieser prallte kläglich an ihren dicken Schuppen ab.

Die Schlange hatte nur Wandak im Kopf und in wenigen Sekunden würde sie den Kobolden verspeisen.

Aus dem Nichts flog Gabamanga durch die Luft. Den Säbel hoch über seinem Kopf erhoben schoss der Werwolf auf die Schlange zu. Wandak verschwand aus Jimmis Blickfeld, doch der Werwolf durchtrennte den Kopf der Schlange mit einem langen, sauberen Schnitt.

Ehe die Schlange wusste, wie ihr geschah, versank sie in den Tiefen des Totensees.

Noch mehr Blut mischte sich in das grüne Wasser und Jimmi blickte sich verzweifelt nach Wandak um.

Dann endlich, nach mehreren Sekunden, hörte er den Kobolden wild fluchend und Wasser spuckend an der Oberfläche des Sees auftauchen.

Den Kobold hatte es einige Meter in die Tiefe gezogen, doch nun lugte sein Kopf aus dem grün-roten Wasser heraus.

Jimmi atmete tief durch. Der Totensee hat ein weiteres Opfer gefordert, doch nun war es sein eigener Bewohner, der hier mehr als 600 Jahre sein Unwesen getrieben hatte.

# Die Stimmen

Sir Larzeron hatte einige Bretter zusammengesammelt und schob diese nun auf Wandak und Gabamanga zu. Dankbar kletterten die Beiden auf das sichere Holz hinauf.

Der Kobold lag flach auf seinem Brett und atmete sehr schwer. Der Schreck war ihm nach wie vor ins Gesicht geschrieben und er brachte nur ein kleines Würgen, als Dankeschön für Gabamanga, heraus.

»Kein Ding«, grummelte Gabamanga und schüttelte sich wie ein Hund um sich trocken zu kriegen. »Verrfluchtes Wasserr«, knurrte er hinterher und blickte erzürnt auf das grün schimmernde Nass.

»Was machen wir jetzt?«, fragte Sir Larzeron in die Runde gerichtet.

Die Gruppe bildete einen Kreis um sich zu besprechen. Nun hatten sie ihr Floss und ihre Paddel verloren und damit sie vorankamen, mussten sie mit den Händen paddeln. Das eiskalte Wasser liess ihnen dabei die Hände gefrieren und es war klar, dass sie schnellstmöglich an Land zurück mussten, ehe sie an Unterkühlung sterben würden.

Handor nahm seinen Kompass hervor. Er schüttelte ihn ein wenig und tippte mit seinen Fingern darauf.

»Wir sind viel zu weit nach Norden abgedriftet«, berichtete er und zeigte ihnen den Kompass. Jimmi wusste, dass ihr Ziel Balsaria im Osten lag.

»Gehen wirr ans nörrdliche Uferr, nach Sanderraga, Handorr«, knurrte Gabamanga. »Lange halten wirr es nicht mehrr durrch!«

Die Gruppe pflichtete dem Werwolf einstimmig bei. Sie waren erschöpft, nass und stark unterkühlt. Handor nickte und so paddelten sie wieder los.

Die Gruppe begann sich neu zu orientieren und bewegte sich langsam in die Richtung, in die Handor sie lotste.

Jimmi war am ganzen Körper durchgefroren. Noch nie in seinem Leben war ihm so kalt gewesen. Selbst sein schützender Elfenmantel half ihm nicht mehr. Der dichte, grünliche Nebel drückte auf seine Haut und seine Knochen waren steif. Immer wenn er Luft zum Atmen einsaugte, schien es seine Lungen in Eis zu verwandeln und dies trübte sein Gehirn mächtig.

Nach einer Stunde, die Jimmi wie eine Ewigkeit vorkam, stiessen sie endlich auf Land.

Jimmi seufzte erleichtert auf, als er einige Bauten vor sich erkennen konnte. Die Gruppe war in Sanderaga angekommen. Völlig erschöpft hievten sie sich an Land und blieben einige Sekunden im hohen Gras liegen.

Jimmi wäre am liebsten eingeschlafen, doch Handor drängte sie weiterzugehen. Murrend standen sie auf und schleppten sich in die Stadt hinein.

Sanderaga unterschied sich nicht gross von Lima. Die meisten Häuser waren ebenfalls eingestürzt und sahen allesamt recht baufällig aus.

Schliesslich entdeckte Sir Larzeron eine aus Stein gebaute Hütte, bei der nur die Decke ein wenig eingedrückt war und die ihnen genügend Schutz bot.

Erschöpft begab sich die Gruppe in das Innere des steinernen Hauses. Hier erlebten sie dann eine sehr angenehme Überraschung. Die Möbel waren allesamt noch in Takt und es gab tatsächlich vier mit Stroh bedeckte Betten.

Wandak, Gabamanga und Rombo warfen sich stöhnend auf drei der vier Betten und versanken beinahe gleichzeitig im Schlaf.

Jimmi war ebenfalls müde, trotzdem half er Sir Larzeron und Handor dabei, die Feuerstelle zu entfachen, die sie entdeckt hatten. Rasch begann Jimmi damit, das bereitliegende Holz in die Feuerstelle zu werfen und zwei Steine aneinander zu reiben, in der Hoffnung, dass die Funken reichen würden um das Feuer zu entfachen.

Nach einigen Minuten gelang es ihm tatsächlich. Schnell prasselte ein munteres Feuer und wärmte Jimmis Körper augenblicklich.

Zufrieden mit sich selbst, gesellte sich Jimmi zu Handor und Sir Larzeron hin, die leise aber energisch miteinander diskutierten. Jimmi nahm es wunder was sie zu bereden hatten und so hörte er ihnen zu.

»... Ich verstehe nicht ganz, was jetzt noch dagegen sprechen würde Handor. In Lima hätte ich es noch verstanden, doch so wie die Schlange es uns gesagt hat, war sie das einzige noch lebende Geschöpf in dem See.«

»Ich hab ein schlechtes Gefühl dabei. Mir missfällt weniger die Seeüberquerung als viel mehr unsere Ankunft in Balsaria«, antwortete Handor dem weissen Ritter.

»Was gibt es denn da schon wieder zu bedenken? Die Städte sind ausgestorben! Dein Plan sah es vor nach Balsaria zu gehen!«, sagte Sir Larzeron ein wenig aufgeregt.

»Ich sage nur, dass ich ein komisches Gefühl habe! Wir werden das morgen besprechen wenn wir alle ausgeruht sind, ich koche uns jetzt mal ein wenig Tee«, antwortete Handor, stand auf und begab sich zu der Feuerstelle um Wasser aufzukochen.

Der weisse Ritter blickte ihm nachdenklich hinterher und wandte sich danach an Jimmi: »Er hat mir gesagt, dass er lieber am Seeufer entlang laufen möchte, aber das würde uns mindestens zwei weitere Tage kosten. Sonst mahnt er uns doch immer zur Eile!«

Jimmi nickte nur. Er hatte keine Lust sich darüber zu unterhalten und blickte sehnsüchtig auf das strohbedeckte Bett. Der weisse Ritter bemerkte es und bot ihm an das Bett zu nehmen.

Jimmi nahm es dankend an, legte sich hin und nach wenigen Sekunden fiel er in einen traumlosen Schlaf.

Jimmi erwachte als erster am nächsten Morgen. Mit trübem Blick schaute er sich in der kleinen Hütte um. Sir Larzeron schlief auf einer Decke am Boden. Handor entdeckte Jimmi dösend und zusammengesunken auf einem hölzernen Stuhl sitzend und die anderen schliefen in ihren Betten.

Jimmi stand so leise wie er nur konnte auf. Er zog sich seinen Elfenmantel über, der wie durch ein Wunder über Nacht trocken geworden war und blickte sich um. Er hoffte, dass diese Hütte einige Bücher hatte, in die er sich vertiefen konnte.

Nach einigen Sekunden wurde ihm allerdings klar, dass es hier keine Bücher gab. Mit einem leisen Seufzer liess er sich auf einem unbequemen Holzstuhl nieder.

Nachdenklich sass er da, den Blick auf ein mottenzerfressenes Gemälde gerichtet, das an der Wand hing. Jimmi sah das Bild nicht richtig an, denn er war zu tief in seinen Gedanken versunken.

Wenn doch nur sein Hausäffchen Gamba hier wäre, sein treuer Begleiter. Mit ihm könnte sich Jimmi tagelang beschäftigen, doch Gamba war momentan auf dem Weg zurück nach Nagur um den wichtigen Brief abzuliefern.

Jimmis Magen verkrampfte sich schlagartig, als er an Gamba denken musste. Würde das Kapuzineräffchen die Reise schadlos überstehen? Wird es womöglich in die Hände des Bösen geraten?

Ruckartig stand Jimmi auf. Er musste raus aus dieser Hütte, denn er hielt es nicht mehr aus. So leise wie möglich öffnete er die Türe und schlüpfte hindurch.

Ein zäher Wind fegte über die verschlungenen Gassen der ausgestorbenen Stadt hindurch. Es war ein trauriger, düsterer Anblick den Sanderaga von sich Preis gab. Wie bereits in Lima konnte sich Jimmi durchaus vorstellen, wie es früher hier zu und her gegangen sein musste. Farbenfrohe Märkte, frischen Fisch aus dem See, lachende Kinder die sich unbeschwert auf den Gassen der Stadt austobten, Festmähler und vielleicht auch einige Ritterturniere.

*Lachende Kinder, die sich unbeschwert auf den Gassen der Stadt austobten. Bis die Schlange sie in den See gezerrt hatte*, kam Jimmi schlagartig in den Sinn.

Beim jetzigen Anblick der Ruinen und den vermoderten Häusern, den schlammigen Böden und verdorrten Pflanzen, schien es, als hätte es diese Zeit nie gegeben, als hätte eine dunkle Macht von der Stadt Besitz ergriffen.

Jimmi warf sich die Kapuze über und lief langsam los, in Richtung des Sees. Er ging vorbei an den traurigen Überresten der kahl wirkenden Gemäuer, durch die ein zäher Wind pfiff.

Er wollte ans Ufer des Totensees. Ein unerklärliches Gefühl sagte ihm, dass er ein wenig Abstand von den anderen brauchte. Der vergangene Tag hatte ziemlich viel Kraft gekostet und Jimmi wollte sich die Zeit nehmen, sich ein wenig von der Gruppe zu entfernen und sich von einigen Gedanken zu lösen, die ihm nicht aus dem Kopf gehen wollten.

Als Jimmi den See erreicht hatte, begutachtete er die Bretter, auf denen die Gruppe gestern hier in Sanderaga angekommen waren. Achtlos hatten sie die Bretter am Ufer des Sees liegen gelassen. Beim Anblick der schmalen Bretter wurde Jimmi erst richtig bewusst, welch unverschämtes Glück sie am vergangenen Tag gehabt hatten. Er versuchte auf den See hinaus zu blicken, doch nach wie vor hing dicker, grünlicher Nebel über dem Gewässer, sodass er kaum zehn Meter in die Weite sehen konnte.

Jimmi liess sich auf einem grossen Stein am Seeufer nieder, stemmte seine Hände an den Kopf und versuchte sich von seinen Gedanken zu lösen. Langsam und tief atmend schloss er die Augen und liess die eiskalte Luft sein Hirn durchströmen.

Es klappte gut. Ein beruhigendes Gefühl durchströmte seinen Körper und liess ihn Gamba und seine sonstigen Sorgen für einen kurzen Augenblick vergessen. Doch dann und völlig unverhofft hörte er ein Geräusch und Jimmi schreckte auf.

Bildete er sich dies nur ein oder hatte er da tatsächlich Stimmen gehört? Das konnte nicht sein! Nicht hier, in dieser verlassenen und ausgestorbenen Gegend.

Schlagartig öffnete er die Augen und spitzte seine Ohren. Tatsächlich, ganz leise und von weit entfernt her konnte er Stimmen hören. Wie erstarrt blickte er auf den See hinaus und konnte natürlich nichts erkennen, doch er bekam es mit der Angst zu tun. Rasch stand er auf und lief vorsichtig die drei Meter, die ihn vom Wasser trennten, auf den See zu. Die Stimmen klangen immer noch von weit entfernt, doch jetzt konnte er die Worte hören, die von dem See her zu ihm an das

Ufer herüberwehten. Für einen Moment blieb Jimmi starr vor Schrecken stehen.

»Hier müsste es irgendwo sein! Verflucht nochmal, dieser elende Nebel!«

Die Stimme klang rau und tief.

»Ich habe es dir ja gesagt, dass ich die Führung übernehmen sollte!«

Die zweite Stimme war ein wenig höher, doch nicht minder rau.

Jimmi bekam es nun richtig mit der Angst zu tun. Er löste sich von seiner Starre und versteckte sich hinter einem sehr grossen Stein, der direkt am Ufer des Wassers lag. Auf dem Boden kauernd horchte er weiter den Stimmen, die bedrohlich näher kamen.

»Schnauze! Ich halte mich nur an die Karte und wie wir es berechnet haben, sollten wir längst auf diese vermaledeite Stadt getroffen sein!«

Jimmi wurde schweren Herzens bewusst, dass diese Geschöpfe auf dem See nach Sanderaga suchten.

Nun war er über den dicken, grünlichen Nebel froh, der über dem Wasser hing. Die Geschöpfe hatten offensichtlich die Orientierung verloren. Wenn sie nur ein wenig näher kommen würden, würden sie allerdings unweigerlich an das Ufer gelangen.

»Hör mal, die Zeit drängt! Entscheide dich für eine Richtung! Diese Gruppe könnte schon sonst wo sein und dann gibt es riesen Ärger mit dem Herrscher von Zomga!«

Jimmi wagte nicht zu atmen. Das Geschöpf hatte klar und deutlich »Zomga« gesagt und »Gruppe«.

Feinde bewegten sich auf dem Wasser und Jimmi war starr vor Schreck. Unfähig sich zu bewegen, verharrte er hinter dem grossen Stein. Nur wenige Meter von den beiden Geschöpfen entfernt. »Lass sie das Ufer nicht sehen«, dachte er sich verzweifelt. Kurz dachte Jimmi daran wegzurennen, doch seine Schritte würden ihn wohl verraten, also liess er es bleiben.

»Na gut, versuchen wir es eben in diese Richtung, du ungeduldiger Wurm! Wenn wir falsch liegen übernimmst du die Verantwortung! Er wird deinen Kopf an die Wand hängen, wenn du falsch liegst, das verspreche ich dir!«

Jimmi wurde übel. Gebannt lauschte er und hörte nun, wie Paddel auf das Wasser aufschlugen. Kleine Wellen trafen auf das Ufer, doch zum Glück machten sie so leise Geräusche, dass die Geschöpfe auf dem See diese nicht hörten.

Das Paddeln wurde nach und nach leiser und Jimmi fiel ein Stein vom Herzen. Die Geschöpfe hatten sich für die falsche Richtung entschieden.

Erst als Jimmi die Paddel nicht mehr hören konnte, rappelte er sich auf und spurtete los. Innert wenigen Minuten kam er bei ihrem Unterschlupf an. Rücksichtslos stiess Jimmi die Türe auf. Sie krachte gegen die Wand und liess die anderen sofort aus dem Schlaf erwachen.

»Was zum Henker soll das? Was ist los?«, fragte Sir Larzeron verwirrt.

Die Hände in die Hüften gestützt und keuchend begann Jimmi von den Stimmen zu erzählen, die er vor wenigen Minuten auf dem See gehört hatte. Er blickte auf und sah gerade noch rechtzeitig hin, als Handor einen kurzen, vielsagenden Blick mit Sir Larzeron austauschte.

»Wie viele Stimmen hast du gehört?«, fragte ihn Handor in gewohnt ruhigem Ton.

»Nur zwei, aber sollten wir nicht *verschwinden*?«, fragte Jimmi aufgebracht und sehr ungeduldig.

Er konnte sich nur schwer vorstellen, dass diese zwei Geschöpfe lange brauchen würden, ehe sie ihren Fehler bemerkten und den richtigen Weg einschlugen oder ein wenig weiter entfernt auf Land stiessen.

»Los, alles zusammenpacken, in fünf Minuten sind wir hier weg!«, befahl Handor und alle sprangen auf.

Jimmi, der schon angezogen war, schnappte sich nur kurz seinen Getreidesack und ging schon einmal nach draussen.

Angestrengt versuchte er zu horchen, doch er konnte keine verdächtigen Geräusche ausmachen.

Als alle draussen standen schritt Handor voran. Er führte die Gruppe nordwärts, durch die engen Gassen der Stadt und bei jeder Ecke hielten sie an und blickten um das Eck herum ob die Luft rein war.

Nach gut zwanzig Minuten hatten sie den nördlichen Stadtrand erreicht und Handor führte sie aus der Stadt heraus in das offene Gelände, das in ihrer Wegplanung nicht vorgekommen war.

Von den Geschöpfen war weit und breit nichts zu sehen, doch Handor trieb die Gruppe trotzdem mit viel Tempo voran. Nun begaben sie sich schon wieder auf Pfade, die sie nicht vorausgeplant hatten, die unsicher wirkten und die sie weiter weg von ihrem Ziel führte, als sie es sich erhofft hatten.

# Die Wächter des Waldes

»Wir sollten nun genügend Abstand haben, machen wir kurz rast«, schnaufte Handor. Der Elf hatte sie über mehrere Stunden hinweg durch schlecht begehbares Gelände gejagt.

Jimmi hatte grauenhaftes Seitenstechen und äusserst schlechte Laune und er war damit nicht der Einzige.

»Meine Füsse, schaut euch meine Füsse an!«, heulte Wandak auf, als er seine grossen, grünen Plattfüsse näher begutachtete.

Die Haut war an mehreren Stellen aufgeschlitzt und kleine steinerne Splitter ragten aus dem blutenden Fuss heraus.

Gabamanga und Rombo erging es nicht besser. Jimmi, Handor und Sir Larzeron hatten wenigstens Schuhe an, die gröbere Schäden verhindert hatten. Trotzdem schmerzten Jimmis Füsse unheimlich und er konnte es dem Kobold nicht verübeln, das er durchgehend über die mit scharfen Steinen übersäte Ödnis maulte.

Der Nebel, der die Gruppe noch über den Totensee begleitet hatte war nun endgültig verschwunden. Trotzdem konnte Jimmi nicht behaupten, dass es in dieser Einöde freundlicher aussehen würde. Dicke Wolken hingen in der Luft und der Wind, der ihnen um die Ohren blies, war rauer als jeder andere Wind, den Jimmi jemals erlebt hatte.

»Was tun wir nun, Handor?«, hörte Jimmi Rombo in genervten Tonfall fragen. »Gibt es hier irgendwo einen Unterschlupf?«

»Ich weiss es nicht, Rombo, lasst mir noch ein wenig Zeit, ich muss nachdenken«, antwortete Handor in nicht minder genervtem Tonfall.

»Wenn ich hier draussen in dieser Kälte pennen muss erfrier ich garantiert!«, brummelte Rombo übellaunig.

»Du wirst als letzter erfrieren!«, begann Wandak mit empörter Stimme. »Du bist fett und hast ein dickes Fell. Schau mich an, ich habe kein Fell, ich werde hier als erster draufgehen!«

»Nenn mich nicht fett«, knurrte Rombo und blickte Wandak verärgert an.

»Ich muss Rombo recht geben Handor«, meldete sich der weisse Ritter zu Wort. »Wenn wir im Freien übernachten müssen, könnte es sehr gefährlich für unsere Körper werden!«

»Ja, wenn wirr sehrr viel Pech haben, beginnt es noch zu rregnen«, sagte Gabamanga mit einem viel sagenden Blick hinauf zu den dunklen Wolken.

»Schon gut, schon gut«, begann Handor. »Wir spekulieren darauf, dass es auf dem alten Fluchtweg eine Hütte gibt in der wir Unterschlupf finden.«

Handor trieb die Gruppe wieder voran und jagte sie regelrecht, weiter durch die Ödnis. Die Stimmung war miserabel. Trotz der körperlichen Anstrengung hatten sie nicht besonders warm und eine Hütte war weit und breit nicht zu sehen. Hinzu kam, dass ihnen das Wasser und das Essen immer mehr ausging, sodass sie es bereits jetzt rationieren mussten.

Endlich, der Tag war schon recht fortgeschritten, gelangte die Gruppe auf den alten Fluchtweg, der ein wenig verschlungen nach Norden führte. Dieser Weg war ebenfalls mit Steinen bedeckt, doch glücklicherweise war er eben und so fiel es ihnen ein wenig leichter sich fortzubewegen.

Noch einmal waren sie gut zwei Stunden unterwegs. Je weiter sie nach Norden gelangten, desto dunkler wurde der Himmel. Schon bald setzte Regen ein und wieder einmal waren sie durchnässt bis auf die Knochen.

Jimmi war jegliche Lust auf alles vergangen. Er war müde, hungrig und unglaublich schlecht gelaunt. »Wenn das so weitergeht, leg ich mich auf den Boden und penne eine Runde«, dachte er sich mürrisch.

»Ich sehe da was«, sagte Handor schliesslich und deutete in die Ferne. Jimmi blickte hoffnungsvoll auf. Tatsächlich konnte er in der Ferne ein kleines Häuschen erblicken, das aus Stein gebaut war.

»Aus dem Weg!«, japste Rombo und begann auf allen vieren der Hütte entgegen zu rennen. Die anderen folgten dem Bären nicht minder hastig.

Endlich waren sie angekommen. Rombo hielt ihnen die Türe auf und Jimmi schlüpfte als erster hindurch. Er war so erleichtert, dass er glücklich aufstöhnte. Nach einem endlos langen und harten Tag wollte Jimmi sich nur noch hinlegen und eine Runde schlafen. Rasch blickte er sich in der kleinen Hütte um und sogleich erschrak er so heftig, dass er einen Satz nach hinten machte und Sir Larzeron auf die Füsse trampelte.

Sie waren nicht die einzigen, die die Hütte als Unterschlupf gefunden hatten.

An einem kleinen Holztisch sassen zwei Gestalten, die Jimmi noch nie zuvor gesehen hatte. Sie waren etwa gleich gross wie Jimmi, doch ihre Gesichter waren fahl und unnatürlich in die Länge gezogen. Die Haut war runzelig und die Farbe war grün – gräulich. Sie hatten sehr dürre Ärmchen und Beinchen. Beide hatten Wollpullover und Hosen aus Leder an.

Jimmi hatte so gebannt auf die Geschöpfe gestarrt, dass er nicht bemerkt hatte, dass der Rest der Gruppe sich um ihn herum versammelte und die Waffen gezückt hatte.

Die beiden Gestalten, die zwei dampfende Becher vor sich stehen hatten, schienen nicht allzu beeindruckt ab ihrem Erscheinen zu sein. Zwar starrten sie die Gruppe mit ihren kleinen, dunklen Augen an, doch machten sie keine Anstalten irgendwelche Waffen zu zücken.

Für einmal war es nicht Handor, der die Geschöpfe ansprach, sondern Rombo.

»Was macht ihr denn hier?«, fragte der Bär verwundert und als würde er einige alte Bekannte ansprechen.

Völlig verdattert drehte sich Jimmi zu Rombo um und auch Wandak hatte sich dem Bären zugewandt. Gabamanga jedoch hatte sich seinen Säbel bereits wieder in den Halter gesteckt.

»Du kennst diese Gestalten? Was hat das zu bedeuten? Was sind das für Dinger?«, fragte Wandak ziemlich unhöflich.

»Das sind Waldwächter«, knurrte Rombo kurz angebunden und stellte seine Lanze in einer Ecke ab.

»Waldwächter? Vom grossen Karamangawald?«, hakte Wandak nach.

»Wir waren die Wächter des grossen Waldes«, sprach einer der Gestalten mit sanfter und hoher Stimme, die Jimmi nicht geheuer war und ihm die Nackenhaare zu Berge stehen liess.

Mit einer Handbewegung bot der Waldwächter der Gruppe an sich zu ihnen an den Tisch zu setzen. Jimmi legte seinen Mantel ab und hing ihn an einen Hacken, der oberhalb eines kleinen Schornsteins befestigt war und nahm etwas schüchtern am Tisch Platz.

Der Geruch der dampfenden Becher stieg ihm die Nase empor und er musste beinahe würgen. Es stank grauenhaft nach einer Mischung aus gekochten, alten Socken und faulen Eiern.

Als sich alle um den kleinen Tisch gedrängt hatten, was sich als gar nicht so leicht herausstellte, begann das Geschöpf wieder zu sprechen.

»Wie ich schon gesagt habe, waren wir Wächter des grossen Karamangawaldes. Lange bevor dunkle Schatten die Bäume vergifteten, lange bevor sich unheimliche Kreaturen mitten in der Nacht durch den Wald schlichen und lange bevor auch nur ein Stein von Schloss Mortenstein angelegt worden war.«

»Das Böse herrscht schon eine Ewigkeit dort, so lange ich denken kann und noch viel länger«, schnarrte Wandak mit einem überheblichen Gesichtsausdruck.

»Wir waren, nebst den gewöhnlichen Waldtieren, die erste Spezies, die den Wald bewohnt und bewacht hatten und wenn du mich ausreden lässt, kann ich dir auch berichten, warum wir es heute nicht mehr sind und was 249RT und ich hier zu suchen haben«, antwortete das Geschöpf mit derselben ruhigen und hohen Stimme wie bis anhin.

»249RT? Was soll das sein?«, dachte sich Jimmi verwirrt, doch schon sprach das Geschöpf weiter.

»Wir besiedelten den Rand des Waldes, wir schlugen Wege, stellten Verbindungen von Norden nach Süden und von Westen nach Osten her. Wir bewachten die Eingänge zu diesen Wegen und liessen nur die vertrauenswürdigen Geschöpfe passieren. *Der Wald ist uns heilig.* Nach und nach fielen immer mehr Blicke auf den Karamangawald. Freundliche Blicke mit angenehmen Völkern, doch auch gierige und unwürdige Blicke, die den Wald für sich beanspruchen wollten. *Der Wald ist uns heilig.* Wir hielten die Grenzen so lange wir konnten, doch gegen die Übermacht, die aus Zomga heranströmte, waren wir nicht gewachsen. Immer mehr Posten mussten wir aufgeben. Zeitweise versteckten wir uns im Wald. Als der erste grosse

Krieg vorbei war, wiegten wir uns in Sicherheit. *Der Wald ist uns heilig.* Bei unseren Erkundungstouren entdeckten 249RT und ich allerdings dieses grässliche und vermoderte Schloss, das von dunklen Schatten umgeben und mitten im Herzen des Karamangawaldes errichtet worden war.«

Das Geschöpf hielt kurz inne. Trank einen Schluck aus dem dampfenden Becher und fuhr dann fort.

»Wir duldeten dies. Wir hatten auch keine andere Möglichkeit als dieses monströse Bauwerk zu dulden. Zahlenmässig waren wir natürlich deutlich unterlegen und wir sind nicht dazu ausgebildet worden Krieg zu führen. Wir sind Beschützer des Waldes, denn *der Wald ist uns heilig.*«

Das Geschöpf hielt abermals kurz inne und kratzte sich mit seinen zweigdünnen Armen am Kopf, ehe es fortfuhr.

»Nun, seit einem Jahr etwa wird Jagd auf uns gemacht. Böse Kreaturen wandeln durch den Karamangawald und vernichten alle Geschöpfe, die nicht auf der dunklen Seite stehen. Das ist der Grund, weshalb 249RT und ich uns hier seit mehreren Monaten verstecken. Möglichst weit weg von diesem verseuchten Wald, denn *der Wald ist uns nicht mehr heilig.*«

Bei aller Monotonie, die in der Stimme des Waldwächters lag, konnte Jimmi weder eine Bitterkeit noch einen Hass heraushören, doch er war sich ziemlich sicher, dass die Geschöpfe genau dies empfanden.

»Was sind das für Kreaturen, die durch den Wald wandeln?«, fragte Handor, der entspannt auf seinem hölzernen Stuhl sass und an seiner Pfeife nuckelte.

Tatsächlich zeigte das Geschöpf nun Gefühle. Jimmi hörte die Angst in seiner Stimme.

»Es sind die Bonz, welche uns das Weite suchen liessen!«

Schlagartig lag eine greifbare Spannung in der Luft. Niemand, selbst Handor oder Sir Larzeron, die vieles wussten, kannten die Bonz.

Es war allerdings nicht nötig, dass jemand die Geschöpfe danach fragte. Der Waldwächter erkannte es an ihren Gesichtern. Nach einem weiteren, kräftigen Schluck aus dem dampfenden Becher, fand das Geschöpf den Mut weiter zu sprechen: »Es ist eine neue Spezies, gezüchtet von den Geschöpfen, die auf Schloss Mortenstein herrschen…«

»Moment!«, platzte es aus Jimmi heraus und alle drehten sich zu ihm um.

»Ahm, Verzeihung. Von welchen Geschöpfen wird Schloss Mortenstein regiert, etwa von diesen Bonz?«, fragte er.

»Das haben wir nicht herausgefunden«, sagte das Geschöpf und regte sich ein wenig auf seinem Stuhl, ehe es fortfuhr.

»Wir vermuten, dass die Bonz einmal Menschen waren, die auf Schloss Mortenstein und in den dunklen Verliessen gefangen gehalten worden waren. Was auch immer in diesem Schloss getrieben wurde, es sind keine Menschen mehr. Doppelt so gross, als wären sie auf der Streckbank in die Länge gezogen worden und dreifach so grausam wie der mit den dunkelsten Gedanken verseuchte Mensch, der hier auf Erden wandelt!«

Jimmi schluckte einmal leer, doch das Schlimmste kam erst noch.

»Kein Fleisch, kein Blut, nur Knochen, die weiss schimmern. Der Totenkopf von einer schwarzen Kapuze, die Knochen von einem schwarzen Umhang umhüllt. Sensen mit Diamantschliff versehen!«

Jimmis Mund stand offen. Das war nicht möglich. Diese Vorstellung war so absurd, dass es ihm wie ein Witz vorkam und doch erinnerte er sich unweigerlich an seine Schulzeit zurück, als ihm ein Mitschüler einen Fetzen Papier zugesteckt hatte, auf dem ein kleines Gedicht aufgeschrieben war.

*Ob jung ob alt, ob krank oder gesund, für ihn gibt`s niemals `n Grund.*

*Wenn die Dunkelheit der Nacht, langsam aus dem Schlaf erwacht.*
*Der Nebel unnatürlich herbeigezogen, dein Glück für immer ist verflogen.*
*An der Türe klopft er an, vor dir steht der Sensenmann.*
*Besiegelt ist dein Schicksal nun, schliess die Augen, denn auf ewig wirst du ruh`n.*

Jimmi schauderte es. Natürlich war es ein dummer Kinderstreich gewesen, der ihn dazumal verängstigen sollte, doch die Beschreibung der Bonz passte ganz genau auf diesen Sensenmann, der in diesem Gedicht erwähnt wurde. Er erinnerte sich noch genau, dass just in dieser Nacht Nebel aufgezogen war und er ängstlich in seinem Bett gelegen hatte. Bei jedem Knarren oder beim leisesten Knirschen war er erschrocken und hatte sich unter sein Bett verzogen.

»Wenn diese Bonz nur aus Knochen bestehen sollen, ist es meiner Meinung nach ein Leichtes gegen sie anzukämpfen. Knochen brechen schnell«, meldete sich Wandak gelangweilt zu Wort. Der Kobold stand demonstrativ auf und schwang seine Keule einmal durch die Luft, als würde er gerade auf einen dieser Bonz einprügeln.

»Das sind keine natürlichen Knochen! Diese Biester sind unnatürlich! Sie halten viel mehr aus, als ihr denkt!«, antwortete der Waldwächter monoton, wenn auch etwas schärfer.

»Im Moment müssen wir uns noch keine Gedanken darüber machen«, begann Handor. »Ich frage mich eher woher ihr diese Informationen habt.«, fügte er hinzu und blies dabei Rauch aus seinem Mund.

»Wir haben sie gesehen!«

Alle drehten sich zum zweiten Geschöpf mit dem Namen 249RT um.

Zum ersten Mal an diesem Abend meldete es sich zu Wort. Die Stimme war genauso monoton und hoch wie die des anderen Waldwächters.

»Ihrr habt sie gesehen?«, fragte Gabamanga mit gerunzelter Stirn.

»Wir haben sie aus weiter Entfernung und aus unserem sicheren Versteck heraus beobachtet. Jedes Lebewesen, das ihnen über den Weg lief, wurde gnadenlos vernichtet. An diesem Tage entschlossen wir uns dazu, den Wald für immer hinter uns zu lassen und ein neues Leben zu beginnen. Der Wald ist verseucht. Der Wald ist in den Fängen des Bösen. Ihr habt grosses vor, das sehe ich in euren Augen, trotzdem werdet ihr scheitern und der Wald wird euer Ende bedeuten«, antwortete das Geschöpf.

Jimmis Herz sank ihm in die Hosen. Was mussten sie auf dem Weg nach Maskara noch alles hinter sich lassen? Die Begegnung mit der Schlange war noch so präsent, so kurz her und nun kam schon die nächste Hiobsbotschaft. Sie werden es mit einer Horde Knochenmenschen zu tun bekommen. Beklommen blickte Jimmi den Elfen an.

»Langsam habe ich das Gefühl, dass wir Maskara niemals erreichen werden«, krächzte Jimmi leise an Handor gerichtet.

»Abwarten«, murmelte Handor in Gedanken vertieft.

# Bärenstadt

Die Nacht war sehr kurz und unangenehm. Es war nicht nur der Regen, der laut auf die Hütte niederprasselte. Ein heulender Wind zischte über die Hütte hinweg und liess sie erzittern. Während Jimmi dem Heulen des Sturmes zugehört hatte, waren seine Gedanken stets beim grossen Karamangawald, den sie schon bald und unweigerlich durchqueren mussten. Er fürchtete sich immer mehr vor diesem Wald. Die Hoffnungslosigkeit der Waldwächter war beinahe ansteckend. Ihm schien es, als wäre die Gruppe an einem Punkt auf ihrer Reise angelangt, an dem sehr wenig Zuversicht herrschte. Ihre Vorräte neigten sich nun definitiv dem Ende zu und nach Bärenstadt, dem nächsten Ziel ihrer Reise, war es ein Dreitagesmarsch, auf dem sie bei eisigen Temperaturen im Freien übernachten mussten.

Diese Tatsache gefiel keinem von ihnen, doch Handor hatte eindringlich erläutert, dass er keine andere Idee hätte und dass sie nicht über den Totensee zur Stadt Akara gehen sollten und schon gar nicht am Ufer entlang. Dies waren die wahrscheinlich schlechtesten Aussichten, die Jimmi auf der ganzen bisherigen Reise gehabt hatte. Selbst eine Woche im Berg Nagur schien ihm nun wie ein Witz vorzukommen.

»Wir brechen auf«, sagte Handor am folgenden Morgen mit kurz angebundener und wenig begeisterter Stimme.

Draussen war es noch dunkel und noch immer heulte der Wind durch die Ritzen der Hütte hindurch.

Die Gruppe hatte gerade ihr Frühstück (einen Viertel von einem Apfel und ein halbes Stück Brot) zu sich genommen und sich für den Marsch vorbereitet.

Mit einem letzten Gruss an die Waldwächter, die ihnen alles Gute wünschten, verliessen sie die Hütte und begaben sich auf den Weg.

Schweigend wanderte sie über schwer begehbares Gelände, durch dichte Wälder, Moorlandschaften und über kleinere Hügel. Sie durchquerten Flüsse, trotzten dem eisigen Wind und dem Regen, übernachteten unter einem Baum, ernährten sich von Rinde, essbaren Gräsern und von den letzten Resten, was sie an Proviant bei sich hatten. Das einzig Gute an der ganzen Sache war, dass sie auf keinen einzigen Feind stiessen während dieser Zeit. Dies zeigte ihnen, dass sie sich wohl für den richtigen Weg entschieden hatten.

Handor hatte sich für eine Route entschieden, die weiter weg von Akara führte und näher dem Meer im Norden gelegen war.

Zwei Tage waren sie nun schon unterwegs und der dritte Tag brach genau gleich an wie die letzten beiden. Düster, verregnet und mit kalten Windböen.

Jimmi erwachte schlotternd und bibbernd vor Kälte. Selbst der Elfenmantel, den er von Handor erhalten hatte, vermochte die eisige Kälte nicht mehr aufzuhalten. Der Proviant war ihnen nun endgültig ausgegangen. An einem kleinen Bachufer, an dem sie sich für die Nacht niedergelassen hatten, gab es wenigstens Wasser.

Die Hoffnung auf Fische, die sich in dem Bach aufhalten könnten, wurde allerdings schon am letzten Abend getrübt, denn der Bach war viel zu flach, als dass sich Fische darin hätten aufhalten können. In zwei Stunden hatten sie nicht einmal eine Kaulquappe vorbeischwimmen sehen und schliesslich hatten sie es deprimiert aufgegeben.

Mit trübem Blick erhob sich Jimmi. Er musste sich bewegen. Seine Gelenke waren steifgefroren und er fühlte sich als hätte jemand mit einem Stock auf ihn eingeprügelt.

Handor, Gabamanga, Wandak und Sir Larzeron waren ebenfalls wach, nur Rombo schlief seelenruhig weiter. Kein Wunder, denn der Bär war in dieser Region aufgewachsen. Er hatte ein dickes Fell und am wenigsten Mühe mit diesen Temperaturen.

Wandak reichte Jimmi ein wenig Rinde, auf der er wenigstens ein wenig herumkauen konnte.

»Von wegen erfrieren! Dieser Riesentrampel soll gefälligst aufstehen«, knurrte der Kobold dabei, mehr an sich selbst gerichtet als an Jimmi.

Jimmi brachte nicht mehr, als ein schwaches, verkrampftes »Mpf« als Antwort zu Stande.

»Handor!«, brüllte der Kobold unverhofft und Jimmi zuckte zusammen, da dieser Trottel ihm in das Ohr gebrüllt hatte. »Wann erreichen wir endlich diese vermaledeite Stadt?«

Handor, dessen Laune selbst nicht gerade besser war, rümpfte verdrießlich die Nase und zog seine Karte hervor.

Wandak und Jimmi begaben sich zu dem Elfen hin, der mit dumpfer Stimme antwortete: »Einen halben Tagesmarsch, wenn wir gut vorankommen und keine Rast machen.«

»Wir werden keine Rast mehr machen! Wenn ich nicht bald etwas anständiges zwischen die Zähne bekomme, esse ich den Dicken!«, knurrte Wandak, schwang sich dabei seine Keule auf die Schultern und marschierte zu Rombo hin.

Mit einigen Stupsen brachte er den Bären zum Erwachen. Der Bär glotzte den Kobold missmutig an.

»Beweg dich Klops! Ich halte diese Kälte nicht mehr aus«, grunzte Wandak missmutig.

Rombo antwortete nicht. Der Bär betrachtete nur die spärliche Kleidung, die Wandak anhatte und rümpfte mit einem viel sagenden Blick die Schnauze.

Eine gute Viertelstunde später war die Gruppe wieder unterwegs.

Nur der Gedanke an Bärenstadt liess Jimmis Füsse noch funktionieren. »Hoffentlich haben die Bären beheizte Hütten«, dachte sich Jimmi missmutig.

Drei Stunden waren schon vergangen und die Landschaft war nach wie vor karg, windig und flach. Den Totensee hatten sie seit Sanderaga nicht mehr gesehen und Jimmi war sehr froh darüber.

Dann, nach einer gefühlten Ewigkeit, erlöste Rombo die Gruppe mit einer freudigen Nachricht.

»Bärenstadt, meine Herren!«, grunzte er erfreut und deutete dabei in die Ferne.

Wandak hatte die Augen zu Schlitzen verengt, um besser in die Weite sehen zu können. Jimmi konnte nichts erkennen und der Kobold offensichtlich auch nicht, denn er knurrte: »Willst du mich verarschen? Wo soll diese Stadt sein?«

»Ihr werdet es schon sehen«, brummte Rombo vergnügt und schritt voran.

So wanderten sie noch gut zehn Minuten weiter und Jimmi wurde immer aufgeregter und ungeduldiger.

Auf dem ganzen Weg hatte er keine Anzeichen einer Stadt erkennen können. Allerdings war ihm seit einer Minute etwas aufgefallen. Die Gruppe war in diesem Augenblick auf einem geebneten Weg unterwegs, doch das Gelände begann sich merklich zu senken. Es lief sich nun auch etwas leichter.

In etwa einhundert Meter Entfernung konnte Jimmi ein in die Erde eingebautes Tor erkennen. Es war etwa zehn Meter breit und fünf Meter hoch und es war komplett aus Holz gefertigt.

Rombo grunzte vor Freude und die letzten Meter zu dem Tor hin liefen sich so nochmals etwas zügiger.

Rombo hämmerte ohne zu zögern mit seiner Tatze drei Mal auf das hölzerne Tor ein, das ein dumpfes Pochen von sich gab.

Jimmi warf einen kurzen Blick nach oben und erkannte, dass der obere Rand des Tores eben war mit dem kargen Gelände auf dem sie noch vor wenigen Minuten unterwegs waren. Der Boden vor dem Eingangstor war lehmartig und feucht und Jimmi konnte erkennen, dass in das Tor eine riesige Tatze eingeschnitzt worden war.

Ein Knacken war zu hören und ein kleines Guckloch wurde von innen bei Seite geschoben. Ein grosses Bärenauge blickte sie geradewegs an.

»Rombo!«, hörte Jimmi eine Stimme hinter der Türe grunzen.

»Öffnet das Tor! Rombo ist zurück!«, sprach die dumpfe Stimme hinter dem hölzernen Tor.

Es gab freudiges Gemurmel hinter dem Eingangstor. Danach folgte ein weiteres Knacken und das Tor ging langsam nach innen auf.

Ein grelles Licht blendete die Gruppe, als das Tor gänzlich nach innen aufgestossen worden war und als Jimmis Augen sich an das grelle Licht gewöhnt hatten, erkannte er mindestens zehn Bären die vor ihnen standen. Alle hatten sie die gleichen, grossen und schweren Lanzen in den Klauen wie Rombo und alle hatten sie in etwa die gleiche Statur wie er.

Nach einigen Umarmungen, Begrüssungsworten und Nettigkeiten, die ausgetauscht wurden, zwischen Rombo und den Bären, wurden sie schliesslich hinein gebeten.

Rombo führte die Gruppe hinein und als Jimmi durch das Tor auf das grelle Licht zuging, klappte ihm, nicht zum ersten Mal auf dieser Reise, der Mund auf vor Erstaunen. Die Gruppe stand auf einem grossen Erdhügel und sie blickten nach unten in die Tiefe.

Bärenstadt war komplett unterirdisch erbaut. Die gesamte, riesige Halle war mit schönem Holz verkleidet, von der Decke bis hin zum Boden. Die Gruppe stand auf dem höchsten Punkt von Bärenstadt, auf der Ebene des Eingangstores und sie blickten sich erstaunt um. Nicht einmal Wandak konnte sein Erstaunen verbergen.

Rombo hatte ihnen nie viel von seiner Heimatstadt erzählt und Jimmi fand, dass Bärenstadt das Eindrücklichste war, das er auf der bisherigen Reise gesehen hatte.

Drei hölzerne und gewundene Treppen führten nach unten in die riesige Halle, die mindestens fünfmal so breit und zehnmal so tief war wie das Eingangstor selbst.

Bei näherem Betrachten erkannte Jimmi, dass die Halle schmal und lang erbaut worden war. Auf den beiden Seiten der Halle befanden sich runde Torbogen, die in weitere Räume führten. In der Mitte der Halle gab es einen kleinen Park, voll mit blühenden Pflanzen und durch diesen Park hindurch führte ein kleiner Bach. Der Boden des Parks war nicht aus Holz gefertigt, sondern mit schönen und flachen Steinen versehen, wie Jimmi jetzt erkennen konnte.

Eine angenehme Wärme kroch über Jimmis Haut. Er blickte sich nach der Quelle der Wärme um und erkannte am Ende der Halle einen riesigen, aus Stein gebauten, Kamin. Einige Bären warfen unablässig Holz in das bereits prasselnde Feuer hinein.

Fünf dicke Rohre führten von dem Kamin weg in die Decke hinein und weitere, kleinere Rohre, führten an den Wänden entlang durch die verschiedenen Torbogen an der Seite hindurch. Es war ein ausgeklügeltes Heizungssystem, das die Halle und alle ihre Räume mit Wärme versorgte.

»Gehen wir«, sagte Rombo, der sie von hinten beobachtet und ein breites Grinsen aufgesetzt hatte.

Begleitet von einigen Bären, die sie schon am Eingang empfangen hatten, stiegen sie auf einer der gewundenen Treppen nach unten.

Als sie am Fusse der Treppe angelangt waren blickte Jimmi neugierig die Bären an, die sich in der Halle fortbewegten.

Es gab Braunbären, wie Rombo einer war, doch es hatte auch Schwarzbären, Brillenbären, Eisbären, Pandas, Kragenbären, Ameisenbären und Lippenbären.

Jimmi erfreute sich besonders ab einem grossen Panda, der in aller Ruhe einen Büschel Bambus hinter sich herzog.

Die Bären glotzten natürlich alle zurück und einige grüssten Rombo mit einem Winken der Klauen oder einem Grunzen.

»Wisst ihr, jede Art von Bär hat hier seinen eigenen Garten und einen eigenen Wohnort der extra für dessen Bedürfnisse eingerichtet ist«, klärte sie Rombo auf.

Selbst Wandak konnte nicht verstecken, dass ihm diese Idee gefiel und er fragte nach: »Ein Eisbär hat also eine Bude aus Eis hier unten?«

Rombo nickte und deutete auf einen steinernen Torbogen, der mit einer runden Türe geschlossen war und auf die sich gerade ein junger Eisbär zubewegte. In der Tatze hielt er einen monströsen Kessel, der gefüllt war mit zuckenden Lachsen. Als der Eisbär die Türe öffnete, wehte ihnen ein kalter Windstoss entgegen und zum zweiten Mal klappte Jimmi der Mund auf. Hinter dem Torbogen lag eine grosse Landschaft, die komplett aus Eis bestand.

»Wie macht ihr das?«, fragte Wandak, der aus dem Staunen nicht mehr herauskam.

»Wir heizen mit dem Ofen«, antwortete Rombo und deutete auf den Kamin, den Jimmi schon von der Ebene aus gesehen hatte. »Und wir kühlen mit der Energie des Feuers«, fügte er hinzu und deutete auf das Rohr, das separat durch die Wand in die Eislandschaft hinein führte.

»Genial«, murmelte Handor beeindruckt.

»Die Torbogen auf der linken Seite führen in die verschiedenen Behausungen, die auf der rechten Seite beinhalten Flüsse mit Lachsen, Bäume mit Bienenstöcken, Pflanzen, Obstgärten, Stroh das wir trocknen, Waffenschmieden und …«

»Ameisenhügel«, entfuhr es Jimmi, als er gerade einen Ameisenbären dabei beobachtet hatte, wie ihm ein grosser Kessel voll mit Ameisen von seinem Rücken auf den Boden gefallen war und die er jetzt genüsslich mit seinem langen Rüssel aufsaugte.

»Und noch vieles mehr was unser Überleben sichert, ja«, gluckste Rombo und führte sie nun weiter. »Wir versorgen uns hier unten selbst. Wir schaffen ein Klima, das Ideal für die jeweiligen Bedürfnisse der Bären ist.«

Jimmi beobachtete einen Braunbären, der mit einem Topf voller Honig aus einem Raum auf der rechten Seite herauskam. Um den Bären schwirrten sogar noch einige Bienen.

Rombo führte sie weiter und die Gruppe durchquerte langsam und staunend die Halle. Rombo führte sie an dem Park in der Mitte vorbei und auf einen offen stehenden Torbogen zu. Jimmi konnte erkennen, dass es hinter dem Torbogen viele Hütten aus Holz gab, die allesamt mit Stroh bedeckt waren. Auf einem kargen Stück Felsen, in der Mitte des runden Raumes, lagen einige Braunbären flach auf dem Rücken und machten offensichtlich ein kleines Schläfchen.

Die Gruppe durchquerte den Torbogen und bewegte sich auf dem hölzernen Boden fort, der sich schlangenartig um die Häuser windete.

»Kommt, hier wohnen wir«, sagte Rombo und deutete auf eine Hütte, die eher alt und spröde schien.

»Wir?«, fragte Sir Larzeron stirnrunzelnd

»Nun ja, ich war ein Waisenkind müsst ihr wissen, und ich wurde von ihr aufgenommen. Sie hat sich um mich gekümmert, mich gepflegt …«

Weiter kam Rombo nicht. Als er die Türe zu seinem Heim aufgestossen hatte, ertönte ein markerschütterndes Grunzen, gefolgt von einer rauen und sehr tiefen Stimme.

»Rombo! Mein kleiner Junge ist wieder zu Hause! Du meine Güte bist du mager geworden!«

Jimmi blickte unweigerlich nach rechts, denn dort stand Wandak und Jimmi lachte ab seinem grinsenden Gesichtsausdruck.

Rombo trat herein und machte einen Schritt zur Seite.

Da stand ein Braunbär. Einen fetteren Braunbären hatte Jimmi noch nie gesehen und tatsächlich trug der Bär einen selbstgestrickten Pulli der wie Jimmi fand bei ihm zu Hause in Xandera als Zirkuszelt gedient hätte.

»Das ist meine Oma«, sagte Rombo ein wenig kleinlaut und deutete auf den dicken Bären vor ihnen.

Die alte Dame verpasste Rombo mit einem übergrossen Kochlöffel, den sie in der Hand hielt, einen kräftigen Hieb auf den Hinterkopf.

»Schämst du dich etwa für mich? Ich habe dir fünfmal am Tag frisches Essen zubereitet, ich habe dich in meiner Wohnung pennen lassen!«

»Nein Omi, natürlich nicht!« antwortete Rombo mit kleinlauter Stimme und rieb sich dabei den Schädel.

Noch immer beäugte die Frau ihr Ziehkind missmutig, doch als ihr Blick weiterwanderte und auf Wandak hängenblieb, beruhigte sie sich etwas.

»Ihr setzt euch erstmal an den Tisch! Das grüne Ding sieht ja aus als hätte es sich im ganzen Leben nur von Brot und

Wasser ernährt! Ich koche kurz was, setzt euch, setzt euch, aber zieht gefälligst eure komischen Latschen ab!«

Die alte Bärendame wuselte in die Küche davon.

Wandak schien empört, ein grünes Ding genannt worden zu sein und Jimmi konnte sich das Lachen fast nicht verkneifen. Rombo hatte einen vielsagenden Blick aufgesetzt und führte sie mit einem Winken seiner Tatzen durch sein Haus hindurch.

# Die Versammlung

Jimmi fand dieses Haus einfach nur toll. Alles war grösser, breiter und sehr bequem eingerichtet.

Die Sessel waren allesamt mit Stroh ausgestopft. Das Haus beherbergte einen grossen Kamin neben dem sich Hölzer, die beinahe so gross wie er selbst waren, stapelten.

Die Decke, die Böden und die Wände waren mit saftig aussehenden, grünen Gräsern überzogen, was der Hütte einen beinahe kitschigen Ausdruck verlieh. Es fühlte sich sehr gut an auf diesem weichen Untergrund zu laufen und nach all den Strapazen der letzten Tage war es eine wahre Wohltat.

Die Küche liessen sie aus, da Rombos Oma darin am Werken war. Gleich neben der Küche lag eine Kammer, welche Jimmi zum dritten Mal in kürzester Zeit den Mund offen stehen liess. Die Gruppe stand in der Vorratskammer. An eisernen

Haken befestigt hingen mindestens zwanzig Schinken. Fässer, voll mit verschiedenen Säften und mit Honig, standen säuberlich eingereiht an den Wänden die, im Gegensatz zu dem Rest des Hauses, aus Stein gebaut waren.

In breiten Regalen lagerten die grössten Brote, die Jimmi je in seinem Leben gesehen hatte. Es hatte auch noch Blätter in verschiedenen Farben und was Jimmi am tollsten fand, einen riesigen Bottich voll mit Milch.

Nach dem sie sich die Vorratskammer angesehen hatten ging es weiter zu den Schlafgemächern. Rombo zeigte ihnen ganz kurz sein Zimmer, das nebst dem überdimensionalen Bett des Bären mit viel Schnickschnack verziert war. Bilder aus seiner Jugend, Spielzeuge und vieles mehr.

Danach zeigte Rombo das Schlafgemach für den Rest der Gruppe. Es war ein grosser Raum, ganz am Ende des Hauses, der länglich gebaut und mit zehn Betten versehen war.

»Jedes Haus hat einen solchen Notfallraum. Es ist nämlich schon einmal vorgekommen, dass die halbe Stadt gebrannt hatte und danach gab es zu wenige Unterkunftsmöglichkeiten für alle Bären. Seither ist es Pflicht einen solchen Unterkunftsraum zu haben«, erklärte ihnen der Bär.

Jimmi warf seine Tasche auf ein Bett und setzte sich gleich einmal darauf. Das Bett war sehr weich und roch nach Stroh, was Jimmi als sehr angenehm empfand. Jimmi hätte am liebsten ein wenig geschlafen, doch der Geruch, der aus der Küche hereingeweht kam, liess ihn wieder aufstehen.

Rombo führte sie zurück in das Wohnzimmer, in dem sie sich an einem grossen Tisch niederliessen.

Von der Küche her wehte der herrliche Duft herüber, der Jimmi das Wasser im Mund zusammenlaufen liess.

Die Gruppe hatte einige schwere Tage hinter sich und sie freuten sich auf die erste warme Mahlzeit seit mehreren Tagen.

Endlich kam Rombos Oma, mit einem gewaltigen Topf in den Armen, in das Wohnzimmer gewatschelt und knallte den

Topf auf den Tisch. Sir Larzeron half der älteren Dame dabei das Essen in Schalen abzufüllen und diese herumzureichen.

Es war ein Schinken-Kartoffel Eintopf. Alle warteten, bis sich Sir Larzeron und Rombos Oma gesetzt hatten und begannen danach zu essen.

Es schmeckte Jimmi ausgezeichnet. Nachdem die Gruppe sich in den letzten Tagen nur von Rinde und Gräsern ernährt hatte, war dieser Eintopf ein Gedicht.

Während dem Essen herrschte absolute Stille. Während langer Zeit war nur das Klappern des Geschirrs zu hören. Als sich alle satt gegessen hatten, lehnten sie sich zurück und warteten auf Rombos Oma, die in die Küche zurückgewuselt war um den Nachtisch zu holen.

»Nachher möchte ich noch mit den Anführern der Bären reden, Rombo. Am besten kommen du und Jimmi mit mir mit, der Rest kann sich hinlegen«, ergriff Handor das Wort.

»Kann ich auch mitkommen?«, fragte Sir Larzeron an Handor gerichtet.

»Natürlich, ihr könnt alle mitkommen wenn ihr wollt, aber ihr müsst nicht«, antwortete Handor mit Blick auf den weissen Ritter.

»Ich komme auch mit Handor, es nimmt mich wunder, was die Bären von unserer Mission halten«, sagte Wandak und entzündete sich dabei seine geschwungene Pfeife. Gabamanga grunzte nur, was wohl bedeutete, dass er ebenfalls mitkommen möchte.

»Wir treffen uns im Park, ich habe bereits um das Treffen gebeten«, brummte Rombo und rieb sich dabei seufzend seinen dicken Bauch.

Ein kurzes Schweigen trat ein, das allerdings nicht lange hielt.

»NA DUUU!«, ertönte eine erzürnte Stimme aus dem Hintergrund.

Jimmi zuckte heftig zusammen.

Rombos Oma stand mit einem grossen Kuchen in der Hand an der Küchentüre und blickte verärgert den Kobold an.

»Hier drinnen wird nicht geraucht! Geh gefälligst nach draussen und verdrück dein Gift nicht hier drinnen!«

Jimmi hatte befürchtet, dass der Kobold sofort zurückfauchen würde, doch Wandak löschte rasch seine Pfeife und sagte sehr kleinlaut: »Entschuldigung, gnädige Frau.«

Jimmi musste ein Lachen unterdrücken. Das war so was von untypisch für den Kobolden, der immer frech gewesen war und die grösste Klappe von ihnen allen hatte. Diese Dame schien allerdings auch auf Wandak Eindruck zu machen.

Rasch assen sie den leckeren Honigkuchen auf, den Rombos Oma für sie gemacht hatte. Danach verabschiedete die Dame sich mit einem tiefen Grunzen und sagte ihnen, dass sie zu Bett gehen werde und überliess der Gruppe den Abwasch. Die Küche war genau so gross wie der Rest des Hauses.

Als die Gruppe mit dem Abwasch fertig war, machten sie sich rasch auf den Weg zu der Versammlung mit den Anführern der Bären.

Rombo führte sie direkt durch den Torbogen, heraus in die Eingangshalle. Der Bär hatte es schon angesprochen, dass das Treffen im Park stattfand und der Bär führte sie auf einen Eingang zu, der geschmückt war mit Blumen. Auf einem schmalen, steinernen Weg führte Rombo sie mitten durch den Park hindurch. Jimmi konnte Grillen zirpen und Bienen summen hören, die sich über die bunt blühenden Pflanzen hermachten.

Rasch gelangten sie zu einem kreisrunden Platz, auf dem an den Seiten entlang eine steinerne Rundbank stand.

Jimmi blickte sich um und konnte erkennen, dass jeweils ein Bär jeder Rasse auf der Bank sass und auf sie wartete.

Rombo begrüsste die Bären ohne Umschweife und stellte die Geschöpfe einzeln vor.

Jimmi entging nicht, dass einige der Bären bei seinem Namen und seiner Heimatstadt ihn mit gespannten Augen ansahen. Er mochte das nicht und nahm rasch an Handors Seite Platz. Rombo war stehen geblieben.

»Liebe Bärengemeinschaft«, begann er und verbeugte sich kurz vor den versammelten Bären. »Vor nicht allzu langer Zeit habt ihr mich ausgesucht, dem Hilferuf aus Xandera Folge zu leisten und mich in dieses Dorf zu begeben. Meine Reise führte mich am Rande der Bergkette vorbei und durch den Hexenwald hindurch, nach Xandera.«

Jimmi runzelte die Stirn. Er hatte sich bisher noch nie gefragt, wie die Geschöpfe zu ihm nach Xandera gelangt waren ohne durch den Berg Nagur zu gehen. Weshalb waren sie nicht den gleichen Weg zurückgegangen?

»In Xandera wurden uns die Absichten von Handor, dem Elfen vorgetragen. Handor, möchtest du es uns kurz erklären?«, fragte Rombo und blickte sich nach Handor um. Der Elf nickte, stand auf und begab sich an Rombos Seite.

»Verehrtes Bärenvolk«, begann er. »Ich bedanke mich bei Ihnen für die Gastfreundschaft, die uns gewährt wird.«

Einige der Bären nickten freundlich, als wäre dies eine Selbstverständlichkeit.

»In der Elfenstadt, Maskara, haben wir Elfen eine Theorie entdeckt. Eine alte Theorie die, kurz gesagt, sich damit befasst, dass ein Junge, dessen Blut getrennt ist, bei uns in Maskara eine Waffe finden wird, die das Böse für immer vernichten kann.«

Handor legte eine kurze Pause ein, denn die Bären tuschelten aufgeregt miteinander.

»Wir sind uns ziemlich sicher, dass es sich in dieser Theorie um Jimmi Johnson handelt«, fuhr Handor fort und zeigte mit flacher Hand auf Jimmi. Die Augen der Bären blitzten zu ihm herüber und Jimmi blickte etwas beschämt auf den Boden.

»Dieser Junge hat getrenntes Blut. Dies bedeutet, dass seine Mutter eine Elfe war und sein Vater ein Mensch ist.«

Wieder tuschelten die Bären aufgeregt miteinander.

»Unsere Mission ist es, den Jungen sicher nach Maskara zu führen, damit er diese Waffe finden und verwenden kann.«

Ein leises Grunzen war zu hören und Handor blickte einen kleinen Lippenbären an, von dem dieses Grunzen stammte.

»Wissen Sie wo diese Waffe versteckt ist, Herr Handor?«, wollte er mit verschlungener Stimme wissen.

»Nein, wir wissen es nicht und die Theorie besagt ganz klar, dass nur diese Person, von der wir glauben, dass es Jimmi ist, sie finden und gebrauchen kann.«

»Was soll das für eine Waffe sein, die ein ganzes Volk zerstören kann?«, brummte ein Eisbär von seinem Platz aus und begutachtete Handor mit kritischem Blick.

»Auch das wissen wir nicht. Wir können Euch nicht sagen ob es überhaupt eine Waffe gibt. Nicht alle Theorien der Elfen erwiesen sich bisher als richtig«, antwortete Handor.

Ein unangenehmes Raunen ging durch die Runde.

»Trotzdem …«, fuhr Handor mit erhobener Stimme fort um sich wieder Gehör zu verschaffen. »… trotzdem denken wir, dass es einen Versuch wert ist. Wenn wir sehr viel Glück haben gelingt es uns diesen Krieg ohne zahlreiche Verluste unsererseits zu beenden. Ich denke es wäre in allen unseren Sinne das Böse für immer aus dieser Welt zu vertreiben!«

Nun hörte Jimmi zustimmendes Murmeln von den Bären und mit einem Seitenblick auf Rombo setzte sich Handor wieder hin.

»Von Xandera, über die Wachstadt sind wir in die grosse Stadt gelangt. Von da aus haben wir die Trollenhügel durchquert, sind zu einem Verwandten des Kobolden Wandak gelangt, weiter in die Stadt Nagur, durch den Berg Nagur hindurch, nach Lima, über den Totensee nach Sanderaga, zu einem Unterschlupf auf dem Fluchtweg und schliesslich sind wir hier in Bärenstadt angekommen«, berichtete Rombo und ein gewisser Stolz lag in seiner Stimme.

Die Bären wirkten einigermassen beeindruckt.

»Ihr seid durch den Berg Nagur und über den Totensee gegangen?«, fragte der Pandabär mit erstaunter und ehrfürchtiger Stimme.

»Das ist richtig. Wir haben uns für einen unkonventionellen Weg entschieden, mit dem die bösen Mächte nicht rechneten«, antwortete Rombo.

Wieder ging ein Raunen durch die Runde.

»Die Sicherheit von Jimmi hat oberste Priorität«, fuhr Rombo fort und lief dabei ein wenig im Kreis herum. »Wir müssen ihn durch den grossen Karamangawald führen, damit wir möglichst rasch nach Maskara gelangen!«

Diesmal war kein Raunen zu hören. Es war mucksmäuschenstill.

»Seid ihr euch bewusst, dass der grösste Teil des Karamangawaldes unter der Herrschaft des Bösen steht?«, fragte ein Braunbär. »Du solltest das zumindest wissen, Rombo!«

»Dessen sind wir uns bewusst«, antwortete Rombo. »Dennoch müssen wir das Risiko wagen, denn die Zeit läuft uns davon«, fügte er noch hinzu.

»Äusserst gefährlich«, murmelte der Braunbär mit gerunzelter Stirn.

Handor erhob sich erneut. »Wir haben uns für diesen Weg entschieden und wir werden ihn auch auf uns nehmen. Wir sind uns den Gefahren bewusst. Unsere Wege sind fest eingeplant und dabei werden wir es auch belassen«, sagte er ruhig, doch Jimmi konnte einen genervten Unterton bei dem Elfen heraushören. Ihm war klar, dass Handor nicht über ihren Weg reden wollte und auch die Bären bemerkten dies.

»Was verlangt ihr von uns?«, fragte der Braunbär direkt an Handor gewandt. »Wir können keine Krieger entbehren, die euch durch den grossen Karamangawald geleiten. Unsere eigene Stadt und unser Volk hat Vorrang«, fügte er noch hinzu, ehe Handor zu Wort kam.

»Dieser Junge«, begann Wandak unvermittelt, stand auf und deutete auf Jimmi. »Dieser Junge ist die grösste Hoffnung für die freien Völker Atramonias! Das Böse ist in der Überzahl. Ihr könnt euch nicht hier in diesem Bau verkriechen, das würde euch nichts nützen!«, sagte der Kobold erzürnt.

»Das reicht, Wandak. Setz dich wieder hin«, sagte Handor zu dem Kobolden in einem deutlichen Tonfall.

Missmutig setzte sich Wandak wieder hin.

»Was haben denn die Kobolde geleistet? Warum haben sie euch nicht hierhin begleitet?«, wollte der Panda schnarrend von Wandak wissen.

Wandaks Kopf rötete sich bei dieser Frage. Er wollte gerade etwas erwidern, doch Handor schritt ein.

»Wir wollen keinen Geleitschutz. Weder von euch, noch von den Kobolden. Wir wollen unauffällig reisen und dazu können wir keinen Geleitschutz gebrauchen«, sagte der Elf an die Bären gerichtet.

Einige Bären nickten verständnisvoll.

»Wir wollen, dass ihr kampfbereit seid. Wir wollen, dass ihr euch den freien Völkern von Atramonia anschliesst, wenn der Krieg vor der Türe steht und das wird er, das versichere ich euch!«

Die Bären tuschelten wieder miteinander. Sie versammelten sich nun in einem Kreis um sich zu besprechen.

Handor setzte sich, entzündete seine Pfeife und wartete geduldig. Nach zehn Minuten erhob sich der Braunbär und blickte in die Richtung der Gruppe.

»Wir bewundern euren Tatendrang«, begann er. Diese Worte klangen allerdings nicht überzeugend, doch es kam anders, als Jimmi gedacht hatte.

»Wir bewundern eure Hingabe für die freien Völker von Atramonia. Die Bären schliessen sich dem an und werden kämpfen.«

Jimmi seufzte erleichtert auf, doch dies war ein wenig voreilig, denn der Braunbär hatte noch nicht zu Ende gesprochen.

»Doch wenn wir einsehen, dass wir diesen Krieg nicht gewinnen …«, fuhr der Braunbär fort und Jimmi wurde wieder nervös. »… dann werden wir uns auf die Bäreninsel im nördlichen Meer zurückziehen und Atramonia seinem Schicksal überlassen!«

Ein langes Schweigen trat ein. Handor nuckelte in Gedanken versunken an seiner Pfeife und es war Gabamanga, der sich zu Wort meldete.

»Wenn ihrr Atrramonia dem Schicksal überrlassen wollt …«, begann er und sah mit finsterem Blick zu den Bären hinüber. »... wie lange denkt ihrr, wirrd es dauerrn, bis sich derr Blick des Bösen auf die Bärreninseln richtet?«, fragte er an die Bären gewandt.

»Die Bäreninseln sind uneinnehmbar!«, sagte der Pandabär empört.

»Das sind sie unterr Garrantie nicht!«, schnauzte Gabamanga zurück.

»Es ist eine Insel, die nur über einen Eingang erreichbar ist. Einen Eingang, den wir zum Einsturz bringen können und das Böse wird an den Felsen der Inseln scheitern!«, knurrte der Pandabär zurück. »Wie schon hier in Bärenstadt, können wir uns auf den Inseln selbst versorgen und somit unsere Rasse retten!«, fügte er hinzu.

Gabamanga wollte aufstehen, doch Handor drückte ihn wieder auf seine Bank zurück.

»Es würde euch Zeit verschaffen, zweifelsohne, doch dies wäre nicht die endgültige Lösung für das Problem. Das Böse wird auch bei den Bäreninseln einen Weg hinein finden und dann wären alle freien Völker ausgerottet«, sagte Handor ruhig.

»Wir können diesen Krieg nicht gewinnen!«, sagte der Lippenbär aufgebracht.

»Wir können!«, antwortete Handor energisch. »Wir haben nicht den langen Weg auf uns genommen um hier zu scheitern! Atramonia braucht alle freien Völker. Die Kobolde, die Menschen aus dem Westen, die Bären und die Werwölfe! Doch unsere grösste Hoffnung sitzt hier in diesem Raum und wir werden unsere Mission fortführen, doch wir sind auf eure Hilfe angewiesen!«

Die Bären blickten sich nervös an.

»Unsere Meinung steht«, begann der Braunbär entschlossen. »Wir werden unsere Stadt verteidigen, doch wir werden nicht die Zukunft unserer Rasse aufs Spiel setzen.«

Handor drehte sich genervt ab und murmelte etwas von wegen »Hoffnungslos«.

In diesem Moment platzte ein kleiner Schwarzbär in die Runde hinein. Alle drehten sich verdutzt zu ihm um.

»Verzeiht mir!«, keuchte er und blieb in der Mitte des Platzes stehen. »Wir kommen gerade von unserer Besichtigungstour zurück. Das Böse ist auf dem Weg hierher, sie sammeln sich beim Federbaumplatz!«

Die Bären stöhnten auf und redeten aufgebracht miteinander. Handor holte rasch seine Karte hervor und begutachtete sie. Mit dem Finger suchte er einen Punkt auf der Karte und als er ihn fand verdunkelte sich seine Miene. Jimmi betrachtete die Karte und sah den kleinen Tintenfleck am Rande des grossen Karamangawaldes, der mit »Federbaumplatz« angeschrieben war.

»Die werden bald hier sein«, murmelte Sir Larzeron und Jimmi dachte für einen kurzen Augenblick, ein Flackern in den Augen des weissen Ritters gesehen zu haben. Dies hatte er sich bestimmt nur eingebildet.

»Sie kreuzen genau unsere Route, Handor«, bemerkte Wandak und fuhr mit dem Finger über die Karte.

»Wir sind abgeschnitten, wir müssen da durch, wenn wir in den grossen Karamangawald wollen«, sagte Rombo.

»Nun stellt sich die Frage. Kämpfen oder den Weg zurückgehen«, murmelte Handor und packte seine Karte wieder ein.

# Schlacht um Bärenstadt

Die Gruppe hatte sich in ihre Unterkunft zurückgezogen um sich zu beraten. Es dauerte zwei Stunden lang, in denen sie jede mögliche Fluchtroute durchgingen. Den ganzen Weg zurück war für niemanden eine Option, damit würde zu viel Zeit verstreichen. Der Dornenweg bei Lima wäre eine Möglichkeit gewesen, doch Handor fürchtete diesen Weg.

»Wenn wir auf diesem Weg dem Feind begegnen wird es unser Ende sein«, sagte er und dies stimmte auch. Auf einem Weg, bei dem es keinen Ausweg gab, auf eine Truppe des Bösen zu stossen wäre ihr aller Ende.

Schliesslich gab es nur eine vernünftige Option und diese war zu kämpfen. Der Späher der Bären hatte ihnen berichtet, dass drei schwarze Riesen aus Zomga und etwa vierhundert Bonz sich am Sammelplatz aufhielten. Die Truppen der Bären war dreihundert Mann stark und Handor glaubte, dass sie es mit dem Bösen aufnehmen konnten.

Die Bären hatten sich zwangsweise dazu entschieden zu kämpfen. Viel zu langsam wären sie, wenn sie jetzt flüchten würden und das Böse würde sie einholen, noch ehe sie den Fluchtweg erreichen würden.

Bärenstadt war in Aufruhr, es wurden sämtliche Vorkehrungen für eine Schlacht getroffen. Die Frauen, Kinder und die Alten wurden allesamt in den hinteren Teil von Bärenstadt verfrachtet. Dort lag ein Fluchttunnel, den sie im Falle einer Niederlage nutzen konnten. Der Fluchttunnel führte allerdings direkt auf eine Ebene, in der das Böse auf dem Vormarsch war und darum mussten die Bären abwarten, bis die Schlacht begonnen hatte.

Jimmi und die anderen hatten sich diesen Weg ebenfalls begutachtet und Handor hatte ihnen im Geheimen gesagt, dass sie diesen nutzen werden um weiter in die Richtung des grossen Karamangawaldes zu gelangen.

»Natürlich erst, wenn wir gewonnen haben«, versicherte der Elf an Rombo gerichtet.

Jimmi war nicht überzeugt, dass Handor hierbei die Wahrheit gesagt hatte. Sie alle wussten, dass die Mission an erster Stelle stand und falls eine Niederlage drohte, würden sie verduften, dessen war er sich sicher.

Jimmi hatte sich kurz hingelegt und zwei Stunden geschlafen. Rombos Oma wurde wie die anderen älteren Bären bereits in den hinteren Teil von Bärenstadt verlegt und so waren sie nun alleine in dem Haus.

Die Gruppe hatte sich ein wenig Rührei gemacht und noch einmal sassen sie alle beisammen an dem grossen Tisch in Rombos Behausung.

»Wenn ihr mich fragt …«, begann Wandak und legte seine Gabel weg. »… werden wir gehörig einstecken müssen bei dieser Schlacht. Wenn die Waldwächter richtig gelegen haben, wird es sehr schwer sein die Bonz zu erledigen.«

Jimmi musste schon wieder an das Gedicht des Jungen aus der Schule denken.

»Du hast selbst gesagt, dass Knochen schnell brechen«, antwortete Handor gelassen und begann sein Schwert zu wetzen.

»Das dachte ich ja auch, doch wenn diese Waldwächter es selbst gesagt haben…«, knurrte Wandak grimmig.

»Die Waldwächter haben einen gewissen Drang zur Übertreibung«, bemerkte Rombo dumpf. »Wir sollten unsere Vorräte auffüllen, Handor. Im grossen Karamangawald werden wir nicht viel essbares finden.«

Handor nickte und sie füllten sich ihre Taschen mit Brot, Früchten und ein wenig Fleisch. Danach legten sie ihre Taschen am Eingang von Rombos Behausung ab. Handor sagte, dass er auf alle Fälle zum Aufbruch bereit sein möchte, denn wenn sie siegten wäre es ein optimaler Zeitpunkt die Reise fortzusetzen.

»Oder bei einer Niederlage schnell zu verduften«, dachte sich Jimmi stirnrunzelnd.

Nachdem alles getan war, machte sich die Gruppe auf den Weg nach draussen in die Halle, wo sie von den Anführern der Bären erwartet wurden.

»Ich möchte euch unseren Plan für die Schlacht vorstellen, bitte folgt uns«, sagte derselbe Braunbär, der ebenfalls an der Versammlung teilgenommen hatte.

Jimmi beobachtete einige Bären, die sich eine Lanze geschnappt hatten und die Treppen zu dem Eingangstor hinaufeilten.

Die Anführer der Bären hatten alle eine goldene Rüstung angelegt, in der sie ziemlich komisch aussahen, wie Jimmi fand.

Die Gruppe folgte den Bären, die sie vor das Gelände der Bärenstadt führten. Jimmi blickte sich auf der Ebene um. Die Bären hämmerten mächtige, hölzerne Pfosten in den Erdboden hinein und zogen diese kreisrund um Bärenstadt herum. Es sah wie eine Mauer aus, doch in der Eile des Geschehens liessen sie einige Lücken offen. Einige Bären standen bereits in Formation. Den Blick in den Osten gerichtet, von wo aus das Böse auf sie zukommen wird.

»Die werden uns überrennen!«, hörte Jimmi einen Eisbären knurren, der in unmittelbarer Nähe stand.

»Na und, du kannst froh sein, wenn du den Klauen deiner Freundin entkommst, wenigstens für ein paar Stunden«, grunzte der Nasenbär, der gleich daneben stand.

»Schnauze, oder ich steck dir den Rüssel dahin wo die Sonne nicht hinkommt!«, knurrte der Eisbär zurück.

Wandak prustete los ab dieser Unterhaltung und die beiden Bären drehten sich zu ihm um.

»Der grüne Knirps lacht über uns, Gogi. Vielleicht sollten wir ihm ein wenig Manieren beibringen, was meinst du?«, knurrte der Eisbär und blickte zähnebleckend Wandak an.

»Diese ledernen Dinger konnte ich noch nie ausstehen, Brob. Ich denke wir könnten ihm tatsächlich ein wenig Manieren beibringen«, antwortete der Nasenbär und betrachtete Wandak voller Abscheu.

Wandaks Gesicht war vor Zorn dunkelgrün angelaufen und er schwang bereits ein wenig mit seiner Keule. Handor hatte das Geschehen beobachtet und wollte bereits eingreifen, doch dann ertönte ein Schrei aus der Bärenmenge heraus.

»Dreht euch um, dreht euch um! Den Blick in den Westen!«, hörte Jimmi die Stimme brüllen.

Es gab ein mächtiges Geklimper der Rüstungen und die ganze Meute drehte sich um. Jimmi sah dabei nicht sehr viel, da die Bären vor ihm ihn um mindestens einem Meter überragten.

»Was ist denn?«, fragte Wandak genervt, da er ebenfalls nichts erkennen konnte.

Jimmi wollte sich gerade einen besseren Platz aussuchen, doch in diesem Moment fing sich die Menge der Bären an in der Mitte zu teilen. Schweigend traten sie einige Schritte zur Seite.

Jimmis Mund klappte vor Verwunderung auf und neben sich hörte er Wandak »Das gibt es nicht!« sagen.

Bärbeissig, zähaussehend und mit grimmigen Mienen kamen gut zweihundert Kobolde auf sie zugeschritten. Sie alle trugen dieselben hölzernen Keulen, die Wandak ebenfalls immer bei sich hatte.

Wandak kämpfte mit seiner Fassung und war um seine Worte verlegen. Kurz vor der Gruppe kamen die Kobolde zu Halt.

»Du siehst schlecht aus!«, grunzte ein Kobold, der als einziger ein rotes Tuch um seinen Kopf geschlungen hatte. Sein Blick war musternd auf Wandak gerichtet.

»So viele?«, krächzte Wandak voller Erstaunen.

»Wir lassen doch keinen Bruder im Stich und nun komm her!«, antwortete der Kobold mit dem roten Kopftuch.

Die beiden Kobolde gaben sich einen heftigen Kopfstoss und Sir Larzeron musste Wandak auffangen, damit er nicht zu Boden krachte.

Die Koboldmenge gab ein einheitliches »Umpf« von sich, was Jimmi als Begrüssung verstand.

Wir können euch nicht sagen wie froh wir über euer Erscheinen sind!«, sagte Handor freudig an den Kobolden gerichtet.

Der Kobold drehte sich zu Handor um.

»Wir sind euch Dank schuldig. Ihr habt den Berg Nagur von seiner Seuche befreit und unsere Kameraden aus den Verliesen geholt. Diese Tat ist mehr wert als alles Gold dieser Welt. Nun ist es an der Zeit uns erkenntlich zu zeigen. Ich belohne euch mit zweihundert Kämpfern des Koboldreiches«, antwortete der Kobold und daraufhin folgte ein neuerliches »Umpf« der Koboldmenge.

»Wir danken euch«, sagte Handor mit einer kleinen Verbeugung.

Etwas zupfte an Jimmis Hosen herum. Er war so auf das Gespräch fixiert gewesen, dass er es am Anfang nicht bemerkt hatte, doch als er verwundert nach unten blickte sah er...

»Gamba!«

Das Äffchen liess ein freudiges Kreischen von sich hören und hüpfte in Jimmis ausgebreitete Arme.

Dies war also die Aufgabe, die Gamba zu erledigen hatte. Den Brief zu überreichen, in dem Handor um die Hilfe der Kobolde gebeten haben muss.

»Wir sind stolz auf dich mein Junge, das hast du toll gemacht!«, sagte Jimmi an Gamba gerichtet und freute sich richtig, dass er seinen treuen Freund wieder an der Seite hatte.

Währenddessen sprachen sich Handor, der Anführer der Bären und der Anführer der Kobolde über ihren Schlachtplan ab. Sie entschieden sich dazu, die Reihen der Krieger mit Bären und Kobolden zu mischen.

Rasch gaben sie den Befehl sich richtig aufzustellen und nach kurzer Zeit stand eine beeindruckende Verteidigungslinie, die aus zwanzig Reihen bestand, auf dem Gelände vor Bärenstadt.

Handor hatte darauf bestanden, dass Jimmi und der Rest der Gruppe zusammenblieb. Der Elf führte sie genau in die Mitte der Kämpfer.

»Hier sollten wir gut geschützt sein«, murmelte Handor und liess seinen Blick über die Menge schweifen.

Nun galt es abzuwarten. Die Krieger waren nervös. Sie redeten nicht viel miteinander. Um sich die Zeit zu vertreiben überprüften sie andauernd ihre Waffen und wippten auf ihren Füssen umher.

Jimmi hatte unterdessen Gamba nach Bärenstadt geschickt. Das Äffchen konnte in dieser Schlacht nicht viel tun und er hielt es für das Beste, wenn es sich in Rombos Behausung versteckt hielt und auf sie wartete.

Gamba war nicht gerade glücklich darüber und hatte eine Schnute gezogen, doch Jimmi bestand darauf, dass er sich zurückzog und so war er kreischend in der Menge der Kämpfer verschwunden.

Jimmi hatte ihm mit einem mulmigen Gefühl hinterhergeschaut. Schon wieder trennten sich die Beiden und er wollte sich gar nicht erst vorstellen, wie es wäre, wenn er seinen treuen Freund nie mehr wieder sehen würde.

Die Zeit schien sehr langsam zu verstreichen und Jimmis Magen zog sich immer wieder krampfhaft zusammen. Selbst Wandak schien um Worte verlegen und er machte ein sorgenvolles Gesicht. Es erwartete sie die erste grosse Schlacht um Atramonia.

Dann hörten sie es. Leise und von scheinbar weiter Entfernung her.

Dumpfe Trommelschläge. Trommeln die ankündeten, dass sich der Feind näherte.

Obwohl es eine kühle Nacht war, begann Jimmi Schweiss die Stirn herunter zu rinnen.

»Nur keine Furcht, Jimmi. Ich bin an deiner Seite«, hörte Jimmi Handor sagen. Es kam ihm vor, als würde der Elf aus weiter Entfernung her mit ihm reden.

Die Trommeln wurden lauter und in der Ferne konnten sie den dunklen Schatten erkennen, der gnadenlos auf sie zumarschiert kam.

Tatsächlich überragten fünf schwarze Riesen diese Menge und Jimmi kam es vor, als würden diese Riesen bis in den Himmel hinauf ragen.

»Wir halten stand!«, brüllte der Anführer der Bären an der Front der Reihen. »Wir verteidigen unser Reich und wir werden nicht zulassen, dass das Böse es uns wegnimmt!«

Ein zustimmendes Brüllen hallte über das karge Land der Bären hinweg.

Und dann begann es.

Die Riesen setzten zum Sprint an und Jimmi schwang seine Beile, bereit loszuschlagen.

»Bogenschützen, los!«, brüllte der Anführer der Bären und ein Zischen rauschte über ihre Köpfe hinweg.

Einhundert Pfeile rasten auf die Riesen zu. Die meisten von ihnen prallten an dem dicken Fleisch der Kreaturen ab. Einige Pfeile jedoch stachen zwei der Riesen mitten in den Hals. Ein ungeheures Brüllen war zu hören und die beiden Riesen fielen zu Boden. Die Erde bebte, doch die drei anderen Riesen kamen weiterhin auf sie zugestürmt.

»Sie brechen durch! Lanzen! Lanzen!«, brüllte der Anführer der Bären und die Frontreihe hielten ihre Lanzen nach vorne.

Die Riesen, die mit gespitzten Baumstämmen bewaffnet waren, holten aus und nun begann es endgültig.

Die Kämpfer in der vordersten Reihe schrien und wichen entsetzt zurück.

Die Riesen schlugen mit ihren Baumstämmen auf alles ein, was sie zu sehen bekamen.

Mühelos zogen die Riesen eine breite Schneise in die Reihen der Bären und Kobolde.

Sir Larzeron und Handor schossen Pfeile auf die Riesen ab und auch Jimmi holte sich seine Armbrust mit einer flinken Bewegung zur Hand. So schnell er konnte schoss er die Pfeile auf die Riesen ab, doch sie kamen unaufhaltsam näher. Pfeil einlegen, schiessen, Pfeil einlegen, schiessen.

Nun waren die Riesen nur noch wenige Meter von der Gruppe entfernt, die Baumstämme nach vorne ausgerichtet und wütend brüllend.

Jimmi hatte seine Armbrust wieder auf seinen Rücken gelegt. Gerade wollte er seine Beile hervorziehen, da zog ihn Handor mit einer enormen Kraft zur Seite.

Gerade noch rechtzeitig, denn nur Sekunden später flog ein Baumstamm eines Riesen genau an der Stelle vorbei, an der Jimmi gestanden hatte.

Einige Kobolde und Bären hinter ihnen hatten weniger Glück. Sie wurden von dem riesigen Baumstamm aufgespiesst und der Riese liess ein triumphales Brüllen von sich hören. Blut regnete auf Jimmi herab, denn teilweise waren die Opfer des Baumstammes auseinandergerissen worden.

»Wo sind die anderen?«, brüllte ihm Handor ins Ohr.

Jimmi schaute sich um, doch es herrschte ein solch heilloses Durcheinander, dass er Gabamanga, Wandak, Rombo und Sir Larzeron nicht erkennen konnte.

»Keine Ahnung!«, schrie Jimmi zurück und dann sah er das, was ihm am meisten Angst gemacht hatte.

Eine ganze Armee von Bonz kam auf sie zugeschwebt.

Wie die Waldwächter berichtet hatten, waren diese Wesen nur aus Knochen gebaut und umhüllt von dunklen Kapuzenumhängen.

Jimmi keuchte auf und dachte unweigerlich an das Lied, das sein Mitschüler ihm zugesteckt hatte.

Sie existierten tatsächlich, die Sensenmänner. Sie bewegten sich starr und es schien, als würden sie mehr über den Boden gleiten als rennen. Die Sensen in den knochigen Händen, bereit um dem Tod seinen Tribut zu zollen.

»Jimmi pass auf, links!«, hörte er Handor schreien und gerade noch rechtzeitig warf sich Jimmi nach hinten.

Das Sirren, das über seinem Kopf hinwegfegte war grauenvoll. Er lag flach auf dem Boden und hielt seine Beile gekreuzt vor sich hin um den nächsten Angriff abzuwehren.

Angsterfüllt starrte Jimmi auf den Totenkopf, der unter der Kapuze heraus zu ihm hinunterstarrte. Der Sensenmann hatte bereits wieder seine Sense erhoben, doch aus dem Nichts tauchte Handor an der Seite des Bonz auf und schlug ihm mit aller Kraft den Schädel ab.

Der Sensenmann sackte augenblicklich zusammen und blieb auf der Seite liegen. Handor stand noch immer bei dem Bonz, als Jimmi sich wieder aufgerichtet hatte. Offenbar wartete der Elf auf etwas und Augenblicke später wusste Jimmi auch warum. Die Knochen des Bonz lösten sich in Rauch auf und verschwanden in der Luft.

»Die können sterben?«, fragte Jimmi an Handor gerichtet, doch auf die Antwort konnte er nicht warten.

Nun glitten mehrere Bonz auf sie zu. Die Bären und die Kobolde kämpften bereits Seite an Seite gegen die Sensenmänner. Knochenteile flogen in der Gegend umher, doch im Augenwinkel konnte Jimmi auch leblose Körper von Kobolden und Bären erkennen. Der Boden, der vorhin noch grün-braun war, war nun mit rotem Blut getränkt.

Jimmi nahm einen Bonz ins Visier, der gerade einen Kobold niedergestreckt hatte. Seine Angst war verflogen. Adrenalin schoss durch seinen Körper und er schwang seine beiden Beile einmal um die Hände und griff dann den Sensenmann an.

Die Waldwächter hatten Recht. Die Knochen der Bonz waren stark, denn mehrere Hiebe auf die Oberschenkelknochen machten dem Wesen nichts aus.

Jimmi wich den Schlägen und Stichen seines Gegners immer wieder aus.

Keuchend trat Jimmi einige Schritte zurück um sich neu zu sammeln. Um ihn herum hörte er die Schreie seiner Mitkämpfer, das Knacken von Knochen und ein widerliches Geröchel von denjenigen, die im Sterben lagen.

Jimmi griff erneut an und wieder wich er den Hieben des Bonz aus und haute ihm ein Beil in die Knochen.

Auch dieses Mal hatte er keinen Erfolg, doch jetzt schlug er dem Sensenmann dorthin wo bei einem normalen Menschen das Kugelgelenk der Schulter lag.

Tatsächlich fiel dem Wesen der Arm ab und Jimmi wollte schon beinahe und triumphierend zum nächsten Kampf stürmen, als er im Augenwinkel sah, dass sich der Bonz wieder erhoben hatte und nun einarmig auf ihn zulief.

Jimmi wollte sich umdrehen, doch es war zu spät. Der Sensenmann bohrte ihm seine scharfe Sense mitten durch seinen Oberschenkel hindurch.

Jimmi schrie vor Schmerz auf und sackte rücklings auf den Boden. Seine Sinne wurden augenblicklich trüb, doch der Schmerz, den er verspürte als der Bonz seine Sense grob aus seinem Oberschenkel riss, spürte er auf brutale Art und Weise.

Violettes Blut mischte sich in die braun-rötliche Landschaft. Die Umgebung fing an zu flackern. Schwach blickte Jimmi den weissen Totenkopf an, der nun über ihm stand, bereit ihn in die Dunkelheit zu verbannen. Unverhofft hallte das bekannte Lied durch Jimmis Kopf.

*Ob jung ob alt, ob krank oder gesund, für ihn gibt`s niemals `n Grund.*
*Wenn die Dunkelheit der Nacht, langsam aus dem Schlaf erwacht.*
*Der Nebel unnatürlich herbeigezogen, dein Glück ist sehr schnell verflogen.*
*An der Türe klopft er an, vor dir steht der Sensenmann.*
*Besiegelt ist dein Schicksal nun, schliess die Augen, denn auf ewig wirst du ruh`n.*

Und Jimmi folgte dem Ruf des Liedes, er schloss seine Augen, in trauriger Erwartung des Gnadenstosses. Seine Gedanken linderten den Schmerz ein wenig. Er würde seine Mutter wieder sehen. In diesem Augenblick war Jimmi beinahe glücklich. Glücklich darüber, den Druck dieser Mission von sich weg zu haben, seine Strapazen zu beenden und seiner Hoffnung auf ein Wiedersehen mit seiner Mutter nachzugeben.

War er schon tot? Noch bemerkte er seinen eigenen, keuchenden Atem und auch der Schmerz war noch da.

Jimmi öffnete seine Augen einen Spalt breit. Er konnte gerade noch erkennen, dass sich das scheussliche Wesen über ihn gebeugt hatte. Der dürre Zeigefingerknochen des Wesens wanderte auf seine Brust zu.

Jimmi war verwirrt, doch er hatte keine Zeit sich über dieses Verhalten des Bonz zu wundern. Der knöcherne Zeigefinger des Wesens berührte seine Brust und die Welt um ihn herum verschwand.

# Der Tribut des Triumphes

Jimmi öffnete seine Augen, doch sehen konnte er nichts. Um ihn herum war es stockfinster. Er war bewegungsunfähig, nur seine Gefühle spielten mit. Er hatte richtige Angst und war verwirrt. Plötzlich tauchte in der Ferne ein weisslich schimmerndes Licht auf.

»Das ist das berühmte Licht, das mich weiterbringen würde, es ist vorbei«, dachte sich Jimmi und eine kleine Erleichterung machte sich in seinen Gedanken breit.

Er konnte sich nicht bewegen. Weder seinen Körper, den er überhaupt nicht spürte, noch seine Augen. Diese waren stur geradeaus gerichtet. Fühlen konnte er nach wie vor. Jimmi spürte eine Erregung, eine Neugierde, was ihn wohl als nächstes erwarten wird.

Die Glücksgefühle verschwanden allerdings rasch wieder. Als das Licht schon sehr nahe war, wandelte sich dieses Gefühl in pures Entsetzen um. Er war auf dem Weg in die Hölle, anders konnte er es sich nicht erklären.

Das Licht war ein Totenkopf, der auf ihn zukam und der immer grösser wurde und sich vor ihm aufbaute.

Jimmi verspürte nun klaustrophobische Zustände. Er war winzig und dieser Totenkopf ragte in gewaltigen Ausmassen über ihm empor. Der Schädel war vor ihm zum Stillstand gekommen.

Plötzlich flammten die leeren Augenhöhlen rot auf und Jimmi packte die Panik. Er wollte schreien, weinen und davonrennen, doch er konnte nicht.

Eine Stimme, die nicht von dieser Welt war redete mit ihm und der Mund des Totenkopfes bewegte sich dabei.

»Ich sehe deine Ängste, Jimmi Johnson, ich sehe deine Hoffnungen, ich sehe deine Wünsche. Wir werden dir helfen deine Mutter wieder zum Leben zu erwecken, wir werden dafür sorgen, dass du der Herrscher dieser Welt wirst. Du wirst auf dem Thron sitzen und deine Mutter wird sich an deiner Seite befinden. Wir kennen die Wege, die du einschlagen musst um deinen sehnlichsten Traum zu erfüllen, deine Mutter zurück unter die Lebenden zu bringen. Wir können den Tod überlisten!«

Jimmi schlug die Augen auf. Der Totenkopf war weg. Seine Sinne schärften sich, die Landschaft begann verschwommen Gestalt anzunehmen. Der Schmerz stach ihm wieder in sein verletztes Bein und Jimmi entfuhr ein panischer Schrei.

Er lag immer noch auf dem blutgetränkten Boden. Der Bonz war weg und Wandak stand nun über ihm. Dieser Blick, den ihm der Kobold zuwarf, war von tiefstem Entsetzen gezeichnet. Er hörte dumpf, wie der Kobold nach Handor rief und der Elf tauchte plötzlich an seiner Seite auf. Jetzt erschien es Jimmi als würde sich alles um ihn herum in Zeitlupe abzulaufen. Er hörte seine beiden Kameraden miteinander sprechen.

»Bring ihn runter in die Stadt!«, keuchte Wandak.

»Was tust du?«, brüllte Handor zurück.

»Ich kämpfe! Nun geh schon! Ich verschaffe euch Zeit«, antwortete der Kobold und Jimmi sah zu, wie er sich abdrehte und in die Richtung davonlief, aus der mindestens zehn von den Sensenmännern auf sie zugeglitten kamen.

Jimmi spürte, wie Handor ihn auf die Schultern hievte.

»Nein«, dachte sich Jimmi als Handor sich in Bewegung setzte.

Trüb nahm er wahr wie Wandak mit den Bonz zu kämpfen begann. Einer gegen zehn.

»Nein!«

Der Kobold hielt sich tapfer. Er erschlug vier von den Wesen.

Handor und Jimmi entfernten sich immer weiter.

»Nein!«

Wandak erschlug den fünften.

Der sechste Bonz schlitzte dem Kobold den Bauch auf.

Jimmi wusste nicht was er da tat. Es war nicht er selbst. Er stiess eine unnatürliche Kraft von sich ab, die Handor hart zu Boden schlagen liess. Er selbst drehte sich in der Luft, landete auf dem Boden und spurtete los.

Jeder Schmerz war weg. Ein berauschendes Gefühl durchströmte seinen Körper, eine Kraft die er noch nie zuvor gespürt hatte ummantelte ihn.

Jimmi packte seine am Boden liegenden Beile und war in Sekundenschnelle bei Wandak.

In seinem Rausch erschlug er die verbliebenen Bonz ohne Probleme.

Knochen zerbarsten, brachen und splitterten. In wenigen Sekunden waren die Bonz erledigt, sie hatten nicht den Hauch einer Chance.

Noch immer hatte er dieses berauschende, machtvolle Gefühl in sich.

Mühelos hob er den ohnmächtigen Kobold hoch und spurtete mit ihm zurück zum Tor von Bärenstadt.

Blut des Koboldes strömte über Jimmis Arme. Er konnte die Wärme des Blutes spüren und er konnte die Menge spüren, die wie ein Wasserfall zu Boden floss. Er blickte nicht nach links und rechts, alles schien verschwommen, er hatte nur den Eingang zu Bärenstadt im Blickfeld.

Das Tor war zerborsten und Jimmi spurtete geradewegs hindurch. Nun liess die berauschende Wirkung nach. Jimmi spürte es eindeutig. Seine Beine wurden schwerer, seine Kraft liess spürbar nach.

Mit allerletztem Willen und mit allerletzter Kraft hatte er es die Treppen hinunter in die Eingangshalle geschafft, in der schon dutzende Kobolde und Bären am Boden lagen, die erste Hilfe bekamen.

Jimmi pfiff einmal laut und setzte Wandak zu Boden. Nun konnte er die Kälte, die von dem Körper des Kobolds ausging spüren. Er hatte sehr viel Blut verloren und musste umgehend behandelt werden.

Jimmi packte die Panik und verzweifelt pfiff er noch einmal und blickte sich in der Eingangshalle umher.

Endlich sah er ihn. Gamba kam auf ihn zugesprungen, auf dem Rücken hatte er einen grossen Beutel befestigt.

»Hilf ihm!«, schrie Jimmi das Äffchen an, als es bei ihnen zum Stehen gekommen war.

Sofort machte sich Gamba an die Arbeit. Eigentlich wollte Jimmi ihm dabei zusehen und helfen, doch er hatte keine Kraft mehr. Er legte sich neben Wandak flach zu Boden und atmete in kurzen Zügen ein und aus, bis ihn die Ohnmacht schliesslich einholte.

»Wie zum Henker hat er das gemacht?«

Jimmi war wieder bei Bewusstsein. Die Augen hielt er geschlossen. Ihm war leicht übel und er befürchtete, sich übergeben zu müssen, sobald er die Augen öffnen würde.

»Ich habe keine Ahnung. Plötzlich drückte es mich zu Boden und dann sah ich wie er die Bonz erschlug und Wandak hierher schaffte.«

*Wandak, bitte lass ihn am Leben sein!*

Jimmi öffnete die Augen. Er musste sich kurz an das grelle Licht des Schlafsaales gewöhnen. Er lag in seinem Bett, in dem Haus von Rombos Oma. Neben ihm sassen der Bär und Handor auf einem Stuhl. Als sie bemerkten, dass er wach war beugten sie sich augenblicklich vor.

»Wie fühlst du dich?«, wollte Handor sofort von ihm wissen.

»Müde, wo ist Wandak?«, antwortete Jimmi mit krächzender Stimme.

Rombo stand auf um Jimmi den Blick freizugeben und da lag Wandak. Immer noch ohnmächtig, mit einem dicken Verband, der um seinen ganzen Bauch gewickelt war, doch Jimmi konnte ihn pfeifend atmen hören. Ihm fiel ein Stein vom Herzen.

»Er braucht ein wenig Ruhe. Die Bonz haben nichts Lebenswichtiges durchtrennt, doch er hat viel Blut verloren und der Schnitt wird eine grosse Narbe hinterlassen«, berichtete ihm Handor flüsternd. »Wenn du und Gamba ihn nicht gerettet hättet, wäre er tot.«

Jimmi stiess ein beruhigtes Geräusch aus und erhob sich in eine Sitzposition. Als er auf sein verletztes Bein blickte, bemerkte er, dass es ebenfalls mit Verband umwickelt war. Es schmerzte ihn nicht richtig, doch konnte er die Wunde fühlen, die ihm dieser Bonz zugezogen hatte.

»Wie lange war ich weggetreten?« wollte er wissen und griff dabei nach einem Glas, das voll mit Wasser und für ihn bereitgestellt worden war.

»Acht Stunden, in etwa«, brummte Rombo mit einem Blick auf eine Wanduhr, die Jimmi bisher nicht aufgefallen war.

»Wo sind Gabamanga und Sir Larzeron?«, fragte Jimmi, nachdem er sein bereitstehendes Glas mit tiefen Zügen geleert hatte. Jimmi blickte Rombo und Handor an und wusste sofort, dass sie keine guten Nachrichten hatten.

»Wir wissen es nicht«, sagte Handor in seiner ruhigen Art. »Unter den Toten sind sie nicht, es wurden alle innert zwei Stunden geborgen«, fügte er rasch hinzu als er den entsetzten Blick von Jimmi sah.

»Vielleicht helfen sie bei den Verwundeten, oder sie sind in der Küche um da behilflich zu sein«, sagte Rombo in einem bemüht ruhigen Ton. Jimmi hörte den besorgten Unterton in seiner Stimme. Stöhnend liess er sich wieder auf sein Kissen zurücksinken.

»Die Schlacht haben wir gewonnen, ansonsten würde ich nicht hier liegen«, murmelte Jimmi zu sich selbst.

»Die Bonz haben sich zurückgezogen. Die Riesen sind alle tot und die Bonz erheblich geschwächt. Man hat sie beobachtet, wie sie auf die Grenze nach Zomga zusteuerten«, berichtete Handor.

»Zomga? Nicht in den grossen Karamangawald?«, wollte Jimmi verdutzt wissen.

»Wir wissen auch nicht was dies zu bedeuten hat, doch wir sollten darin eine Chance sehen und zusehen, dass wir schleunigst in den Wald kommen«, antwortete der Elf gelassen.

»Verstehe ich nicht«, antwortete Jimmi und blickte ihn fragend an.

»Wenn sich die Bonz nach Zomga zurückziehen, ist die grösste Gefahr aus dem grossen Karamangawald weg. Wir sollten dies nutzen um den Wald zu durchqueren«, antwortete Handor geduldig.

»Das klingt einleuchtend«, antwortete Jimmi mit einem leichten Kopfnicken.

Einige Sekunden herrschte Stille, bis Handor das fragte, was Jimmi schon seit seinem Erwachen von ihm erwartet hatte: »Jimmi, ich muss dich fragen, was du da draussen gemacht hast. Wie du diese Kräfte aufgebracht hast, obwohl du verletzt warst. Ich hab das bisher noch nie bei jemandem auf dieser Welt gesehen.«

Jimmi überlegte sehr lange, bevor er dem Elf eine Antwort gab.

»Eine Macht überkam mich, die Schmerzen waren weg. Es ... es war als hätte ich unendliche Kräfte und ich musste keine Sekunde überlegen was ich als nächstes tat, ich … ähm ... ich tat es einfach. Es war als ob mich jemand leiten würde. In der Eingangshalle liess die Kraft nach, ich rief Gamba und fiel in Ohnmacht«, berichtete Jimmi und war sich dabei nicht sicher, wie die beiden darauf reagieren würden.

Handor und Rombo schwiegen. Der Bär schaute zu Boden, doch Handor taxierte Jimmi scharf. Es war ein durchdringender Blick, in dem Jimmi auch eine Spur Neugier entdecken konnte.

»Die Waffe?«, fragte Rombo, den Blick immer noch zu Boden gerichtet.

»Ich denke nicht«, murmelte Handor und fuhr fort. »Die Waffe ist in Maskara und bei allem Respekt Jimmi, dein Körper, deine Kraft und dein Wille alleine können das Böse nicht besiegen.«

»In der Theorie steht, dass nur er das Böse für immer vernichten kann«, antworte Rombo prompt.

»Ich verstehe deinen Wunsch, Rombo. Ganz ehrlich«, antwortete Handor. »Es wäre fantastisch, wenn Jimmi unbesiegbar wäre und er alleine diese Armee des Bösen schlagen könnte, doch das ist einfach nicht denkbar, denn er ist sterblich wie wir alle.«

Wieder schwiegen sie. Jimmi musste sich insgeheim vorstellen wie es wäre unbesiegbar zu sein. Es schauderte ihn ein wenig bei dem Gedanken. Doch woher wollte Handor wissen, dass er nicht unbesiegbar ist?

»Nun, es hat auf jeden Fall eine Wirkung gezeigt, kurz danach haben sich die feindlichen Streitkräfte zurückgezogen«, sagte Rombo immer noch auf den Boden blickend. »Keine Ahnung weshalb sie verschwunden sind«, fügte er hinzu.

»Wie wurdest du verwundet?«, fragte Handor und sein Blick war nun so eindringlich, dass Jimmi wegsehen musste.

Vielleicht ahnte der Elf, dass Jimmi noch etwas erlebt hatte, was nicht normal war. Nach einigen Sekunden entschloss sich Jimmi dazu den Beiden die Wahrheit zu sagen, obwohl er sich fürchtete, dass sie ihn für verrückt halten könnten.

»Ein Bonz hat mich am Oberschenkel erwischt. Ich ging zu Boden und ... und der Bonz kam auf mich zu und streckte seine Knochenfinger auf meine Brust. Danach verschwand alles um mich herum ... ich war an einem dunklen Ort, ich fühlte mich extrem klein ... aus der Ferne kam ein Totenschädel auf mich zu und begann mit mir zu sprechen ...«

Jimmi brach ab. Besorgt blickte er Handor an, mit der Befürchtung, dass er ihm gleich sagte, dass er einfach ohnmächtig geworden sei und das nur geträumt habe. Doch der Elf sagte nur: »Was hat er dir gesagt?«

Jimmi brauchte einige Sekunden, bis ihm alles wieder in den Sinn kam. Er wiederholte die Sätze Wort für Wort.

»Ich sehe deine Ängste, Jimmi Johnson, ich sehe deine Hoffnungen, ich sehe deine Wünsche. Wir werden dir helfen deine Mutter wieder zum Leben zu erwecken, wir werden dafür sorgen, dass du der Herrscher dieser Welt wirst. Du wirst auf dem Thron sitzen und deine Mutter wird sich an der Seite befinden. Wir kennen die Wege, die du einschlagen musst um deinen sehnlichsten Traum zu erfüllen, deine Mutter zurück unter die Lebenden zu bringen. Wir können den Tod überlisten!«

Rombo stiess ein überraschtes, ungläubiges Geräusch aus. »Dies kannst du nur geträumt haben, der Schmerz muss dir die Sinne vernebelt haben«, brummte er.

»Dennoch ...«, begann Handor ehe Jimmi dem Bären antworten konnte. »… wissen wir, dass Jimmi schon einmal die Wahrheit geträumt hatte.«

Jimmi verwirrte diese Aussage einige Sekunden bis es ihm wieder einfiel.

»Berg Nagur«, flüsterte er und Handor bestätigte dies mit einem langsamen Kopfnicken. Rombo jedoch schüttelte seinen braunen, pelzigen Kopf.

»Im Berg Nagur war es aber etwas anderes, da hast du lebende Kobolde gesehen und deine Geschichte von heute beschreibt einen schwebenden Totenschädel. Ich bezweifle, dass ...«

»Wir müssen das ernst nehmen, Rombo«, sagte Handor in ernstem Tonfall. Seine Stimme war nach wie vor ruhig, doch nun war eine gewisse Schärfe darin zu hören.

»Jimmi, ich verstehe, dass du deine Mutter wieder im Leben zurückhaben möchtest, das ist normal«, begann Handor und blickte nun etwas besorgt drein. »Der zweite Teil macht mir viel mehr Sorgen. Hast du jemals mit dem Gedanken gespielt die Welt zu beherrschen?«

Jimmi war so erschrocken von dieser Aussage, dass er den Mund aufmachte und etwas sagen wollte, doch kein Wort kam heraus. Er schloss den Mund wieder und musste sich kurz sammeln, ehe er dem Elfen antworten konnte.

»Natürlich habe ich niemals mit diesem Gedanken gespielt«, sagte er und seine Stimme klang empört.

Handor seufzte. Es war eine Mischung aus Erleichterung und Verständnis. »Den Gedanken, eine Waffe zu besitzen, die so machtvoll ist, dass diese alleine das Böse besiegen könnte, kann auf manchen Gedanken führen, doch ich glaube dir Jimmi. Ich spüre, dass du unsere Rettung und nicht unser Untergang sein wirst.«

Jimmi nickte dankbar. Er fand es schockierend, dass Handor diese Möglichkeit in Betracht gezogen hatte.

Schweigen trat wieder ein. Alle drei waren in Gedanken vertieft, als plötzlich die Türe mit voller Wucht aufgeschlagen wurde. Erschrocken drehten sie sich um und vor ihnen stand…

»Gabamanga! Wo warst …«, begann Rombo erstaunt, doch der Werwolf unterbrach ihn.

»Sie haben den weissen Rritterr. Sie haben ihn in den grrossen Karramanga Wald verrschleppt …«

# Die Wege trennen sich

Die Stimmung in dem Schlafsaal war gedrückt. Gabamanga hatte sich auf sein Bett gesetzt, nachdem er sich kurz Wandak angeschaut hatte. Nach einer Weile durchbrach Handor die Stille.

»Was ist passiert, Gabamanga?«, fragte er den Werwolf.

Gabamanga antwortete nicht direkt. Seine Augen starrten ins Leere. Nach einigen Sekunden fasste er sich und begann zu erzählen: »Wirr kämpften gemeinsam vorr dem Torr zu Bärrenstadt. Wirr hielten es so gut es ging, doch einerr derr Rriesen warr durrch unserre Linie durrchgebrrochen. Err hämmerrte auf das Torr ein und Sirr Larrzerron warr als errster zurr Stelle um ihn aufzuhalten. Ich glaube err hatt Pfeile auf den Rriesen abgeschossen. Noch bevorr ich ihm zu Hilfe eilen konnte, schleuderrte derr Rriese Sirr Larrzerron mit seinerr

Prranke forrt. Ich sprrang ihm hinterrherr, doch derr Feind hatte ihn berreits entdeckt. Ich konnte nichts machen, da ich mit einem dieserr Knochenmenschen kämpfte. Ich sah, dass sie ihn auf ein Pferrd hievten und davon rritten. Ich ging zurück nach Bärrenstadt, folgte dem Fluchttunnel bis zum Ende. Ich brrauchte sehrr lange, bis ich die Spurren des Pferrdes finden konnte. Ich folgte ihnen und sie führrten dirrekt in den grrossen Karramangawald hinein. Ich trraute mich nicht alleine hineinzugehen, also kam ich zurrück. Und dabei sah ich noch, dass derr Rrest derr Feinde sich in Rrichtung Zomga zurrückzogen«, schloss der Werwolf und sah dabei peinlich berührt aus.

»Schon gut, du hast recht. Alleine in den grossen Karamangawald zu gehen wäre zu gefährlich«, beruhigte ihn Handor und stand unvermittelt auf.

»Ich bin kurz weg«, sagte der Elf unvermittelt und ging zu der Türe hinaus.

Jimmi, Gabamanga und Rombo schwiegen. Glücklicherweise fragte Gabamanga nicht nach Jimmis oder Wandaks Verletzungen. Diese Geschichte nochmals zu wiederholen würde er im Moment nicht durchstehen. Er lag im Bett und dachte über den weissen Ritter nach. Würden sie ihn umbringen? Dies war für Jimmi nach kurzem Überlegen eine traurige Gewissheit. Doch auch ein guter Gedanke kam in ihm auf. Das Böse würde ihn verhören wollen, ansonsten hätten sie ihn auf der Stelle erledigt und dies wird ihnen eine gewisse Zeit verschaffen. Doch wird Handor sich dazu entschliessen den weissen Ritter aus den Fängen des Bösen zu befreien? Da war sich Jimmi alles andere als sicher, denn bekanntlich geht bei Handor die Mission vor. Nach einer Weile übermannte Jimmi die Müdigkeit und seine Augen fielen zu.

Nach einem traumlosen Schlaf erwachte Jimmi. Es dauerte einige Sekunden, bis er begriff, dass einer ihrer Kameraden entführt worden war und seine Sorgen kamen schnell zurück.

Jimmi blickte sich im Raum umher. Er entdeckte nur Wandak, der nach wie vor dick eingebunden und immer noch ohnmächtig in seinem Bett lag. Alle anderen waren nicht mehr im Schlafsaal.

Jimmi stand auf und verspürte dabei ein leichtes Zwicken in seinem Oberschenkel. Er blickte hinunter und stellte verblüfft fest, dass ihm jemand den Verband abgenommen hatte und statt eines grossen Loches war da nur noch eine kleine, zugenähte Narbe zu sehen.

Vorsichtig machte er einige Schritte und stellte fest, dass er nicht einmal humpeln musste. Da war nur dieses kleine, erträgliche Zwicken. Mit einem Seitenblick auf Wandak ging er zu der Türe und stiess sie auf.

Im Esszimmer sassen Rombo, Handor und Gabamanga und assen gerade einen Kartoffeleintopf. Bei diesem Anblick knurrte Jimmis Magen heftig und rasch setzte er sich mit einem »Hallo« dazu und begann zu essen. Die anderen drei hatten ihn ebenfalls begrüsst und während er ass fragte Jimmi: »Habe ich lange geschlafen?«

»Volle 24 Stunden«, antwortete Rombo und genehmigte sich dabei einen Schluck Bier aus einem grossen Humpen.

»Uff«, stiess Jimmi hervor und gerade als er Handor danach fragen wollte, berichtete der Elf über die Neuigkeiten, die er hatte.

»Ich war bei mehreren Besprechungen der Anführer dabei und ich muss dir leider sagen, dass wir weder von den Kobolden, noch von den Bären Unterstützung erhalten im Moment.«

Jimmi erstarrte, den Löffel auf halbem Weg zum Mund.

»Sie geben auf? Sie hören auf zu kämpfen?«, fragte er mit empörter Stimme.

»Sie hören nicht auf zu kämpfen. Sie werden allerdings nur ihr eigenes Reich verteidigen. Die Kobolde sind vor wenigen Stunden zurück nach Nagur aufgebrochen«, antwortete Handor ruhig, doch mit einem für ihn untypisch ärgerlichen Unterton.

»Die werden doch wieder Angreifen!«, sagte Jimmi schnaubend vor Wut und mit »Die« meinte er die dunklen Mächte.

»Die Bären werden sich allesamt auf den Fluchtweg zurückziehen und die Stadt sich selbst überlassen«, antwortete Rombo knapp.

Jimmi konnte es nicht fassen. Dies bedeutete, dass sich die Bären auf die Inseln im nördlichen Meer zurückziehen werden.

»Und was ist mit Sir Larzeron?«

Handor seufzte leise, als hätte er sich vor dieser Frage gefürchtet.

»Ich fragte nach Unterstützung für eine Rettungsmission, doch weder die Kobolde, noch die Bären waren dazu bereit, einige Krieger als Unterstützung aufzubieten.«

»Also wolltest du den weissen Ritter retten?«, fragte Jimmi ein wenig verwirrt und erleichtert zugleich. Er war fest davon überzeugt gewesen, dass für Handor ihre Mission Vorrang hatte. Dies hatte der Elf immer und immer wieder angedeutet.

»Ich habe es immer noch vor, auch ohne die Hilfe unserer Verbündeten«, antwortete Handor.

»Was ist mit unserer Mission?«, knurrte Rombo und sprach dabei Jimmis Gedanken laut aus.

»Sir Larzeron weiss wichtige Informationen über unsere Routen, die Theorie und über Jimmi. Ich befürchte, dass er unter Folter etwas preisgeben könnte«, antwortete Handor, ruhig und gelassen.

»Dann hast du nicht gerade viel Vertrauen in ihn«, sagte Rombo kühl.

Handor seufzte und genehmigte sich einen Schluck aus seinem Becher, bevor er dem Bären Antwort gab.

»Hör zu«, begann er und Jimmi hatte das Gefühl, dass es dem Elfen bei seinen eigenen Worten ein wenig unbehaglich zu sein schien. »Ich vertraue dem weissen Ritter vollkommen ...«

Rombo schnaubte laut auf, doch Handor beachtete das nicht.

»… das Problem bei den Menschen ist, dass sie nicht gerade dafür bekannt sind, viel Schmerz aushalten zu können.«

Handor hielt kurz inne. Es schien als würde er nach den passenden Wörtern suchen.

»Versteht mich nicht falsch«, fuhr er schliesslich fort. »Ich zweifle nicht daran, dass er für uns in den Tod gehen würde, doch ich fürchte unter dem Einfluss von gewissen Schmerzen könnte er doch einige Informationen herausgeben, die uns ernsthafte Probleme bereiten könnten.«

Rombo murmelte einige unverständliche Worte und grunzte dabei missmutig auf.

»Und was machen wir mit Wandak? Hierlassen können wir ihn nicht, er wäre ganz alleine und ohne Schutz«, bemerkte Jimmi an Handor gerichtet.

Noch ehe der Elf antworten konnte ertönte eine schwach krächzende, doch sehr bestimmte Stimme vom anderen Ende des Raumes her: »Ich komme natürlich mit!«

Wandak stand etwas gebückt an der Türe zum Schlafsaal. Man konnte nicht gerade behaupten, dass er gut aussah. Seine Haut hatte eine komische, hellgrüne Farbe angenommen, vergleichbar wenn ein Mensch blass werden würde.

»Wandak wie fühlst du dich?«, fragte Rombo besorgt und stand auf um den Kobolden zu helfen an den Tisch zu gelangen.

»Wie eine Wurst, die über dem Feuer geplatzt ist«, antwortete Wandak mit einem schrägen Grinsen auf dem Gesicht.

Rombo und Jimmi lachten kurz auf.

Der Bär setzte Wandak auf einem Stuhl ab und der Kobold schnappte sich den Resten des Kartoffeleintopfes, der noch auf dem Tisch stand.

»Ich denke nicht, dass es klug ist, dass du uns begleitest. Der weisse Ritter wurde entführt und wir müssen durch den grossen Kara… «

»Ja-ja, das ist mir schon klar, ich habe euch zugehört, aus dem Schlafsaal heraus«, mampfte Wandak, den Mund voller Kartoffeln. »Die Wunden sind zu und dein Affe, Jimmi, hat mir etwas gegen die Schmerzen gegeben. Ich fühle mich bereit«, fügte er hinzu und als wollte er es ihnen beweisen, stand er blitzschnell von seinem Platz auf, griff sich Rombos baumstammartigen Speer und hielt ihn dem Bären an den Hals.

»Da habt ihr es. Ihr müsst mich schon anbinden, wenn ihr wollt, dass ich zurückbleibe«, grinste der Kobold Handor an.

Handor schien kurz zu überlegen, doch nach einigen Sekunden nickte er langsam, wenn auch nicht ganz überzeugt und Wandak setzte sich wieder hin.

Einige Minuten schwiegen sie und sahen dem Kobolden zu, der mit ordentlichem Appetit den Eintopf herunterschlang. Als er fertig war, schob er seine Schale mit einem zufriedenen Grunzen von sich weg.

»Was mich noch sehr interessieren würde ...«, begann Wandak und schleckte sich dabei geräuschvoll die Lippen ab. »… hast du vor die Weltherrschaft an dich zu reissen?«

Wandak blickte dabei Jimmi seitlich an.

»Bitte was?«, stiess Jimmi verwirrt hervor.

»Willst du die Weltherrschaft übernehmen?«, fragte Wandak gerade heraus und beäugte ihn dabei sehr kritisch.

Jimmi suchte Handors Blick, doch der taxierte gerade den Kobolden, als würde er ihn für verrückt halten.

»Du musst noch zugedrröhnt sein von deinen Heilmitteln«, meldete sich Gabamanga zu Wort. Jimmi erschrak dabei heftig. Er hatte vollkommen vergessen, dass der Werwolf auch noch am Tisch sass.

Wandaks Gesicht verwandelte sich in eine säuerliche Miene. »Ich meine etwas gehört zu haben, im Schlafsaal. Als ihr um sein Krankenbett geschwänzelt seid«, sagte er mit zusammengebissenen Zähnen.

Jimmi war nicht aufgefallen, dass der Kobold wach gewesen war. Er hegte den Verdacht, dass sich Wandak einfach schlafend gestellt hatte.

»Und das wäre?«, fragte Handor ruhig.

»Als du mit diesem Knochenmensch kommuniziert hast«, sagte Wandak, immer noch an Jimmi gerichtet. »Wie hiess es da noch gleich? ... Ah ja ... Ich meine gehört zu haben, dass diese Biester in dein Herz sehen konnten, dass sie dir deine Mutter zurückbringen und dich zum Herrscher der Welt krönen wollen!«

Jimmi verneinte augenblicklich und machte Wandak klar, dass er auch seine Antwort an Handor gehört haben müsste, wenn er wach gewesen war. Jimmi blickte in Handors Richtung und dieser nickte zustimmend.

»Nun«, fuhr Wandak fort und Jimmi blickte augenblicklich wieder den Kobolden an. Dessen Blick war nun scharf und wachsam. »Wenn du das wirklich vorhast, Jimmi Johnson, dann fürchte ich, haben wir beide ein Problem miteinander.«

Jimmi spürte die Drohung förmlich und im ganzen Raum war die Spannung zu spüren. Er atmete einige Male tief durch und versuchte sich zu sammeln.

»Ich habe nicht vor die Welt zu beherrschen«, antwortete er dem Kobold etwas plump.

Wandak blickte ihn weiterhin an und Jimmi merkte, wie er violett wurde.

»Wandak ...«, meldete sich Rombo langsam zu Wort und Jimmis Augen schnellten zum Bären hin. »... Dass er sich seine Mutter zurückwünscht ist doch nichts aussergewöhnliches und nach all dem was er erlebt hat mit dem Bösen, glaubst du da ernsthaft, dass er sich denen anschliessen könnte?«

Wandak hatte die Antwort parat.

»Die Frage ist, was würde er tun, wenn es eine Möglichkeit gäbe sie von den Toten zu erwecken? Was würde er tun wenn ihm das Böse die Möglichkeit, die Macht, bieten würde, ihn am Leben zu lassen und seine Mutter wieder zu bekommen?«

»Hörr auf zu spinnen, man kann die Toten nicht zum Leben errwecken!«, knurrte Gabamanga.

»Und da bist du dir ganz sicher, Werwolf?«, höhnte Wandak. »Ich persönlich möchte nicht wissen, was in den Gruften der Hexen alles schon ausprobiert und entdeckt wurde«, fügte er hinzu.

»Die Hexen sind neutral, das weisst du genau«, mischte sich Rombo ein.

»Die Hexen würden ihre Kinder verkaufen, solange der Preis stimmt, das weisst du genauso gut wie ich«, warf ihm Wandak entgegen.

Jimmi fühlte sich erbärmlich. Hatte er tief in seinem Innern und im Unterbewusstsein tatsächlich den Wunsch über die Welt zu herrschen? Würde er alles Gute verraten, damit er seine Mutter wieder sehen und mit ihr sprechen konnte? Das schlimmste dabei war, dass er sich diese Frage nicht einmal mit »nein« beantworten konnte, denn der Wunsch seine Mutter wieder zu sehen war sehr stark in ihm.

»Das reicht!«, sprach Handor unverhofft und mit bestimmter Stimme. Jimmi blickte auf und sah, dass sich Wandak und Rombo schwer atmend gegenüberstanden, beide mit ihren Waffen in den Händen.

»Wenn Jimmi sagt, dass er nicht die Welt beherrschen will, dann glaub ich ihm das«, fügte Handor bestimmt hinzu.

Jimmi war dankbar für diese Worte.

»Wir sollten uns jetzt alle noch ein wenig ausruhen. Das Bärenvolk zieht um Mitternacht über den Fluchttunnel los. Wir werden uns ihnen anschliessen und danach in den grossen Karamangawald einsteigen. Unsere Mission ist es den weissen Ritter aus den Fängen des Bösen zu befreien und nichts anderes solltet ihr jetzt im Kopf haben«, sagte Handor gelassen und abschliessend.

Trotz seinem Versuch die Gruppe wieder zu einen und sie auf die Rettungsmission einzustimmen, erahnte Jimmi, dass Handor das Thema mit Jimmis Wünschen nicht einfach so beiseite warf. Ihm war klar, dass dem Elfen dieses Thema mehr beschäftigte als dieser dies zugeben mochte.

# Die Dunkelheit des Waldes

Um Punkt Mitternacht ging es los. Jimmi hatte seinen Getreidesack voll mit Essen, Wasser, einigen Kerzen und Streichhölzern geschultert.

Als die Gruppe in die Eingangshalle gelangte, strömten Bären aus jedem Ecken der Bärenstadt hervor. Jimmi blickte in ihre Gesichter und die meisten sahen verängstigt und traurig aus. Es war ein furchtbar trauriger Anblick für Jimmi. Die Bären wirkten geschlagen und kraftlos.

Es war ein langsamer Zug, der durch den moderigen Fluchttunnel wanderte. Schweigsam ging die Gruppe hintereinander her. Es hatte etwas Endgültiges, diesen prachtvollen Unterschlupf zu verlassen. Nun werden Jimmi und seine Gefährten der Gefahr mitten in die Arme laufen. Niemand freute sich darüber in den grossen Karamangawald einzusteigen und den weissen Ritter aus den Klammern des Bösen zu befreien. Es gab sogar Augenblicke, in denen sich Jimmi wünschte, dass er einfach mit den Bären auf die Inseln mitgehen könnte. Auf einige Inseln im Meer ausweichen, die letzten Jahre, Monate oder Tage in Ruhe verbringen, ehe das Böse auch über dieses Versteck herfallen würde. Doch Jimmi war sich mehr denn jemals zuvor bewusst, dass es an ihm und seinen Gefährten lag, die Freiheit in Atramonia zu bewahren. Die Kobolde hatten sich in ihre Heimat zurückgezogen, von der grossen Stadt hatten sie nie wieder etwas gehört, seit dem sie diese verlassen hatten und nun machte sich auch noch das Bärenvolk aus dem Staub. Die Welt fängt an sich zu spalten, wobei sie sich genau jetzt vereinen müsste. Die Theorie schien sich zu bewahrheiten. Jimmi musste immer wieder an die Stelle denken, in der es hiess, dass nur er das Böse besiegen konnte.

Endlich erreichten sie den Schacht, der sie über die Erde in die kalte, regnerische Nacht hinaus bringen würde. Jimmi war froh, diesen engen, modrigen Tunnel endlich verlassen zu können. Der Bärentross hielt nicht inne um sich zu versammeln. In einer schlangenähnlichen Formation bewegten sie sich nach Norden hin weg. Weg von ihrer Heimat und weg vom Krieg.

Handor zog Jimmi beiseite. Wandak, Rombo, Gabamanga und Gamba folgten ihnen.

Es regnete und es war kalt, doch Jimmi genoss die Stille, die sich nun um sie herum breitmachte.

Wandak hatte sich ausnahmsweise ein T-Shirt angezogen, da er seine Narben von Verunreinigungen schützen wollte, doch ansonsten schien er bei bester Gesundheit zu sein.

Jimmi fiel auf, das Gamba ihn ziemlich genau im Auge behielt, als fürchtete das Äffchen, der Kobold könne jeden Moment wieder in Ohnmacht fallen.

»Noch vor Sonnenaufgang steigen wir in den Wald ein«, sprach Handor sehr leise, doch gut vernehmbar zu ihnen.

»Rombo, du gehst voraus, die anderen treten bitte in seine Fussstapfen.«

Mehrere Stunden folgten sie dem Bär, der schweigsam vor ihnen her trottete. Der Regen durchweichte sein Fell und Jimmi war froh, dass sein Mantel den Regen einfach abperlen liess.

Die Sicht war schlecht, da der Regen einen kalten, weissen Dunst mit sich brachte, doch Handor behauptete stets, dass dies ein Vorteil für sie sei, da man sie nicht so leicht erkennen konnte. Das Gelände wurde immer ruppiger je weiter sie in den Osten gelangten. Geröll und kahle Erde prägten diese Gegend.

Nach weiteren zwei Stunden marschieren, machte Rombo unverhofft eine 90 Grad Drehung in Richtung Süden und flüsterte dabei, dass sie nun ganz nahe am Wald seien. Nach wie vor trat Jimmi in die Fussabdrücke des Bären und nur selten blickte er auf den braunen Rücken hoch, der vor ihm her trottete.

Der Regen prasselte nach wie vor auf die Gruppe herunter. Wachsam bewegten sie sich über das Geröll hinfort. Jimmi wurde immer aufgeregter. Der grosse Karamangawald erwartete sie und auch die Gefahren, die darin lauern werden.

Gerade noch rechtzeitig erkannte Jimmi, dass der Bär stehen geblieben war. Neugierig trat er einige Schritte zur Seite um einen Blick nach vorne zu werfen und was er da sah, liess ihn vor Erstaunen den Mund aufreissen.

Bäume, die höher und dicker gewachsen waren, als Jimmi es je gesehen hatte, ragten vor ihnen in die Höhe. Braun und dunkelgrün, beinahe schwarz, ragten sie aus der Erde empor und Jimmi vermochte keine drei Meter weit in den Wald hineinzusehen. Er wusste, dass sie nun am Rande des Karamangawaldes standen und es liess ihn vor Ehrfurcht erzittern.

Die Bäume schienen sich zu bewegen, obschon nicht der Hauch eines Windstosses zu vernehmen war. Dieser Wald war der Älteste in ganz Atramonia, doch Jimmi wusste, dass der Wald nicht nur aus diesem Grund so furchterregend wirkte.

Das Böse hatte den Wald verseucht und eine dunkle Aura umgab die turmhohen Bäume.

Jimmi versuchte in den Wald hineinzublicken. Schon hier, am Rand des Waldes vermutete er, dass es sehr dunkel werden würde wenn sie durch ihn hindurchgingen, denn die Bäume waren so dicht beieinander, dass die Sonne das Dickicht kaum durchbrechen konnte.

Handor war auf einen Baum zugeschritten. Der Elf begutachtete diesen kurz und lehnte sich dann an den Baum an.

Der Rest der Gruppe tat es ihm gleich und tatsächlich konnten sie sich alle an den gleichen Baum anlehnen, da dieser breit genug für sie alle war.

Die Erde um diesen Baum herum war feucht und krümelig, doch der Regen blieb an dieser Stelle in den Baumkronen hängen und Jimmi verspürte eine Wärme, die ihm den Rücken empor kroch, mit der er nicht gerechnet hatte.

Während die Gruppe sich mit Essen und Trinken beschäftigte, nahm Handor eine Karte hervor. Jimmi wusste, dass Rombo und Gabamanga sich am Vorabend mehrere Stunden damit beschäftig hatten, eine grobe Zeichnung des Waldes mit den wichtigsten Punkten zu erstellen. Rombo hatte Jimmi dabei noch versichert, dass die Einzigen, sehr genauen Karten des Waldes, nur im Schloss Mortenstein zu finden seien und dass die Gruppe vielleicht ein wenig improvisieren müsse bei dem Weg.

»Wir werden die bekanntesten Punkte so gut wie nur möglich umgehen, da diese sehr wahrscheinlich bewacht sind«, sagte Handor in die Runde.

Rombo räusperte sich vernehmlich, nahm einen Ast, der auf dem Boden lag und zeigte es ihnen.

»Wir sind hier«, begann er und deutete auf einen Punkt am nördlichen Rande des Waldes. »Den normalen Weg vermeiden wir.« Er fuhr dabei mit dem Ast nach oben und strich einer

Linie nach, die mitten in den Wald und zum Schloss Mortenstein hinführte.

Die Gruppe war sich einstimmig einig geworden, dass der weisse Ritter in Schloss Mortenstein gefangen gehalten wird. Ihr Ziel war es, das Schloss zu finden und Sir Larzeron aus den Klauen des Bösen zu befreien. Ein ziemlich waghalsiges Unternehmen, dies war ihnen allen bewusst.

»Auf diesem Weg läge auch die hölzerne Brücke, die uns sicher über den Eisfluss gebracht hätte, doch die wollen wir ebenfalls vermeiden, da es die einzige Brücke in diesem Wald ist«, sagte Rombo.

Der Bär fuhr mit dem Ast dem Weg nach, der von Norden nach Süden führte und zu einem Punkt, der mit »Hölzerne Brücke« angeschrieben war.

»Und wie kommen wir dann über diesen Eisfluss rüber?«, fragte Wandak unvermittelt und in einem für ihn typisch, genervten Tonfall. Der Kobold fuhr dabei mit seinen langen Fingern der Linie entlang, die mit »Eisfluss« angeschrieben war.

»Ich nehme an, dass dieser sehr breit ist, wenn man eigens dafür eine Brücke errichtet hat«, fügte der Kobold brummend hinzu.

»Das ist richtig. Der Fluss ist breit, doch es gibt auch vereinzelte Stellen, an denen er enger wird und dort werden wir uns was einfallen lassen«, antwortete Handor, noch ehe der Bär etwas dazu sagen konnte.

Rombo nickte zustimmend und ergriff wieder das Wort. »Wir versuchen uns so lange wie möglich westlich von Schloss Mortenstein und dem normalen Weg zu halten, ehe wir uns nach Osten und zum Schloss hin durchschlagen werden. Dabei kommen wir allerdings an einigen kritischen Punkten vorbei, beispielsweise an den giftigen Sträuchern ...«

Rombo zeigte auf ein Feld, das die Sträucher darstellen sollte.

»... oder den Steinhäusern, die früher von den Wächtern des grossen Waldes als Unterkunft benutzt worden waren«, schloss er und zeigte dabei auf einige Häuser, die sie mitten in den Wald gezeichnet hatten.

Rombo blickte in die Runde, als wolle er von ihnen hören, dass sie mit seinen Ausführungen einverstanden wären und alle nickten als Zeichen, dass sie es kapiert hatten.

Einige Sekunden war es ruhig, ehe sich Wandak wieder zu Wort meldete.

»Was tun wir, wenn wir bei Schloss Mortenstein angekommen sind? Spazieren wir da einfach mit einem guten Tag hinein und fragen, ob wir Sir Larzeron wieder bekommen könnten?«, fragte er milde lächelnd.

»Wir werden uns vor Ort etwas überlegen, vorerst müssen wir schauen, dass wir überhaupt das Schloss erreichen und die Zeit drängt nun endgültig«, antwortete Handor und stand auf.

»Wollen wir?«, fragte er an die Gruppe gerichtet und ohne auf eine Antwort zu warten, schritt der Elf voraus in das Dickicht des grossen Karamangawaldes hinein. Hinein in die Dunkelheit. Dem Bösen direkt in die Arme laufend und wieder einmal in das Ungewisse.

Jimmi legte nach nur wenigen Minuten seinen Mantel ab und verstaute diesen in seiner Tasche. In diesem Wald herrschte ein feuchtes, stickiges und sehr warmes Klima. Der Regen blieb in den obersten Ästen des Waldes hängen und nur vereinzelt drangen einige von den Tropfen bis auf den Boden vor.

Noch hatten sie genügend Licht, das von der Morgendämmerung in den Wald hinein schien, doch Jimmi war sich sicher, dass dieser Wald auch dieses Licht bald schlucken würde, da sich der Wald immer mehr verdichtete.

Handor überliess Rombo wieder das Kommando, da sich dieser im Wald einigermassen auskannte.

Es war ein Vorteil, dass der Bär vor ihnen herlief und ihnen mit seinem massigen Körper einen Weg durch das Dickicht des Waldes bahnen konnte.

Wie die Gruppe es besprochen hatte, gingen sie einfach querfeldein und unablässig in Richtung Süden, da sie den angelegten Weg nicht benutzen wollten. Allerdings hatte dieser Plan auch einen grossen Nachteil.

Während sich ein Gabamanga, ein Handor und auch Jimmi ziemlich lautlos durch den Wald bewegen konnten, war es vor allem für Rombo schwierig sich so leise wie möglich zu verhalten. Bei dem Bären raschelte es besonders laut, wann er dichte Sträucher durchstiess oder sich durch zwei eng aneinander liegende Bäume hindurchquetschen musste.

»Der wird noch den ganzen Wald aufwecken«, grummelte Wandak mit mürrischer Miene vor sich hin. Der Kobold war allerdings auch nicht besser. Für Kobolde, mit ihren eher tölpelhaften Gang, war leise sein, ein Fremdwort. Obschon Wandak nicht grösser war als Jimmi, verursachte er einen solch lauten Krach, dass sich einem die Haare sträubten.

Immer weiter drang die Gruppe in den Wald hinein. Die Sicht veränderte sich dabei stetig. Einmal hatten sie sehr viel Licht, da sich in den Baumkronen eine ordentliche Lücke auftat, ein anderes Mal konnte Jimmi seine Hände nicht mehr erkennen, wenn er sich diese vor sein Gesicht hielt.

Jimmi hatte immer wieder Adrenalinstösse. Eine Gefahr konnte hinter jedem dieser schwärzlichen Bäume lauern. Diesen Gedanken liess Jimmi besonders wachsam sein, doch dies war sehr anstrengend in dem warmen Klima, das ihm die Sinne ordentlich trübte.

In jenen Situationen in denen es sehr dunkel war, bewegten sie sich besonders vorsichtig, was allerdings nicht hiess, das sie automatisch leiser wurden. Das Gegenteil war der Fall, denn sie konnten die Hindernisse vor ihnen nicht mehr erkennen.

Selbst der leichtfüssige Jimmi stand dann und wann mal auf einen Ast, der geräuschvoll knackte.

Die Luft war dünn und Jimmi schwitzte. Die Bäume wurden nur noch dicker, die Sträucher nur noch dichter, je weiter sie in den Wald eindrangen. Bei einer kurzen Verschnaufpause, setzten sie sich auf eine kleine Lichtung, auf die ein dicker Sonnenstrahl herabschien.

»Gibt es auch irgendwelche Geschöpfe in diesem scheusslichen Wald?«, fragte Wandak mit missmutigem Blick auf die umliegenden Bäume.

Dass dem Kobold dieser Wald nicht gefiel, hatten sie auf dem Weg bis hierhin schon oft zu hören bekommen. Meist fluchte er wie ein Rohrspatz wenn er über eine herausragende Wurzel stolperte oder sich an den Dornen stach, die in den Sträuchern hingen.

»Früher einmal ja«, brummte Rombo. »Vor allem viele Vogelarten hatte es. Sehr viele verschiedene Arten. Ich mochte ihr Pfeifen, während wir durch den Wald schlenderten.« Rombos verbitterter Blick wanderte dabei über die verseuchten Bäume hinweg.

Nicht nur Wandak, auch Jimmi war aufgefallen, dass es mucksmäuschenstill war im Wald. Nicht ein Geschöpf hatten sie bis hierhin gesehen, abgesehen von den Ameisen, die gerade erzürnt auf dem Erdboden umherkrabbelten, da sich Rombo auf einen ihrer Bauten niedergelassen hatte.

»Wildschweine, Waldpumas, Schlangen, Spinnen, Eichhörrnchen und vieles mehrr«, fügte Gabamanga mit einem Seitenblick auf Wandak hinzu.

»Schon gut! Schlangen können mir so oder so gestohlen bleiben!«, knurrte Wandak verärgert.

»Das Böse wird sie zweifellos vertrieben haben«, sagte Handor mit ruhiger Stimme.

»Nicht nur die kleinen Tiere, auch die Bären«, brummte Rombo mit unterdrückter Wut.

»Und die Waldwächter«, fügte Handor hinzu.

»Tja, nun sind wir ja hier und nachdem wir den Wald gesäubert haben, können sie ja dann zurückkommen«, grinste Wandak mit unüberhörbarer Ironie in seiner Stimme, in die Runde.

»Nimm den Wald nicht auf die leichte Schulter, das wäre unklug«, antwortete ihm Rombo mit nervöser Stimme. »Schon zu der Zeit, als das Böse noch nicht hier war, galt der Wald als tückisch. Immer wieder gab es Unfälle oder gar Tote«, fügte er hinzu.

»Ich will ihm doch nur helfen«, antwortete Wandak und tätschelte dabei mit übertrieben unschuldiger Miene einen Baumstamm.

Jimmi flog ein Grinsen über das Gesicht. Im Allgemeinen erging es ihm bis hierher erstaunlich gut. Er hatte gute Laune, trotz der drückenden Hitze, der Finsternis und dem aussichtslosen Vorhaben den weissen Ritter zu befreien.

# Grünes Blut

Die Tage vergingen und immer weiter drang die Gruppe in den grossen Karamangawald hinein. Die giftigen Sträucher und die Hütten der Waldwächter hatten sie bereits ohne irgendwelche Schwierigkeiten hinter sich gelassen.

Wenn es Nacht wurde bemerkte die Gruppe dies nur noch, weil die Temperaturen um wenige Grad sanken. Die dichten Blätter der Bäume liessen nun keine Sonnenstrahlen mehr durchdringen. Bei Kerzenschein übernachteten sie dann meist unter einem grossen Baum, der guten Sichtschutz bot und Handor bestand nun auch auf Wachen, die auf den Rest der Gruppe aufpassen mussten, während sie schliefen.

Noch immer waren sie auf kein einziges Lebewesen gestossen, das eine Gefahr für sie darstellen hätte können. Vielleicht war es pures Glück, doch Jimmi hatte stetig ein mulmiges

Gefühl im Bauch, da er immer damit rechnete, dass die Gruppe gleich angegriffen werden könnte.

Jimmi war in dieser Nacht für die erste Schicht eingeteilt worden. Er wurde immer für die erste Schicht eingeteilt, da Handor der Meinung war, dass er sich ab Mitternacht bis zum Morgen ausruhen sollte.

In dieser Nacht war es wie immer totenstill. Die Gruppe befand sich gerade an einer besonders dichten Stelle, umgeben von den überdimensional grossen Bäumen und vielen Sträuchern. Am nächsten Tag werden sie endlich den Eisfluss erreichen, wie Rombo es ihnen versichert hatte.

Jimmi sass mit seinen Beilen auf dem Schoss an einen Baum angelehnt da und lauschte den Schlafgeräuschen der anderen. Glücklicherweise hatte Rombo eine Technik herausgefunden, damit er nicht schnarchte. Der Bär musste sich jeweils nur auf die Seite legen und das Schnarchen hörte augenblicklich auf. In der ersten Nacht, die sie im Wald verbracht hatten, war der Bär so laut gewesen, dass Wandak ihnen am nächsten Tag versichert hatte, dass er kurz davor gestanden hätte den Bären mit seiner Keule zu erschlagen. Rombo hatte ihnen dann versichert, dass er eine Technik kenne, die das Schnarchen verstummen liess.

Zu Jimmis Beschäftigung war bisher auch Gamba immer wachgeblieben, damit er nicht ganz alleine dasitzen musste. Meist kletterte das Äffchen auf die nahegelegenen Bäume um sich ein wenig auszutoben, was Jimmi immer wieder amüsant fand. Erstaunlicherweise machte Gamba dabei nur wenige Geräusche. Wenn er von Ast zu Ast sprang, war er sehr vorsichtig und wenn man nicht wüsste, dass er da oben war, würde es auch niemand bemerken.

Jimmi hatte seine Wache bisher meist damit verbracht, für sich selber Pfeile zu schnitzen. Er wurde immer besser und an diesem Abend gelangen sie ihm besonders gut. Bei einem

Probeschuss mit seiner Armbrust, flog der Pfeil schnurgerade aus und traf sein Ziel, einen nahegelegenen Baum.

Um Punkt Mitternacht weckte Jimmi den Kobold, der für die zweite Schicht eingeteilt worden war. Handor hatte seine Uhr abgelegt und sie jenen überlassen, die gerade Wache schoben. Um Punkt Mitternacht musste die Ablöse erfolgen und um fünf Uhr in der Früh mussten alle wieder aufstehen.

Wandak grunzte, als Jimmi ihn sanft weckte. Leise fluchend stand der Kobold auf und blickte ihn mit trüben Augen an.

»Schon wieder Zeit?«, fragte er und gähnend streckte er sich ein wenig.

Jimmi nickte nur mit dem Kopf und betrachtete den nackten, grünen Bauch des Koboldes. Wegen der Wärme, die in diesem Wald herrschte, hatte Wandak sein T-Shirt wieder ausgezogen.

»Ich gehe noch drauf, wenn ich das Ding weiterhin trage«, hatte ihnen der Kobold in typisch genervten Tonfall gesagt, als er sich des T-Shirts entledigt hatte.

Es war erstaunlich, dass nur noch eine Narbe zu sehen war, an der Stelle, an der Wandaks Bauch aufgeschlitzt worden war und dass der Kobold wieder bei bester Gesundheit zu sein schien.

Gamba kam von einem nahegelegenen Baum heruntergesprungen, ging zu seiner Tasche hin und holte eine kleine Büchse hervor. Daraufhin ging er auf Wandak zu und warf ihm die Büchse in die Arme. Wandak fing sie auf und bedankte sich mit einem erneuten Grunzen. Er öffnete den Deckel und heraus drang ein Geruch, den Jimmi in der Nase brannte.

»Wenn auch nur ein Feind in der Nähe ist, wird er mich kilometerweit riechen können«, sagte Wandak mehr zu sich selbst als zu Jimmi. Er strich sich eine dicke, gelbe Paste auf die Narbe und stöhnte erleichtert auf.

»Geh pennen Jimmi, ich übernehme jetzt«, sagte der Kobold, schwang sich dabei seine Keule auf die Schultern und marschierte los.

Wandak konnte nicht einfach nur herumsitzen und lauschen. Der Kobold schlenderte immer ein wenig durch die Gegend, wenn er mit der Wache dran war.

Jimmi legte sich neben seine Tasche hin. Den Mantel, den er ausserhalb des Waldes als Decke benutzt hatte, lag gut verstaut in ihr drinnen. Es war viel zu warm in dem Wald, als dass er den Mantel hier drinnen gebrauchen konnte. Er gönnte sich noch einige Züge aus seiner Wasserflasche und machte danach die Augen zu.

Jimmi konnte später nicht sagen, wie lange er schon geschlafen hatte. Geweckt wurde er jedoch von einem markerschütternden Schrei, der ihn in Sekunden aufstehen liess.

Verwirrt blickte er sich umher. Er erkannte Handor, der bereits mit gezücktem Schwert auf eine Stelle zulief, die ein wenig abseits lag und von Büschen verdeckt war.

Jimmi folgte dem Elfen und das Adrenalin schoss durch seinen Körper. Er hatte beide Beile gezückt, bereit zu kämpfen. Als er Handor durch das Gebüsch gefolgt war und neben ihm stehen blieb, konnte er die schemenhaften Umrisse von Wandak und noch jemanden erkennen, die am Boden liegend in einen Kampf verwickelt waren.

Handor hatte einige Sekunden überrascht innegehalten, doch dann war er blitzschnell zur Stelle.

Der Elf hob Wandak mit Leichtigkeit von der Gestalt am Boden weg und hielt dieser dann blitzschnell sein Schwert an die Kehle. Augenblicklich verstummten die Schreie und Jimmi betrachtete die Gestalt etwas näher.

Zu seinem Erstaunen war es eine junge Frau, die erstarrt am Boden lag. Jimmi konnte ihre langen Haare erkennen, die vollbedeckt mit Blättern waren.

Hinter sich hörte Jimmi die Schritte von Gabamanga und Rombo, die auf sie zugestürmt kamen.

Rombo hielt eine Kerze in der Hand. Handor entnahm ihm diese und hielt sie ein wenig näher an die Frau heran.

Jimmi fand, dass sie augenscheinlich hübsch aussah. Eine dunkelhaarige Frau mit schmalem Gesicht und mandelförmigen, hellbraunen Augen, blickte verängstigt und wütend zugleich zu ihnen hoch. Sie hatte lange, zerrissene Jeans an und sie trug ein schlichtes, braunes T-Shirt. Ihr Haar reichte ihr weit über die Schultern herunter und sie war von schlanker Statur. Ihr Gesicht glühte förmlich, Jimmi vermutete vor Anstrengung.

Neben der Frau sah Jimmi ein grosses Bündel und gleich daneben lag auch noch eine silbern schimmernde Sichel.

Handor hielt das Schwert nach wie vor sehr nahe an der Kehle der Frau und ohne sie dabei aus den Augen zu lassen sprach er zu Wandak: »Was ist passiert, Wandak?«

Der Kobold rang noch einen Moment nach Atem, ehe er antworten konnte.

»Ich habe sie hier sitzen sehen, ich bin von hinten an sie herangeschlichen und habe ihr die Sichel aus der Hand geschlagen, da begann sie auch schon zu schreien und ich habe mich auf sie geworfen«, keuchte Wandak zitternd.

Jimmi warf einen Blick zu ihrem Lager herüber und erkannte schnell, dass die Frau sie beobachtet haben musste. Das Gebüsch bot ihr genügend Schutz und die Sicht war ausgesprochen gut.

»Darf ich den Grund erfahren, weshalb du uns ausspioniert hast?«, fragte Handor an die Frau gerichtet. Seine Stimme war freundlich und ruhig.

Die nach wie vor am Boden liegende Frau richtete sich ein wenig auf. Die Spitze des Schwertes von Handor folgte ihr dabei. Sie sass nun in aufrechter Position auf dem Waldboden und blickte argwöhnisch die Spitze von Handors Schwert an.

Handor bemerkte dies und hielt es ein wenig weiter weg von der Frau.

»Ich interessiere mich für seine Pfeile«, antworte die Frau mit einer weichen Stimme, die sehr unschuldig klang. Jimmi bemerkte erst nach einigen Sekunden, dass sie mit dem Finger auf ihn zeigte und er erschrak ein wenig.

»Ich gebe dir fünf Silberstücke für jeden Pfeil«, fügte sie hinzu und lächelte Jimmi so charmant an, dass dieser violett wurde.

»Von wo her kommst du?«, fragte Handor ohne auf die Worte der Frau einzugehen und die Frau blickte von Jimmi weg zum Elfen hin.

»Aus der grossen Stadt natürlich«, antwortete sie als wäre das völlig logisch.

»Und was machst du hier in diesem Wald?«, wollte Rombo argwöhnisch von ihr wissen.

»Hab ich doch schon gesagt, ich interessiere mich für seine Pfeile«, antwortete die Frau.

»Wenn du uns weiterhin anlügst, muss ich dich wohl oder übel an einen Baum binden. Dann kannst du deine Lügen den dunklen Mächten erzählen«, sagte Handor, weiterhin mit freundlicher und ruhiger Stimme.

Das Lächeln auf dem Gesicht der Frau wurde überraschenderweise noch breiter.

»Na schön, ich bin hierhin gekommen um nach meiner Tante zu suchen. Sie wird leider seit einem Jahr vermisst und wurde zuletzt von den Waldwächtern gesehen, wie sie in den Wald ging«, sagte sie.

»Und dann dachtest du wäre es das Klügste sie auf eigene Faust zu suchen? Du weisst wer hier drinnen herrscht, oder?«, fragte Rombo brummend.

»Natürlich weiss ich das, doch von dem Bösen lasse ich mich nicht davon abhalten meine Tante zu suchen!«, antwortete die Frau störrisch.

»Habe ich dir nicht gesagt, dass du uns nicht anlügen sollst?«, fragte Handor unvermittelt.

Jimmi wusste nicht warum die Frau jetzt noch gelogen haben sollte, doch Handor schien ihr nach wie vor nicht zu glauben.

»Das ist die Wahrheit«, grummelte sie und blickte Handor mit sturem Gesichtsausdruck an.

Gabamanga hatte sich inzwischen den Beutel der Frau und ihre Sichel geschnappt. Er blickte in den Beutel hinein und kippte den Inhalt schliesslich auf den Waldboden.

Nussbaumwurzeln, Feigenblüten, Moos und Tannennadeln kullerten heraus. Dies erkannte Jimmi sofort und komischerweise erinnerte es ihn an etwas, doch er wusste nicht an was.

Dann lagen da noch einige Reagenzgläser, die gefüllt waren mit verschieden leuchtenden Flüssigkeiten, die Jimmi nicht kannte und zu guter Letzt war da noch ein Tuch, das etwas umhüllte und als Gabamanga es auswickelte, klatschte ein Eber-Herz auf den Waldboden.

»Urgh«, machte Wandak als er das Eber Herz sah.

»Vorsicht, Wolf!«, schnarrte die Frau an Gabamanga gerichtet. Der Werwolf wickelte das Herz wieder in das Tuch.

»Nun, hast du uns noch mehr zu sagen?«, fragte Handor wieder an die Frau gerichtet, doch diese starrte nur schweigend geradeaus und zog dabei eine Schnute.

»Gabamanga, würdest du bitte?«, fragte Handor an den Werwolf gerichtet. Der Werwolf nickte und trat auf die Frau zu. Er hob sie mühelos und einhändig vom Waldboden auf. Sie kreischte und brüllte »Lass mich los, du borstiges Fellknäuel!«

Jimmi dachte, Gabamanga würde sie jetzt an einen Baum fesseln, doch der Werwolf packte blitzschnell die linke Hand der Frau und fuhr ihr mit seinen scharfen Krallen über die Hände.

Die Frau keuchte erschrocken auf, doch der Werwolf hatte ihr nicht sonderlich wehgetan. Es war ein kleiner Kratzer und als Jimmi diesen genauer betrachtete, tropfte ein wenig Blut hervor. In der Dunkelheit war es sehr schwierig zu erkennen und erst beim genaueren Hinsehen erkannte Jimmi, dass es grünes Blut war, das aus dem Kratzer heraustrat und nicht rotes.

Gabamanga grunzte zufrieden und setzte die Frau wieder auf den Waldboden ab.

Jimmi war verwirrt, doch Rombo keuchte auf.

»Eine Hexe«, sagte er mit überraschtem Unterton.

Erstaunt betrachtete Jimmi die Frau etwas genauer. Da waren keine Warzen zu sehen, keine krumme Nase, doch ihre Gesichtsfarbe hatte sich verändert. Es glühte nun in einer grünlich schimmernden Farbe und Jimmi musste feststellen, dass er die Frau nach wie vor sehr hübsch fand, trotz des grünen Gesichtes.

»Musste das sein?«, fragte die Frau genervt an Gabamanga gerichtet und nuckelte an dem Schnitt, welcher der Werwolf ihr zugefügt hatte.

»Nun, die ganze Wahrheit bitte«, sagte Handor gelassen an die Frau gerichtet.

»Schön«, fauchte sie, als sie festgestellt hatte, dass es wohl keinen Sinn mehr hatte zu lügen.

»Es stimmt, ich komme aus Hexonia. Ich suche in diesem Wald ein ganz bestimmtes Extrakt für ein Mittel«, berichtete die Frau murrend.

»Was für ein Extrakt?«, wollte Handor von ihr wissen.

»Eine Flüssigkeit, die ich im Nebennieren-Mark einer Waldziege finde«, murmelte die Hexe.

»Wozu soll das gut sein?«, fragte Wandak. »Welches kranke Experiment führt ihr Hexen nun wieder im Schilde?«, fügte er fragend hinzu, das Gesicht voller Abscheu.

»Es ist für ein Heilmittel wenn du es genau wissen willst«, fauchte sie den Kobolden an.

»Hier drinnen gibt es keine Waldziegen, besser gesagt nicht mehr«, warf Rombo ein.

»Natürlich gibt es sie noch«, antwortete die Hexe mit genervter Stimme. »Seit drei Tagen folge ich euch bereits und glaubt mir, es verschwindet jedes Tier wenn ihr durch den Wald stampft. Zumindest wenn sich der Bär und der Kobold fortbewegen spürt man das von kilometerweiter Entfernung«, sagte die junge Hexe mit einem schrägen grinsen, was Wandak sauer aufstiess.

»Weshalb folgst du uns dann, wenn wir die Tiere verscheuchen? Leute die uns verfolgen, könnten genauso gut Spitzel des Bösen sein«, sagte Handor gelassen.

»Spitzel des Bösen?«, schnaubte die Hexe. »Ich bin genauso wenig ein Spitzel des Bösen, wie du eine Waldziege bist«, antwortete sie dem Elfen frech.

Handor gab sich damit nicht zufrieden, das merkte auch die Hexe und fügte hinzu: »Ich wollte mir die Armbrust von *ihm* ausleihen um die Ziegen zu erlegen.«

Bei diesen Worten deutete die Hexe auf Jimmi.

»Du wolltest sie stehlen, meinst du«, sagte Handor bestimmt.

»Nein, ich hätte nicht lange gebraucht, ich hätte sie auch wieder zurückgelegt«, antwortete sie und komischerweise glaubte Jimmi der Hexe.

Einige Augenblicke herrschte Stille ehe sich Wandak zu Wort meldete.

»In dreissig Minuten müssen wir wieder aufbrechen, Handor«, sagte der Kobold mit einem Blick auf die Uhr des Elfen.

»Ja, das müssen wir. Nun gut, du kannst gehen Hexe«, sagte er und steckte sich das Schwert wieder an seinen Halfter.

»Lasst mich mit euch gehen. Ich gebe euch Heilmittel, wenn ihr mich mitkommen lässt, bitte«, antwortete die Hexe.

Jimmi war etwas überrascht, denn ihre Stimme hatte sich verändert. Es drang ein ängstlicher Unterton darin hervor.

»Kommt nicht in Frage«, brummte Rombo erzürnt. »Wenn wir nicht aufpassen meuchelt sie uns noch im Schlaf!«

Jimmi hatte erwartet, dass Handor es ablehnte die Hexe mitzunehmen, doch anscheinend hatte er ihren ängstlichen Unterton ebenfalls herausgehört und der Elf musterte die Hexe mit einem wachsamen Interesse.

»Vor was fürchtest du dich?«, fragte er sie kurz angebunden, obschon der Elf die Antwort bereits wusste, wie Jimmi vermutete.

Die Hexe senkte den Kopf und murmelte. »Von den dunklen Gestalten, die hier wandeln. Ich habe keine Kampferfahrung und vor einer Woche hätten sie mich beinahe erwischt.«

»Das können wirr nicht, Handorr, denk an unserr Vorrhaben«, knurrte Gabamanga an Handor gerichtet und auch Wandak schüttelte seinen Kopf.

»Bitte, ich mache alles was ihr wollt«, flehte die Hexe.

»Packt eure Sachen, wir gehen weiter«, sagte Handor bestimmt und zu Jimmis Überraschung half er der Hexe auf die Beine, sammelte ihre Utensilien zusammen und überreichte ihr diese.

146

# Der Eisfluss

Die Hexe folgte Rombo und Wandak, die zu ihrem Unterschlupf zurückkehrten. Handor, Jimmi und Gabamanga gingen hinter ihnen her.

»Was soll das, Handorr? Die ist doch eine zusätzliche Last fürr uns und wie kannst du ihrr nurr trrauen?«, fragte der Werwolf. Sein Blick war auf den Rücken der Hexe gerichtet.

»Ich habe das Gefühl, dass sie noch wertvoll für uns sein könnte. Keine Sorge, ich werde ein Auge auf sie haben. Ausserdem behagt es mir nicht, jemanden gehen zu lassen, der uns drei Tage lang gefolgt ist und vielleicht sogar etwas gehört hat, das uns in Schwierigkeiten bringen könnte«, antwortete Handor gelassen. Dies ergab durchaus einen Sinn, wie Jimmi fand.

Die Gruppe machte sich wieder auf den Weg. Rombo wiederholte, dass sie am heutigen Tage den Eisfluss erreichen werden.

In Einerkolonne kämpften sie sich durch das Dickicht des Waldes hindurch. Rombo ging voraus, dahinter Wandak, die Hexe, Jimmi mit Gamba und die Nachhut bildeten Handor und Gabamanga.

Immer wieder ertappte sich Jimmi dabei, wie er der Hexe verstohlen auf den Rücken blickte. Mittlerweile hatte sich die Gesichtsfarbe der Hexe wieder in Hautfarbe geändert und die Hexe hatte ihnen erklärt, dass dies eine seltene Gabe sei, selbst unter den Hexen.

»Wie heisst du eigentlich?«, hörte Jimmi die Hexe sagen und sie drehte sich kurz nach ihm um.

Jimmi drehte sich kurz zu Handor um, da er unsicher war ob er ihr seinen Namen verraten durfte. Handor nickte zustimmend mit dem Kopf.

»Ich heisse Jimmi. Jimmi Johnson und komme aus Xandera. Das liegt süd-westlich von Hexonia«, antwortete er mit etwas nervöser Stimme.

»Ich weiss wo Xandera liegt, ich war dort oft auf dem Dorfmarkt unterwegs«, antwortete sie und lächelte kurz zurück.

Jimmi hatte die Hexe dort noch nie gesehen, doch es wunderte ihn auch nicht sonderlich. Wenn er mit seinem Vater auf dem Markt unterwegs gewesen war, dann meist nur für kurze Zeit und diese Zeit hatte er genutzt um sich die Waren und die Hausaffen anzuschauen.

»Und was führt denn Jimmi Johnson von Xandera in den grossen Karamangawald?«, fragte sie und hielt dabei einen Ast zur Seite, damit er nicht auf Jimmi zurückspickte.

Diesmal war es Handor, der ihr antwortete.

»Das geht dich nichts an. Wie ist denn dein Name?«, fragte er diesmal ziemlich barsch.

»Belona, aber alle nennen mich Bella«, antwortete sie nachdem sie unter einem dicken Baumstamm hindurchgekrochen war.

»Wie alt bist du?«, fragte Jimmi neugierig.

»Vor kurzem bin ich 7300 Sonnenaufgänge alt geworden«, antwortete sie lächelnd. Jimmi runzelte die Stirn und sah fragend Handor an.

»Also zwanzig Jahre alt«, antwortete Handor weise.

»Richtig«, antwortete Bella vergnügt.

Jimmi verstand es immer noch nicht.

»Die Hexen errechnen ihr Alter mit Sonnenaufgängen. Da ein Jahr 365 Tage hat kannst du ihre Jahreszahl durch diese 365 teilen, dann bekommst du die Zahl, die für uns als Alter gilt«, klärte ihn der Elf auf.

»Wieder richtig«, sagte die Hexe vergnügt.

Jimmi war noch nie gut im Rechnen, doch er fand es so spannend, dass er sich dazu hinreissen liess etwas zu errechnen.

»Das bedeutet, dass du im nächsten Jahr 7476 Sonnenaufgänge alt wirst«, sagte er etwas unsicher. Bella drehte sich grinsend zu ihm um.

»Schlaues Kerlchen«, antwortete sie ihm und sie schien zu bemerken, dass es Jimmi sehr interessierte.

»Und sobald wir Hexen 17800 erreicht haben, reden wir von Sonnenuntergängen«, fügte sie hinzu.

»Bei uns sind das fünfzig Jahre«, sagte Handor, der bemerkte, dass Jimmi Mühe hatte mit rechnen.

»Völlig verrückt!«, hörten sie Wandak von der Spitze des Zuges aus brummeln.

Die Gruppe lief immer weiter in den Wald hinein. Es war ein anstrengender Marsch. Oftmals mussten sie grosse Baumgruppen umgehen, durch Dornensträucher laufen und über sehr unebenen Boden gehen.

Endlich hörten sie Rombo von der Spitze der Gruppe aus keuchen: »Wir haben ihn bald erreicht.«

Mit *ihn*, meinte der Bär natürlichen den Eisfluss. Es wurde auch Zeit, denn seit mehreren Stunden ohne Rast hatten sie sich durch das Dickicht des Waldes gekämpft.

Schliesslich kam Rombo zu stehen. Sie standen an einer Baumreihe, die ihnen den Blick nach vorne versperrte und die wie Jimmi feststellte, nach links und rechts reichte soweit er blicken konnte. Er konnte ein kleines Rauschen hören, das eindeutig der Fluss sein musste.

Neugierig ging er auf die Baumreihen zu und versuchte einen Blick hinter sie zu werfen, doch er war viel zu klein. Selbst der gross gewachsene Bär war um einiges zu klein um an der niedrigsten Stelle der Baumreihe hinüber zu schauen.

Jimmi nervte es, dass er nichts sehen konnte und so entschloss er sich einen Baum hochzuklettern, damit er den Fluss sehen konnte.

Handor bat ihn vorsichtig zu sein und schon kletterte Jimmi auf einen Baum. Es bereitete ihm nicht im Geringsten Mühe. Die Bäume waren riesig, doch im Gegensatz zu den Bäumen in Jimmis Heimat, boten sie sehr viel mehr Griffmöglichkeiten.

Es dauerte nicht lange und Jimmi war an dem Punkt angelangt, an dem er bequem auf einem Ast sitzen und den Blick nach unten richten konnte.

Eine Kälte streifte ihm über das Gesicht, mit der er nicht gerechnet hatte. Der Fluss an sich war nicht so breit wie er sich das vorgestellt hatte. Mühelos konnte er das andere Ufer erkennen, das genau gleich mit hohen Bäumen umgeben war wie das ihre.

Der Fluss bewegte sich gemächlich fort und nicht wie Jimmi erwartet hatte mit reissender Strömung. Er hatte genug gesehen. Flink kletterte er wieder zu der Gruppe zurück, die sich am Rande der Baumgruppe niedergelassen hatte.

»Ich sehe hier keine Probleme! Es ist zwar hoch zum Klettern, doch den Fluss durchqueren sollte kein Problem sein, die Strömung ist sehr gering«, berichtete er den anderen.

Rombo schüttelte den Kopf.

»Das Klettern ist nicht das Problem und auch nicht die Strömung. Die Kälte des Flusses ist ein Problem«, sagte er an Jimmi gerichtet.

Jimmi stutzte. Immerhin waren sie bereits im Bärengebiet sehr tiefen Temperaturen ausgesetzt gewesen und sie hatten es heillos überstanden.

»Der Fluss heisst nicht umsonst Eisfluss, Jimmi«, sagte Handor an Jimmi gewandt.

»Wie kalt kann ein Fluss werden, ohne dabei zu gefrieren? Das ist unnatürlich, ausserdem ist es in diesem Wald so heiss, dass ich schwitze«, gab Jimmi mit sturer Miene zurück. Es wurmte ihn, dass sie nicht auf ihn hören wollten.

»Was denkst du, wo dieser Fluss entspringt?«, fragte ihn Handor. Wandak und Belona hörten ebenfalls genau hin, während sich Rombo und Gabamanga eher desinteressiert ihren Vorräten widmeten.

»In den Bergen, vermute ich«, antwortete Jimmi, der annahm, dass jeder Fluss einem Berg entspringen musste.

»Stimmt, doch von welchen Bergen?«, hakte Handor weiter.

Jimmi wusste es nicht und er blickte Bella an, die mit ihren Schultern zuckte, doch Wandak erahnte es.

»Von Zomga«, antwortete er knapp.

Handor nickte als Zustimmung, doch Jimmi gab sich damit nicht zufrieden.

»Na und?«, begann er. »Der Fluss müsste sich doch aufwärmen bis hierhin. Das sind bestimmt 500 Kilometer Entfernung bis zu den Bergen von Zomga«, fügte er hinzu mit einem Blick auf die Karte von Atramonia, die Handor bei jeder Rast hervorholte.

»Du hast schon richtig gelegen Jimmi. Es ist schlicht und einfach unnatürlich. Was hast du auf dieser Reise bis hierhin schon alles gesehen, das vollkommen natürlich ist? Die Skaps im Berg Nagur? Die Riesenschlange im Totensee? Die Bonz bei Bärenstadt?«

Jimmi musste sich eingestehen, dass der Elf recht hatte. Es mochte ihn einfach nicht begreifen lassen, wie kalt der Fluss werden konnte, ohne dabei zu Eis zu gefrieren.

Handor musste es ihm am Gesichtsausdruck abgelesen haben, dass es Jimmi so verwirrte.

»Hör zu, Jimmi. Das Einzige, das wir wissen ist, dass der Fluss in den Bergen von Zomga entspringen muss. Ich kann dir nicht sagen, weshalb der Fluss so eiskalt bleibt bis hierhin, doch wir wissen, dass man in Sekunden erfriert, wenn man ins Wasser steigt, stimmt`s Rombo?«, fragte der Elf an Rombo gerichtet.

Der Bär grunzte zustimmend und fügte hinzu: »Mein Cousin kann dir ein Lied davon singen. Er hat ein Bein verloren, als er unabsichtlich einen Fuss in diesen Fluss gesetzt hatte.«

Jimmi nickte nur, schnappte sich seine Vorratstasche und holte ein Laib Brot heraus.

»Wärst du so gütig, mir ein Stück abzugeben?«, schnurrte es hinter ihm und Jimmi zuckte zusammen.
Belona war es, die gesprochen hatte und sich nun im Schneidersitz vor ihn hinsetzte. Jimmi brach ein grosses Stück ab und überreichte es der Hexe. Sie musste hungrig gewesen sein, denn sie ass es sehr schnell und ziemlich gierig auf. Während sie ass beobachtete Jimmi die Hexe.

»Was ist das für ein Heilmittel, dass du herstellen willst aus ... ähm ...«

»Aus dem Nebennierenmark einer Waldziege meinst du?«, fragte sie und blickte ihn mit ihren braunen, mandelförmigen Augen an.

»Ahm ... ja genau«, antwortete Jimmi nervös.

»Es ist eine Injektion für das Herz, damit es wieder schlägt, wenn es mal still stehen sollte«, antwortete sie und biss erneut ein Stück vom Brot ab.

»Eine Injektion?«, fragte er, denn dieses Wort hatte er noch nie gehört.

Bella nestelte kurz in ihrem Beutel herum und nahm dann etwas hervor, das wie eine lange Nadel aussah, nur dass diese Nadel am hinteren Ende noch ein schmales Gefäss mit einem integrierten Kolben aufgesetzt hatte.

»Mit der *Spritze* kannst du dir oder ich dir eine Injektion verabreichen«, sagte Bella und hielt ihm ihr komisches Werkzeug unter die Nase.

Jimmi packte die Spritze und betrachtete sie ein wenig genauer. Die Nadel war vorne spitzig und bei näherer Betrachtung, erkannte er, dass sie vorne ein winziges Loch hatte. Er übergab die Spritze wieder der Hexe, ohne genau zu wissen, für welchen Zweck es gebraucht wird.

Bella lächelte ihn verständnisvoll an.

»Ich zeige es dir.«

Die Hexe holte aus ihrem Beutel die Gefässe hervor, in denen die verschiedenfarbigen Flüssigkeiten schimmerten und breitete sie auf dem Waldboden aus.

Jimmi konnte sie murmeln hören, während er ihr etwas nervös dabei zusah.

»Mal sehen … schlafen, erwachen, schmerzen, sterben, Übelkeit, und ... ach ja hier ist es, Glück!«

Hatte er da gerade sterben verstanden? Mit kritischem Blick fixierte Jimmi das Gefäss, das eine hellgrüne Flüssigkeit darin enthielt und bei dem er sich sicher war, dass er Bella sterben murmeln gehört hatte.

»Willst du es jetzt sehen oder nicht?«, hörte er Bella sagen und riss damit Jimmi aus seinen Gedanken. Er blickte auf und erkannte, dass sie das hellrote Gefäss in der Hand hielt, das sie als »Glück« bezeichnet hatte.

Jimmi wusste nicht recht ob er es wollte, doch die Hexe hatte bereits begonnen. Sie nahm ihre Spritze, tunkte diese in das Gefäss mit der hellroten Flüssigkeit und zog den Kolben nach oben. Augenblicklich füllte sich die Spritze mit der Flüssigkeit.

Jimmis Mund stand halb offen, er hatte so etwas noch nie gesehen. Dann sah er der Hexe zu, wie sie sich mit der rechten Hand ihren linken Arm tätschelte und zwar so lange, bis sie zufrieden schien damit.

»Was tust du da?«, keuchte Jimmi erschrocken, als die Hexe ohne zu zögern die Nadel in ihren linken Arm stach. Er wollte ihr am liebsten die Nadel aus der Haut ziehen, doch die Hexe drückte bereits den Kolben nach unten. Die Flüssigkeit schien in ihrem Körper zu verschwinden und sie zog die Nadel wieder heraus. Jimmi war so erschrocken, dass er nicht wusste was er dazu sagen sollte.

Auf dem Gesicht der Hexe breitete sich nach nur wenigen Sekunden ein Grinsen aus, das ziemlich schief war. Dann begann sie zu kichern. Jimmi wusste nicht was tun und als die Hexe kichernd zur Seite kippte und sich auf dem Boden wälzte, bemerkten es auch die anderen.

»Was hat *die* denn?«, fragte Wandak mit übellaunigem Blick auf Bella gerichtet.

Jimmi hob die Spritze vom Erdboden auf und zeigte sie den anderen.

»Mit dem Ding hat sie sich eine Flüssigkeit in den Körper gepumpt und seitdem ist sie so komisch drauf«, berichtete Jimmi und zeigte dabei auf die hellrote Flüssigkeit.

»Diese verdammten Hexen!«, murmelte Wandak und wandte sich wieder ab.

Handor hatte sich die Flüssigkeit geschnappt auf die Jimmi gezeigt hatte. Er roch daran und legte sie wieder auf den Waldboden. Komischerweise lächelte er dabei ein wenig.

»Mohnblumen, die wachsen bei uns in Scharen«, sagte er zu Jimmi und betrachtete nun die Spritze etwas genauer. Er zog an dem Kolben und drückte ihn wieder nach unten, es schien den Elfen ziemlich zu interessieren.

Es ging nicht lange und Belona erholte sich so schnell von den Lachanfällen wie sie gekommen waren.

Handor fragte sie nach der Spritze und sie erklärte ihm, dass man damit auch Menschen heilen konnte.

Handor schien beeindruckt zu sein und auch Gabamanga und Rombo hörten interessiert zu. Jimmi verschwieg den anderen, dass Bella etwas von sterben gemurmelt hatte.

Bella betonte, dass die hellrote Flüssigkeit nur in geringen Mengen und höchstens einmal im Monat eingenommen werden darf. Sie habe schon einige Hexen gesehen, die sich das Zeugs täglich in den Körper gepumpt hatten und immer verrückter wurden, bis man sie schliesslich an einen Baum anketten mussten und zwar solange, bis sie nicht mehr nach dem Mittel geschrien hätten.

Handor befragte die Hexe so lange, bis sie ihm schliesslich auch die anderen Flüssigkeiten erklärte.

»Schlafen«, sagte sie und deutete dabei auf ein Gefäss, das mit dunkelblauer Flüssigkeit gefüllt war. »Es enthält den Saft von der Passionsblume. Von der haben wir im Süden reichlich und es hilft dir dabei einzuschlafen. Es gibt Hexen, die nehmen das jeden Abend.«

Bella fuhr mit dem Zeigefinger weiter, auf ein Gefäss, das eine helle, gelbe Flüssigkeit enthielt. »Erwachen. Das einzige Mittel das ich hier besitze, das ich nicht mit der Nadel injizieren muss«, sagte sie.

»Was machst du dann mit dieserr Flüssigkeit?«, wollte Gabamanga neugierig wissen.

Lächelnd entkorkte die Hexe das Gefäss und hielt sich dabei die Nase zu.

Jimmi hob beinahe ab, als der durchdringende Geruch in seine Nase kroch. Es schien ihn innerlich zu verätzen und seine Augen begannen zu tränen. Den anderen war es nicht anders ergangen, alle hatten sich abgewandt und Rombo würgte ein wenig.

Bella hatte das Gefäss in der Zwischenzeit wieder mit dem Korken zugestopft. »Das ist Schwefel. Da unsere Heimat gleich neben einem Vulkanfeld liegt besitzen wir es in rauen Mengen und es bringt dich wieder auf die Beine, wenn du mal ohnmächtig wirst«, berichtete sie.

»Und wie zum Henker kommt ihr an dieses Zeugs ran, ohne dass es euch umbringt?«, fragte Rombo immer noch würgend.

»Oh, da haben wir so unsere Methoden«, antwortete Bella ohne genauer darauf einsteigen zu wollen. Sie zeigte weiter auf das nächste Gefäss. Es war eine durchsichtige Flüssigkeit.

»Gegen Schmerzen. Es enthält Pflanzstoffe der Teufelskralle und man findet sie bei uns im Süden sehr häufig.«

»Na wer`s glaubt«, ertönte eine höhnische Stimme hinter Rombos Rücken. Wandak hatte sich wieder zu ihnen gesellt. Belona stand geradewegs auf und ging auf den Kobolden zu.

»Du siehst so aus als hättest du Schmerzen«, bemerkte sie und schielte dabei auf den verbundenen Bauch des Koboldes. »Ich kann dir beweisen, dass es deine Schmerzen lindern wird«, fügte sie hinzu und hielt demonstrativ die Spritze in die Luft.

»Weiche von mir Weib!«, kreischte Wandak und machte einige Schritte rückwärts.

Bella lächelte, wandte sich ab und warf dem Kobold noch ein »Angsthase« zu.

Die Hexe setzte sich wieder hin und kam nun zu dem Gefäss, das Jimmi am meisten Wunder nahm und gleichzeitig ängstigte.

»Sterben«, sagte sie und hatte dabei ein schiefes Lächeln aufgesetzt. Es war eine grüne Flüssigkeit, die schon sehr ungesund aussah. »Es enthält das Gift der Sandschlange, die in der Wüste Grebold zu finden ist und die bekanntlich auch sehr nahe an Hexonia liegt.

»Mit sterben meinst du, dass du damit jemanden töten kannst?«, fragte Rombo mit ehrfurchtsvoller Miene.

»Unter anderem«, antwortete Bella. »Wenn jemand von uns den Wunsch verspürt, aus dem Leben zu scheiden wird ihr dieses Schlangengift injiziert und vorbei ist es.«

»Und wer sollte freiwillig aus dem Leben scheiden wollen?«, fragte Rombo.

»Hexen, die von einer unheilbaren Krankheit befallen sind. Wenn die Schmerzen unerträglich werden und selbst unsere Heilmittel nichts mehr nützen, wird der Tot immer verlockender.«

»Verständlich«, murmelte Handor mit ernster Miene.

»Dennoch, ich habe immer eins bei mir, für die Selbstverteidigung. Wenn ich es beispielsweise dem Kobold in seine Wasserflasche kippen würde, wäre es in wenigen Minuten um ihn geschehen«, fügte Belona verschmitzt hinzu.

Ab diesem Tag an trank der Kobold erst dann aus seiner Wasserflasche, nachdem er sie jemand anderem vorher zum Probieren gegeben hatte.

Das letzte Mittel war ein Tonikum gegen die Übelkeit, es enthielt den Saft von Ingwer und hatte eine hellbraune Farbe.

Jimmi sah, dass Handor noch eine ganze Weile sich mit Belona unterhielt, während er sich zum Schlafen bereitlegte.

Diese Hexe war gewiss verrückt und dennoch beindruckte sie Jimmi mit ihren Mitteln und ihrem lockeren Auftreten. Er hörte gerade noch so wie Handor sagte, dass er die erste Schicht der Wache übernehmen werde, danach sank Jimmi in den Schlaf.

Am Ende der Dunkelheit leuchtete ein Licht auf. Es kam immer näher und schon wieder hatte Jimmi dieses Gefühl sehr klein zu sein. Obschon das weiss schimmernde Licht noch sehr weit entfernt war, konnte er die Stimme hören, als stünde sie vor ihm.

*»Die Welt wird brennen Jimmi Johnson, die Welt wird dunkel werden. Der Schatten breitet sich aus, die Bären sind geflohen, die Kobolde haben sich in ihrer Heimat verkrochen. Schon bald werden wir unsere Truppen entsenden um die Herrschaft des Landes zu übernehmen. Du hast die Wahl, Jimmi Johnson, flieh vor uns und du wirst sterben. Schliesse dich uns an und du wirst die Welt beherrschen, Seite an Seite mit deiner Mutter, die wir aus den Klauen des Todes zurückholen werden. Das Ende rückt näher, gemeinsam werden wir eine neue Welt erschaffen und du wirst unser König sein.«*

Das weisse Licht entpuppte sich als riesiger Totenkopf, der nun kurz vor Jimmi schwebte. Die dunklen Löcher bei den Augen flammten rot auf…

Jimmi schrie sich die Seele aus dem Leib. Neben ihm gab es tumultartige Szenen. Handor war in sekundenschnelle bei ihm und hielt sein Schwert in der Hand. Rombo, Gabamanga und Wandak folgten nur kurze Zeit später, die Waffen ebenfalls gezückt.

»Was ist los Jimmi? Hat dich was angegriffen?«, wollte Wandak wissen, während er mit raschen Blicken in der dunklen Gegend umherblickte. Jimmi brauchte einige Sekunden, bis er antworten konnte.

»Nein, nein, da war wieder dieser Totenschädel und hat mit mir gesprochen!«

Jimmi wiederholte die Worte des Totenschädels Wort für Wort.

»Bedeutet das, dass die Biester in der Nähe sind?«, fragte Rombo ängstlich in die Runde gerichtet.

»Nein, die haben sich doch nach Zomga zurückgezogen!«, antwortete Wandak, wenn auch nicht ganz überzeugend.

»Handorr, wenn diese Bonz in derr Nähe sind, sollten wirr ...«

»Es bedeutet nicht, dass sich die Bonz in der Nähe befinden«, ertönte eine Stimme hinter Handor. Belona hatte sich ein wenig abseits gehalten, doch sie hatte aufmerksam zugehört.

»Weisst du etwas über diese Träume?«, fragte Handor und winkte die Hexe zu ihnen heran.

»Es ist bei uns Pflichtlektüre, etwas über die dunkelsten Zauber dieser Welt zu lernen. Sie können dich nicht sehen, sie können dich nicht orten, doch sie können mit dir kommunizieren«, sagte Bella mit finsterem Blick auf Jimmi gerichtet.

Die Hexe griff in ihren Beutel und holte ein ziemlich altes und lädiertes Buch hervor, an dem sich der schwarze Einband ein wenig löste.

»Sechzehntes Gesetz der dunklen Magie. Verfolgungen und Angstmachungen. Eine nützliche Waffe um jemanden in den Wahnsinn zu treiben«, las sie aus ihrem kleinen Buch heraus.

»Das gilt auch für die Bonz?«, fragte Wandak skeptisch. »Ich meine, das ist ein Hexenbuch«, fügte er noch hinzu.

»Es wurde über viele Jahre von einer Grosshexe namens Rivea erforscht. Sie durchforstete die ältesten und dunkelsten Magien dieser Welt, ehe sie selbst wahnsinnig wurde, doch dieses Buch hat sie bei vollem Bewusstsein geschrieben«, antwortete Belona in ernstem Tonfall.

Jimmi warf einen Seitenblick auf Handor. So wie Jimmi den Elfen kannte, war er sich sicher, dass dieser sich die genau gleiche Frage stellte, welche auch Jimmi gerade beschäftigte. Ist es möglich, dass etwas Hilfreiches darin stand, das die alte Theorie der Elfen beschreibt? Die Waffe, von der in der Theorie die Rede war? Doch es war ein Buch über dunkle Magie und Jimmi zweifelte daran, dass die Waffe bösartig war.

»Steht da auch was drin, wie man diese Träume los wird?«, fragte Rombo unvermittelt.

»Nein, das steht nicht hier drin, doch ich kenne den Trank, der hilft, dass es verschwindet«, berichtete Bellona.

»Einen Trank?«, fragte Handor.

»Eher eine Salbe und es ist ein wenig kompliziert, denn die Salbe alleine reicht nicht ...«, antwortete die Hexe und wartete einige Sekunden mit weiter reden, als wolle sie ihnen Zeit geben zu protestieren. Doch selbst Wandak sagte in diesem Augenblick kein Wort.

»… Es muss im Mondlicht geschehen und das mindestens über eine Stunde lang. Ausserdem werde ich einige Beschwörungen aufsagen müssen«, fuhr die Hexe fort.

»Das gefällt mir nicht, Handor«, meldete sich Wandak erwartungsgemäss zu Wort. »Die Hexen mit ihren dunklen Machenschaften …«

»Du musst nicht immer mit ihm reden, du kannst dich auch direkt an mich wenden, wenn dir etwas an mir nicht passt«, fauchte Belona den Kobolden an.

Wandak blickte ihr etwas störrisch ins Gesicht.

»Ich kann ihm helfen! Wenn ich ihm nicht helfe, wird es ihn so belasten, dass er vielleicht etwas Dummes anstellt«, sagte die Hexe mit ernstem Unterton.

»Wir hätten gerne deine Hilfe«, antwortete ihr Handor mit einer kleinen Verbeugung.

»Schön«, begann sie. »Ich brauche Waldbrennesseln, Birkensaft, Giftbeerensaft und jemand von euch muss mir ein wenig Blut zur Verfügung stellen.«

»Werden wir dir alles auftreiben, soweit ich weiss findet man das alles hier im Wald«, antwortete Handor kopfnickend.

»Allerdings mache ich das nur unter einer Bedingung«, sagte Bella lächelnd.

»Die wäre?«, fragte Handor.

»Ich will eure Geschichte hören. Ich will erfahren weshalb ihr hier seid und ich will dass ihr mich mitnehmt und beschützt.«

Die Hexe stellte ihre Forderungen in einem ruhigen Tonfall, doch Jimmi konnte die Neugier daraus heraushören.

Einige Sekunden herrschte Ruhe und Jimmi konnte Handors Kopf beinahe rattern hören. Nach einer Weile hatte er einen Entschluss gefasst.

»Wir werden es dir erzählen und wir werden dich mitnehmen, allerdings wirst du dir das noch einmal gut überlegen müssen, nachdem du unsere Geschichte gehört hast«, sagte der Elf, die Stirn ein wenig in Falten gelegt.

»Prima, damit bin ich einverstanden, also dann legt mal los«, antwortete die Hexe mit wissbegieriger Miene.

»Ich war noch nicht fertig«, sagte Handor. »Bevor wir dir etwas von uns erzählen, möchte ich dein Hexenbuch lesen und du wirst uns bei Krokendar verlassen um dich in deine Heimat durchzuschlagen.«

Nach kurzem Überlegen war die Hexe einverstanden und überreichte Handor das Hexenbuch, das er gleich darauf zu lesen begann. Der nächste Tag würde in ein paar Stunden anbrechen und Jimmi entschied sich dazu, noch ein wenig zu schlafen, bis es soweit ist. Er war etwas erschöpft ab all den Diskussionen und so versank er ziemlich schnell in einen traumlosen Schlaf.

# Ein krächzendes Lied

Jimmi wäre am liebsten liegen geblieben. Selbst dieser harte, erdige Untergrund kam ihm in diesem Moment wie eine weiche Matratze vor. Müde schlug er die Augen auf, als Wandak ihn unsanft mit seiner Keule weckte. Jimmi hatte sich bereits nach wenigen Tagen so gut an die dunklen Lichtverhältnisse des Karamangawaldes gewöhnt, dass er auf der Stelle wusste, dass es Morgen war und die Sonne bereits am Himmel stand.

Mit einem Krächzen erhob er sich in eine waagerechte Position und blickte sich um. Handor und Bella sassen bereits beim Frühstück (Brot, Äpfel und Nüsse). Rombos hünenhafte Statur lag seitlich auf der Erde. Ein tiefes Grollen verriet Jimmi, dass der Bär nach wie vor schlief, doch das wurde von Wandak rasch geändert.

Der Kobold marschierte zu dem Bären hin und klopfte ihm mit seiner Keule auf den Rücken. Der Bär schlief so lange weiter, bis Wandak ihm mit erzürnter Miene einen saftigen Fusstritt ans Schienbein verpasste. Rombo jaulte auf und schwang dabei seine grosse Pranke nur Zentimeter an Wandaks Gesicht vorbei.

In der Zwischenzeit kam Gabamanga aus einem Gebüsch geschlichen und bedeutete Handor mit einem Kopfnicken, dass die Umgebung frei von Feinden war.

Jimmi gähnte herzhaft und in diesem Moment kam Gamba von einem Baum heruntergehüpft um sich etwas Essen zu klauben.

Als Jimmi sich zu Handor und Bella gesellte, musterte die Hexe ihn mit interessiertem Gesichtsausdruck. Jimmi störte dieser Blick und als er sich gesetzt hatte, sah die Hexe ihn immer noch taxierend an.

»Ist was?«, fragte er Bella, vielleicht ein wenig zu provokativ, denn seine Stimme klang sehr mürrisch.

Bella fing an zu grinsen. »Ich frage mich nur, was du wohl für aussergewöhnliche Fähigkeiten besitzt von denen in der Theorie die Rede ist.« Handor musste die Hexe über die Mission aufgeklärt haben.

»Das wüsste ich auch gerne«, gab Jimmi nur noch mürrischer zurück. Er war ein wenig übellaunig. Er hatte zu wenig geschlafen und zu viele Informationen von gestern schienen ihm an die Schädeldecke zu hämmern.

»Zwei Beile und eine Armbrust werden es wohl kaum sein«, sagte Bella, die bemerkte, dass Jimmi etwas verstimmt war, und ihn damit ein wenig aufzog.

»Nun, ich bin sicher wir werden es noch früh genug herausfinden«, sagte Handor und fügte noch hinzu: »Ich habe dein Wort, dass dies unter uns bleiben wird, oder?«

Sein Blick war auf die Hexe gerichtet.

»Ja, du hast mein Wort und das werde ich auch nicht brechen«, antwortete Bella, ruhig und doch sehr bestimmt.

»… das nächste Mal hältst du mir lieber diesen Schwefel unter die Nase, du ungehobelter Wicht!«

Rombo, Wandak und Gabamanga hatten sich zu ihnen gesellt und natürlich waren der Bär und der Kobold am Streiten.

»Wenn du pennst hilft nicht einmal dieses verdammte Stebebelzeugs«, antwortete Wandak mit errötetem Kopf.

»Schwefel«, korrigierte ihn Bella.

»Wie auch immer«, knurrte Wandak in die Richtung der Hexe.

»Beim nächsten Mal will ich von jemand anderem geweckt werden, noch einmal so ein Mist und ich ramm dem Typen seine Keule in seinen …«

»Sollten wirr uns nicht langsam überrlegen, wie wirr überr den Fluss kommen und auch langsam wie wirr den weissen Rritterr befreien wollen?«, fragte Gabamanga knurrend und unterband damit den Streit, den Wandak gleich erzürnt fortfahren wollte.

»Wir werden einen dickeren Ast nach vorne beugen, das sollte genügen«, antwortete Handor schlicht, als wäre es das logischste der Welt.

Sie frühstückten fertig und begaben sich gleich danach auf die Suche nach einem geeigneten Baum, der einen solch zuverlässig dicken Ast vorzuweisen hatte, dass er das Gewicht von Rombo tragen würde.

Es ging nicht lange und sie entdeckten einen Baum, den sie für geeignet hielten. Rombo hatte die undankbare Aufgabe als erster hinauf zu klettern und den Baum ans andere Ufer zu drücken.

Für Jimmi war es grauenhaft mitanzusehen, wie der Bär sich den Baum heraufquälte. Er war ein solch guter Kletterer, dass er mühelos die Stellen erkannte, an denen er sich gut festhalten konnte. Rombo jedoch versuchte nur seine Krallen im Baum zu versenken und sich hinauf zu robben.

Schliesslich kam der Bär bei dem dicken Ast an, den sie ausgewählt hatten. Rombo nahm sich kurz Zeit um etwas zu verschnaufen. Dann allerdings kamen die positiven Eigenschaften von Rombo zum Vorschein.

Scheinbar mühelos drückte er den gewaltigen Ast nach unten und dieser bog sich bis ans andere Ufer des Flusses durch. Vorsichtig schob sich Rombo immer weiter über den Ast, bis die Gruppe ihn nicht mehr sehen konnte.

Nach einigen Minuten hörten sie das Brüllen von der anderen Seite, das sie im Vorherein als Zeichen abgemacht hatten und das ihnen die Gewissheit gab, dass der Ast ihr Gewicht halten wird.

Einer nach dem anderen kletterten sie den dicken Baum herauf und über den Ast an das andere Ufer.

Als Jimmi sich mühelos über den Ast hinwegbewegte, bemerkte er die eisige Kälte, die vom rauschenden Fluss unter ihm, über seinen Körper kroch und jetzt glaubte auch Jimmi, dass man darin augenblicklich erfrieren kann.

Als Letzter kam Handor über den Ast geklettert und er schien äusserst erleichtert zu sein, dass sie es alle geschafft hatten.

Den Eisfluss hatten sie überquert und wie schon auf der anderen Seite des Ufers, war der Wald sehr dicht und nur beschwerlich zu begehen.

Die Gruppe begab sich augenblicklich auf den Weg. Nach zwei Stunden machten sie den ersten Richtungswechsel in diesem riesigen Wald. Sie steuerten nun in Richtung Osten. Rombo erinnerte sie warnend daran, dass sie sich auf dem direkten Weg zu Schloss Mortenstein befanden und dass nun noch mehr Vorsicht geboten sei. Die Stimme des Bären war leise und sie zitterte leicht.

Sie liefen bis der Wald wieder dunkler wurde und ihnen die Gewissheit gab, dass die Nacht eingebrochen war.

Handor hatte eine besonders gut verdeckte Stelle gefunden und die Gruppe schlug ihr Lager unter einem riesigen Baum auf, der ein wenig nach innen ausgehöhlt war. Der Hohlraum reichte nicht annähernd bis zu der Mitte des riesigen Baumes hin und doch konnten sie alle bequem darin Platz nehmen, was die Dimension der Bäume nur noch mehr zum Ausdruck brachte.

Jimmi war müde und durchgeschwitzt. Der Wald machte ihm nun um einiges mehr zu schaffen als noch zu Beginn und manchmal ertappte er sich selbst dabei, wie er sehnsüchtig nach einer frischen Briese lechzte, die es in diesem Wald schlicht nicht gab. Das Atmen fiel ihm schwer und seine Kleider klebten ihm an der Haut.

Die Essensvorräte wurden auch immer knapper. Die Nahrung hielt nur noch für etwas mehr als eine Woche und dies bei mickrigen Rationen.

Handor hatte darauf bestanden, dass sie die Nahrung zu rationieren begannen. Er sagte, dass immer etwas Unerwartetes passieren konnte und dass sie in einer Notlage dann gut vorbereitet wären.

Dies schmeckte vor allem Wandak nicht, der lauthals darüber fluchte, dass sie nun auch noch ein weiteres Maul zu stopfen hatten. Natürlich meinte er Bella. Die Hexe lächelte den Kobold nur milde an, wenn er wieder einmal über sie herzog und das brachte ihn nur noch mehr in Rage.

»Habt ihr schon einen Plan, wie ihr euren Kumpel retten wollt?«, fragte Bella, nachdem die Schimpftiraden von Wandak nachgelassen hatten.

»Wir müssen uns als erstes das Schloss von aussen begutachten«, antwortete Rombo.

Handor, der im Hexenbuch von Bella vertieft war, nickte zustimmend.

»Ich dachte die Bären wären des Öfteren in diesem Wald unterwegs gewesen?«, fragte Bella an Rombo gerichtet.

»Vor langer Zeit, das stimmt«, antwortete Rombo brummend. »Meine Generation war die letzte, die sich noch in den Wald begab, doch Schloss Mortenstein war damals schon eine Tabuzone«, fügte er hinzu.

»Wollt ihr mir sagen, dass noch niemand von euch jemals dieses Schloss betreten hat?«, fragte Bella mit ungläubiger Stimme. Dabei betrachtete sie vor allem Handor, Gabamanga und Rombo und die schüttelten alle gleichzeitig den Kopf.

»Toll!«, murrte die Hexe, die nicht gerade zuversichtlich wirkte ab dieser Information.

»Du musst uns nicht begleiten, Weib!«, knurrte Wandak mit zusammengebissenen Zähnen. »Ich traue dir so oder so nicht«, fügte er verbissen hinzu.

Bella liess auch dieser Seitenhieb kalt.

»Wir werden eine Lösung finden und morgen sollten wir beim Schloss sein?«, sagte Handor mit fragender Stimme an Rombo gerichtet.

»Richtig. Um die Mittagszeit sollten wir das Schloss erreicht haben«, bestätigte er Handors Frage.

Just in diesem Moment, als der Bär fertig gesprochen hatte, hörten sie ein Knacken und ein Rascheln. Sofort waren sie alle alarmiert. Sie zogen ihre Waffen hervor und horchten angespannt.

Das Rascheln wurde ein wenig lauter und Jimmi hatte die Vermutung, dass etwas genau auf dem Baum herumlief, unter dem sie ihr Lager aufgeschlagen hatten.

Handor drückte Jimmi ein wenig weiter in den Hohlraum hinein und kroch selbst einige Meter auf den Ausgang zu. Plötzlich hörten sie ein Gekrächze. Als Jimmi etwas genauer hinhörte, erkannte er, dass in den Baumkronen ein Lied gesungen wurde und es musste unmissverständlich von einer Krähe stammen. Jimmi stellte es sogleich die Nackenhaare auf, ab diesem grässlichen Gekrächze.

»Weit bin ich schon geflogen, im Zickzack und im hohen Bogen.

Weit entfernt, in der grossen Stadt, hackten sie mir beinahe den Schnabel ab.

Nur die Frau gefiel mir sehr, bei ihr hatte ich es gar nicht schwer.

Dieser Mensch war gut zu mir, fütterte mich mit Körner, Wein und Bier.

Leider musste ich sie verlassen, nicht noch ein Auftrag durfte ich verpassen.

Dieser Wald gefällt mir sehr, hier habe ich keinen Hunger mehr.

Die Mauern grau, die Zinnen schwarz, jede Tür mit einem Knarz.

Mortenstein du schönes Schloss, einen Gefangenen hoch zu Ross.

Das höchste Verliess haben sie gewählt und da wird er nun verschmäht.

Ich bin der Ausguck, ruck und zuck, mir entgeht nichts und darauf nehme ich einen Schluck.«

Auf das Lied folgte ein glückliches Krächzen und das unverkennbare Geräusch einer Flasche, die entkorkt wurde. Der Kork flog der Gruppe direkt vor die Füsse und das Geräusch von schnellen Schluckgeräuschen war zu hören.

Jimmi musste beinahe lachen. Es war so unmissverständlich klar, dass auf dem Baum derjenige Rabe sass, den sie schon in der Vorstadt gefangen genommen und zu Sir Larzerons Schwester in die grosse Stadt gebracht hatten.

Jimmi blickte grinsend die anderen an. Handor schüttelte stumm den Kopf, als könne er es nicht glauben. Rombo schien verwirrt zu sein, so als würde er das Lied nicht begreifen und Wandak krümmte sich stumm vor Lachen. Gabamanga war nirgends zu sehen und gerade als sich Jimmi fragte, wo der Werwolf abgeblieben war, gab es über ihnen auf dem Baum ein wildes Gekrächze. Jimmi meinte den Raben sagen hören: »Nicht schon wieder!«

Eine leere Glasflasche flog ihnen direkt vor die Nase und schwarze Federn landeten vor ihren Füssen. Dann wurde es ruhig.

Handor hielt eine Hand in die Luft, als Zeichen, dass sie sich nicht vom Fleck bewegen durften.

Nach einigen weiteren Sekunden, in denen sie alle gebannt auf die Waldfläche vor dem Baum gestarrt hatten, landete Gabamanga leichtfüssig und auf zwei Beinen vor ihnen auf dem erdigen Untergrund. Der Werwolf hatte nicht einmal seinen Säbel ausgepackt. Lediglich in der linken Hand, hielt er die Krähe am Gurgel gepackt. Tatsächlich war es dieselbe Krähe, der sie schon in der Vorstadt begegnet waren.

# Nidanuargs

»Mordbuben … Diebesgesindel ... Waldzerstörer ... Meuchelbande ...«

Der Rabe bekam sich einige Momente fast nicht ein und weitere schwarze Federn stoben durch die Luft, als er sich wehren wollte und ein schaler Duft von Schnaps lag in der Luft.

»Ich dachte, das hätten wir schon einmal gehabt«, zischte Wandak, schnappte sich den Vogel von Gabamanga und zurrte eine Schnur um ihn.

Auch bei ihrer zweiten Begegnung lag der Rabe gefesselt und wie ein Packet verpackt auf dem Boden. Noch zuckte er einige Male, als wollte er versuchen sich frei zu strampeln. Nach einigen Sekunden wurde er allerdings ruhiger, da er begriff, dass es keinen Ausweg gab. Nun krächzte er leise und erschöpft vor sich hin.

»Bitte meine Herren ... ich habe nur nach Futter gesucht!«

»Wir haben dein Lied gehört«, machte ihm Handor klar.

»Das ist doch nur ein harmloses Liedchen«, bettelte der Rabe.

»Wie bist du aus der grossen Stadt entkommen?«, fragte Handor nachdrücklich.

Es dauerte lange bis sich der Rabe endlich dazu entschloss mit der Wahrheit herauszurücken. Etliche Male wollte er sich noch rausreden, bis Gabamanga genug hatte und ihm drohend seine scharfen Krallen an die Kehle hielt.

»Schon gut, ich sag`s euch ja schon«, sagte der Rabe mit etwas verdruckster Stimme, da der Werwolf ihm die Krallen an die Kehle hielt. Gabamanga liess wieder ab von dem Vogel.

»Es war nicht schwer. Nach einigen Wochen durfte ich sogar ihre Einkäufe erledigen und alleine auf den Markt gehen.«

»Mit *ihr* meinst du die Schwester von Sir Larzeron, Jolene?«, unterbrach ihn Handor.

Der Rabe nickte eifrig und fuhr fort.

»Ich hatte ein gutes Leben bei ihr, zugegeben ... sie hatte mich nie so dreckig behandelt wie ihr es mit mir tut!«

Während der Rabe das sagte setzte er den altbekannten, mitleiderregenden Gesichtsausdruck auf, der natürlich bei niemandem von ihnen mehr Anklang fand. Als niemand auf das Getue einging fuhr er abermals fort.

»Ich war kurz davor mich zu entschliessen, für immer bei Jolene zu bleiben. Doch im Hinterkopf hatte ich immer die Drohungen meines Anführers …«

Die Krähe stockte kurz und mit ängstlichem Gesichtsausdruck fuhr er fort.

»… Ihr wisst nicht wie das ist ... sie hätten mich aufgespürt, mich gefoltert und schliesslich geköpft, wenn sie erfahren hätten, dass ich die Seiten gewechselt hätte!«

Einen kurzen Augenblick herrschte Schweigen.

»Dann bist du geflohen und zu deinem Anführer zurückgegangen?«, fragte Handor schliesslich nach.

»Ja, nun ja, zu unserem neuen Anführer. Der alte wurde in Zomga von Slaughdor abgemurkst«, antwortete der Rabe und einige Sekunden später, bemerkte er, dass er zu viel ausgeplaudert hatte, denn Rombo, Wandak und selbst Gabamanga keuchten erschrocken auf, doch das war nichts im Vergleich zu Bella. Sie stiess einen spitzen Schrei aus und schlug sich die Hände vor den Mund.

Jimmi blickte sie verwirrt an, wer zum Henker war...

»Slaughdor?«, fragte Wandak entsetzt. »Dann gibt es dieses Biest also wirklich?«

»Ich befürchte schon«, antwortete Handor gedämpft und nachdenklich.

»Wer ist Slaughdor?«, fragte Jimmi und er ärgerte sich nicht zum ersten Mal über sein Unwissen.

»Kurz gesagt, der Herrscher von Zomga, den Rest erzähle ich dir später«, sagte Handor etwas ungeduldig. »Dann bist du zu deinem neuen Anführer geflogen und hast von uns erzählt«, fuhr Handor an die Krähe gewandt fort.

»Oh nein, ehrenwerter Herr Elf, ich habe geschwiegen wie ein Grab!«, krächzte der Vogel mit schleimiger Stimme.

»Der Bursche lügt«, knurrte Wandak mit scharfem Blick auf den Raben.

»Nein, Sir! Es stimmt, ich habe erzählt, dass ich in Gefangenschaft der grossen Stadt geriet, doch ich habe nichts Weiteres Preis gegeben!«

Natürlich glaubte ihm niemand.

»Ich habe Ihre Drohungen nicht vergessen, werte Herrschaften ... ich bitte Sie!«, stöhnte der Rabe verzweifelt.

»Irgendwie glaube ich dem Burrschen«, knurrte Gabamanga unvermittelt.

»Bist du beknackt?«, antwortete Wandak prompt. »Seit wann vertraust du diesem Spitzbuben? Der veräppelt uns doch nicht zum ersten Mal!«

»Lass gut sein Wandak, wir haben andere, wichtigere Probleme«, sagte Handor ruhig, als der Kobold weiter auf Gabamanga einreden wollte. Schmollend wandte sich Wandak ab.

»Der Anführer hat dir den Auftrag erteilt hier Wache zu stehen?«, fragte Handor an den Raben gewandt.

»Richtig«, antwortete dieser.

»Hat dein Anführer noch mehr Vögel als Wachposten im Wald aufgestellt?«, fragte Handor weiter.

»Nur noch der fette Anteros. Er bewacht die Ostseite des Waldes.«

Handor wandte sich ab von dem Raben und blickte nachdenklich in die Runde. »Weshalb stellen die nur zwei Wachposten auf?«, murmelte er.

»Vielleicht sind sie sich zu sicher. Vielleicht denken sie, dass der Wald nur über den normalen Weg begehbar wäre«, antwortete Rombo nachdenklich.

»Das glaube ich nicht«, knurrte Gabamanga. »Derr Burrsche hierr hält Kilometerr weit weg von derr Strrasse Wache!«

»Vielleicht konnten sie nur zwei Krähen entbehren für die Bewachung des Waldes?«, murmelte Jimmi fragend.

»Ich kann Ihnen diese Frage beantworten, meine Herren«, krächzte der Rabe unvermittelt und alle drehten sich zu ihm um. Die Krähe wollte offensichtlich einen guten Eindruck bei ihnen machen.

»Bitte«, sagte Handor mit einer einladenden Handbewegung.

»Nun, das Rabengeschwader pendelt momentan sehr häufig zwischen Mortenstein und Zomga hin und her. Die Bonz sind auf der Jagd nach den Bären. Wichtige Nachrichten werden da überbracht. Ich selbst habe diesem Geschwader angehört, bis zu meiner Verhaftung durch Sie. Ich bin wohl oder übel in

Ungnade gefallen und diese Bewachung ist eher eine Bestrafung als eine Aufgabe. Dasselbe Schicksal hat den fetten Anteros ereilt. Er frisst einfach zu viel und kommt nicht mehr mit dem Geschwader mit«, brabbelte die Krähe sehr schnell herunter.

»Die Idioten bekommen also die Drecksarbeit«, grinste Wandak höhnisch.

Handor jedoch hatte besser zugehört.

»Die Bonz sind auf der Jagd nach den Bären?«, murmelte er mehr zu sich selbst als zu jemand anderen.

Rombo stöhnte auf.

»Heisst das, dass Schloss Mortenstein unbewohnt ist im Moment?« fragte Handor die Krähe, ohne auf Rombo zu achten.

»Oh nein, keineswegs. Die Nidanuargs, oder wie man sie üblicherweise nennt, die Dags, sind die Wächter des Schlosses und die Leibwächter des Herrschers von Mortenstein, der im Übrigen ebenfalls ein Dag ist.«

Diesmal war Jimmi nicht der Einzige, der nicht wusste, was ein Dag war. Niemand wusste es, selbst Handor nicht. Die Krähe bemerkte es und klärte sie auf.

»Es ist kein altes Volk und man findet sie nur auf Schloss Mortenstein. Im Grunde sind es verunstaltete Trolle und sie stammen auch von ihnen ab. Sie sind jedoch kleiner und um einiges klüger, ihre Augen sehen scharf und ihre Füsse sind flinker. Doch, wenn ihr euch das überhaupt noch vorstellen könnt, sind sie noch hässlicher als die grossen Trolle. Sie sind nur für die Bewachung des Schlosses zuständig. Früher oder später werden sie ebenfalls in den Kampf geschickt, so hat es jedenfalls den Anschein. Täglich trainieren sie den Nahkampf!«

»Was haben sie für Waffen?«, fragte Handor mit gerunzelter Stirn.

174

»Morgensterne, kleinere Schwerter und Dolche«, antwortete die Krähe prompt.

»Das macht es nicht gerade leichter«, brummte Rombo missmutig.

»Ihr wollt den weissen Ritter befreien, habe ich recht?« fragte der Rabe neugierig.

»Das geht dich nichts an du kleines Federvieh«, knurrte Wandak und blickte dabei die Krähe scharf an.

»Vielleicht doch«, antwortete Handor vollkommen unverhofft.

»Wie bitte?« Diesmal war es Gabamanga, der seinen Ohren nicht trauen wollte.

Handor setzte sich direkt vor die Krähe hin, die ihn mit ihren grossen schwarzen Augen ansah.

»Er wird uns helfen müssen, falls er nicht als Bratkrähe enden will.«

Wandak war so entsetzt ab Handors Worten, dass er kurz aufheulte und gleich danach sagte: »Nein, nein und nochmals nein. Deine Gutmütigkeit geht mir auf die Nerven, Handor. Dieser Vogel ist nicht so dumm wie er sich benimmt und jetzt dürfen wir uns nicht den winzigsten Fehltritt mehr erlauben! Wir müssen ihn beseitigen und die Spuren verwischen!«

Jimmi hatte Mitleid mit der Krähe, dennoch wusste er, dass Wandak recht hatte. Wenn die Krähe entkommen würde und bei seinem Anführer auspacken würde, dass die Gruppe sich im Wald befinde, wären sie geliefert.

»Im Gegensatz zu dir, Wandak, sehe ich in ihm noch einige nützliche Dinge, die uns helfen könnten«, begann Handor.

»Er wird uns durch Schloss Mortenstein führen. Er wird uns alle Positionen der Wachposten verraten und er wird uns die Verteidigungsstrategie von dem Schloss offen legen«, fuhr der Elf fort, noch bevor Wandak ihm widersprechen konnte.

Jimmi hielt es immer noch für sehr riskant, obschon er den Plan von Handor an sich gut fand.

»Und was machen wir mit ihm, wenn diese Befreiungsaktion gelingen sollte?«, fragte Rombo.

»Ich kann ihn mitnehmen«, antwortete Bella, die einige Zeit sehr still dagesessen hatte.

»Oh ja«, fuhr sie fort, als sie die überraschten Blicke auf den Gesichtern der anderen erkannte. »In Hexonia halten wir die Krähen als Haustiere.«

Dem Gesichtsausdruck des Raben nach zu urteilen, schien er nicht gerade glücklich über diese Lösung zu sein.

»Dieser Lump ist schon einmal einer Gefangenschaft entflohen, du müsstest ihn immer eingesperrt halten!«, sagte Wandak mit missmutiger Stimme.

»Kein Problem«, antwortete Bella und wühlte kurz in ihrem Beutel herum. Jimmi hörte die Gefässe klappern, die Bella ihnen vorgestellt hatte. Als die Hexe gefunden hatte was sie suchte, zog sie eine kurze Leine mit einer verstellbaren Schlinge aus ihrem Beutel hervor. Die Krähe stöhnte auf, als sie sah was ihr blühte.

Gespannt beobachtete die Gruppe Bella, wie sie die Krähe fest packte, sie von ihren Fesseln befreite und ihr die Schlinge satt um den Rumpf zog. Danach liess sie ihn los und die Krähe stand etwas verwirrt auf seinen kurzen Beinchen da.

Jimmi schmunzelte, als die Krähe ein wenig in der Gegend umherhüpfte und Gamba beobachtete sie mit scharfen Augen, als wolle er sie gleich packen.

»Flieg mal eine Runde«, befahl Bella der Krähe.

»Aber Miss...«, krächzte diese und beglotzte mit runden Augen die sehr kurze Leine.

»Trau dich, flieg auf einen Baum«, sagte Bella vergnügt. Die Hexe hatte das andere Ende der Leine an ihrem Gurt festgemacht, sodass sie es nicht an der Hand halten musste.

Nach einigen Sekunden tat die Krähe wie ihr geheissen wurde. Sie flog nach oben weg und als die Leine vollends gespannt war, dehnte sie sich einfach aus.

Die Krähe kam locker bis in die Baumkronen und Bella befahl ihr so hoch wie möglich in die Luft zu steigen. Sie flog noch gut zehn Meter über die Baumkrone hinweg, ehe das Seil wieder straff wurde und die Krähe daran hinderte weiter zu fliegen.

»Sehr gwieft«, brummte Rombo erstaunt, während die Krähe wieder sanft auf dem erdigen Boden landete.

»Nicht wahr?«, stellte Bella fest und fügte hinzu: »Wie sieht's aus? Sollten wir nicht langsam aufbrechen?«

»Ja, das sollten wir«, antwortete Handor mit einer ausladenden Handbewegung. »Nun denn, auf nach Mortenstein. Befreien wir den weissen Ritter aus den Klauen des Bösen!«

# Schloss Mortenstein

In der Dunkelheit des Waldes arbeitete die Gruppe sich Meter für Meter weiter in Richtung Osten. Sie hatten mittlerweile in den Schleichmodus umgestellt und bei jedem Knacken eines Zweiges hielten sie erschrocken inne und versuchten eine Gefahr auszumachen, doch nach wie vor war es ruhig im Wald.

Die Bäume wurden nur noch dicker, die Sträucher dichter und alle hatten sie nun etliche kleine Kratzer und Schrammen von den picksenden Dornen.

»Dieser elende Wald bringt mich um, ohne dass ich dabei von einem Schwert getötet werde. Was für eine Schmach!«, knurrte Wandak im Flüsterton und mit Blick auf seine etlichen kleinen Wunden an dem runzeligen grünen Körper.

Den ganzen Tag schlich die Gruppe sich durch den grossen Karamangawald, ohne dass dabei auch nur ein Wurm ihren Weg gekreuzt hätte.

Die Nacht brach herein und Handor hatte entschieden, dass sie sich nach dem endlos langen Marsch noch ein wenig ausruhen sollten, ehe sie sich dem Bösen stellten.

Geschützt von einem riesigen Baum sassen sie lange und schweigend da. Handor hatte ihnen mitgeteilt, dass er sich noch in Ruhe einen Plan überlegen müsse, wie sie in das Schloss gelangen und den weissen Ritter befreien sollten.

Jimmi blickte rundherum in die Gesichter seiner Kameraden. Rombo hatte eine nachdenkliche Miene aufgesetzt und schien völlig in Gedanken versunken dazusitzen. Mit einer ausdruckslosen Miene wetzte Gabamanga mit seinen Krallen den grossen Säbel. Das Geräusch hatte etwas von einer Hinrichtung. Wandak sass im Schneidersitz da, rauchte seine Pfeife ohne genau zu wissen was er da tat. Der dunstige Dampf stieg in die Luft und löste sich in der Dunkelheit des Waldes auf. Den Kobold beobachtete Jimmi etwas länger. Sein runzeliges, grünes Gesicht war gespickt mit Sorgenfalten und seine Arme hingen schlaff zu Boden. Jimmi war sich sicher, dass der Kobold nicht sehr viel Mut für den morgigen Tag schöpfte und er konnte es ihm auch nicht verübeln. Bella sass angelehnt an einen Baum und fütterte mit einem milden Lächeln im Gesicht den Raben mit ein paar Brotkrumen. Der Vogel pickte gierig danach und verlangte gleichzeitig nach mehr. Handor hatte sich ein wenig abgesetzt von ihnen. Er brauchte absolute Ruhe um nachzudenken. Jimmi hatte ihm nachgeschaut, als er weggegangen war und wenn er in die Richtung blickte, in der sich der Elf zurückgezogen hatte, erkannte man nur das rot-orange glühen seiner Pfeife, wann Handor gerade daran zog.

Nach kurzer Zeit schon gab Rombo bekannt, dass er nun zu pennen versuche und die anderen folgten seinem Beispiel.

Jimmi war so kaputt von der mühsamen Reise, dass er beinahe gleichzeitig einschlief so wie er seine Augen schloss.

*»Die Bären sind geflohen Saya ... Sie begeben sich über den Fluchtweg zu der Inselgruppe auf dem Meer. Die Bonz sind an ihnen dran, Bärenstadt wurde ausgeräuchert, doch von dem Jungen und seiner Gruppe fehlt jede Spur...«*

*»Dies kann nur eines bedeuten! Sie müssen in den grossen Karamangawald eingedrungen sein, sie versuchen ihren Kameraden zu befreien!«*

*»Aber Sir! Sie werden es nicht wagen durch den Wald zu gehen. Der Weg ist bewacht, wir haben Wächter auf den Bäumen, sowohl östlich, wie auch westlich von Schloss Mortenstein.*

*»Berg Nagur haben sie bewältigt, den Totensee unbeschadet überquert und sie sind uns bei Bärenstadt entwischt. Die Gruppe ist gewiefter als ich gedacht hatte. Sende die Kampfaffen los, auf der Stelle! Wie lange werden sie brauchen, bis sie Schloss Mortenstein erreichen?«*

*»Die Affen sind schnell, Saya, nicht mehr als zwei Tage. Soll ich die Bonz ebenfalls zurückbeordern?*

*»Nein! Sie sollen weiter Jagd auf die Bären machen. Schick die Affen los und lass mich nun allein Snog!«*

*»Wie ihr wünscht oh Dunkelster...«*

Jimmi schreckte auf. Nach wie vor war es Nacht in dem grossen Karamangawald und nur das tiefe Grollen des schlafenden Bären war zu hören.

Jimmi blickte sich nach Handor um und tatsächlich sah er das rot-orange Glühen, das ihm die Gewissheit gab, dass der Elf nicht schlief.

So leise wie nur möglich stand Jimmi auf und schlängelte sich durch seine schlafenden Kameraden hindurch. Handor hatte ihn kommen sehen und blickte ihn mit gespanntem Gesicht an, als sich Jimmi zu ihm setzte.

Ohne grosse Umschweife erzählte er Handor von seinem Traum. Handor unterbrach ihn nicht, doch seine Stirn wurde zunehmend faltiger. Als Jimmi zu Ende gesprochen hatte fragte ihn der Elf: »Von welchem Standpunkt aus hast du den Traum gesehen?«

»Ich habe gar nichts gesehen Handor, es war alles schwarz, da war nur dieses fürchterliche Zischen und dieser Snog, ich habe nur die Stimmen gehört«, antwortete Jimmi aufgeregt. Er begriff diesen Traum nicht und wollte, dass Handor ihm so schnell wie möglich eine Antwort liefern konnte.

»Ich kenne Snog«, murmelte Handor. »Er ist der persönliche Diener von Slaughdor!«

»Und Slaughdor ist der Herrscher von Zomga«, sagte Jimmi folgerichtig.

Handor nickte langsam.

»Aber, ich dachte ich kann nur die Bonz sehen und hören?«, fragte Jimmi und etwas Verzweiflung lag in seiner Stimme.

»Hör zu Jimmi, du darfst nicht mehr davon ausgehen, dass in dieser Zeit noch etwas normal ist«, begann Handor und es schien als würde er seine Worte sorgfältig wählen. »Die Dunkelheit, das Böse, gewinnt Überhand in Atramonia und wir dürfen die Details nun nicht mehr auslassen. Wir nehmen diesen Traum ernst, allerdings sagen wir den anderen nichts davon. Der Kobold würde ausflippen und Rombo hat jetzt schon Mühe nicht seinem Volk zu folgen.

Einige Momente schwiegen sie, dann stand Handor unvermittelt auf.

»Du hast gehört wie Slaughdor gesagt hat, dass er seine Kampfaffen nach Schloss Mortenstein schicken werde?«, fragte er Jimmi.

Jimmi bejahte und stand ebenfalls auf.

»Und in zwei Tagen werden sie beim Schloss sein?«, fragte Handor weiter.

»Ja«, antwortete Jimmi nervös.

»Wir brechen auf«, sagte Handor knapp und blickte dabei auf seine Uhr. Sie hatten nicht einmal drei Stunden geschlafen und schon mussten sie wieder aufbrechen.

Jimmi wurde der Ernst der Lage bewusst, als Handor zügig zu den schlafenden Kameraden schritt und sie alle unsanft weckte.

Eine Hektik hatte den Elf ergriffen, die man von ihm nicht gewohnt war und Jimmi wurde angst und bange.

»Aufstehen, allesamt!«, befahl Handor mit zischender Stimme.

Schlaftrunken richteten sich die anderen auf.

»Wo brennt`s denn Mann?«, grummelte Wandak verdrossen.

»Halt dein Maul und steh auf, in zehn Minuten laufen wir weiter!«, giftete Handor den Kobolden an.

Nicht nur Wandak, auch der Rest der Gruppe erstarrte kurz.

So grob hatten sie den Elfen noch nie sprechen hören und selbst der grossmaulige Wandak wusste, dass jetzt nicht die Zeit war um sich mit dem Elfen zu streiten.

Zehn Minuten später hatten sie ihre Sachen gepackt, die Spuren verwischt und folgten Rombo in die pechschwarze Dunkelheit hinein.

Nun konnten sie kaum mehr den Vordermann erkennen und es war schwierig voranzukommen, doch Handor drängte sie immer weiter. So stolperten sie über Wurzeln, stiessen an Bäumen an, verhedderten sich in den Sträuchern und stiessen sich die Zehen an kleineren Steinen. So laut waren sie bisher noch nie gewesen und trotz mehrfacher Betonung von Handor, dass sie sich leiser bewegen müssten gelang dies nicht.

So ging es noch vier Stunden weiter. Mittlerweile wurde es heller und die Gruppe damit automatisch wieder leiser, da sie die Hindernisse nun besser sehen konnten.

Endlich hielt Rombo inne. Der Bär untersuchte einen sehr alt scheinenden Baum, bei dem die Rinde bei der kleinsten Berührung abfiel.

»Das ist es«, brummte Rombo sehr leise. Wir sind noch einen Kilometer von dem Schloss entfernt«, fügte er mit ernster Miene hinzu.

Handor nickte und machte ein Zeichen, damit alle sich auf den Boden setzten. Jimmi sank regelrecht zusammen. Seine Beine waren schwer, sein T-Shirt durchgeschwitzt und seine Haut voller Narben.

»Wir werden nicht lange warten, wir ziehen das jetzt durch und sehen zu, dass wir danach schleunigst nach Krokendar gelangen«, sprach Handor leise. »Jetzt wird es ernst, Freunde. Ich habe mir einen Plan zurecht gelegt. Die Krähe führt uns zum Verliess des weissen Ritters, du weisst wo er untergebracht ist, nicht wahr?«, fragte Handor an die Krähe gewandt.

»Ja Sir, ich führe euch dahin«, antwortete der Vogel ohne Umschweife.

»Gut, ich habe lange daran herumstudiert, diesmal geht es nicht leise, wir müssen kämpfen!«

»Gegen eine Horde Dags? Sollten wir uns nicht besser noch einmal in Ruhe einen Plan zurechtle…«, begann Rombo, doch Handor unterbrach ihn.

»Wir haben keine Zeit!«, sagte er ungeduldig. »Wir machen ein Ablenkungsmanöver. Gabamanga du bist der schnellste und wendigste, du wirst dich zeigen und davonrennen. Wir verstecken uns und dringen dann, wenn die Luft rein ist, durch das offene Tor hindurch in das Schloss ein.«

Ohne Widerrede nickte Gabamanga. Eine bemerkenswerte Eigenschaft des Werwolfes, denn Wandak hätte mit dieser Aufgabe gehadert, das wusste Jimmi.

»Alles klar, seid ihr bereit?«, fragte Handor.

»Das war`s schon?«, fragte Wandak überrascht.

»Das war`s, richtig«, antwortete Handor und seine Augen blitzten dabei auf.

»Nun gut, starten wir unser Selbstmordkommando«, sagte Wandak brummend und stand auf.

Jimmis Herz schlug immer schneller, je näher sie dem Schloss kamen. Schon von weitem her konnte er die vielen Türme und Zinnen erblicken, die hoch in den Himmel ragten. Das Schloss musste riesig sein, wenn es so hoch gebaut war. Modrig und dunkel rückte es immer näher. An den Mauern lief eine schwarze Flüssigkeit herab. Ein säuerlicher Gestank drang Jimmi in die Nase und er musste kurz würgen.

Nun standen sie vor einer hohen Baumreihe, die dicht vor ihnen aufragte und ihnen die Sicht auf das Schloss wieder wegnahm.

Leise und sachte schlich sich Rombo zu der Baumreihe hin, drückte gegen einen sehr flachen Baum und ein Knacken war zu hören. Es war eine verborgene Türe, die nach innen aufging und durch den Baum hindurch führte.

Rombo öffnete sie einen Spalt breit und blickte hindurch. Danach ging Handor zu dem Spalt und warf ebenfalls einen Blick hindurch. Leise schloss er die Türe wieder.

»Merkt euch die Stelle«, raunte Rombo. Es gibt vier weitere Türen, diese ist die westliche. Wenn wir nach Krokendar gelangen wollen, fliehen wir durch die südliche Türe.«

»Gabamanga, du steigst hier ein, gib uns zehn Minuten Zeit, wir gehen weiter zu dem südlich gelegenen Eingang«, fügte Handor hinzu. Gabamanga nickte und setzte sich im Schneidersitz hin. Der Werwolf schloss die Augen und schien sich auf seine Aufgabe zu konzentrieren.

»Bis später, wir treffen uns in Krokendar, viel Glück«, raunte ihm Handor zu und gab gleichzeitig Rombo das Zeichen, sich weiter zu bewegen.

Jimmi blickte sich noch einmal ängstlich nach Gabamanga um und hoffte, dass er ihn wieder sehen würde. Wandak packte ihn am Kragen und drückte ihn weiter, dem Bären hinterher.

Rombo ging voran und führte sie der Baumreihe entlang. Sie liefen schnell und gelangten so schon sehr bald zu dem Punkt, bei dem der südliche Eingang lag.

Noch hatten sie fünf Minuten Zeit, ehe Gabamanga einsteigen würde.

Jimmi nutzte die Zeit und blickte durch einen winzigen Spalt an der Türe hindurch auf das Schloss Mortenstein.

Die grosse Stadt, Berg Nagur, den Totensee, Bärenstadt, der grosse Karamangawald, alles hatte ihn bisher gewaltig beeindruckt, doch dieses Schloss beeindruckte ihn nicht. Es machte ihm einfach nur Angst. Die pechschwarzen Gemäuer des Schlosses schienen heruntergekommen und in elendem Zustand zu sein. Das Schloss war riesig, mit zehn verschiedenen Türmen, die von einer grossen Mauer umschlossen waren, ragte es hoch in die Luft. Grünlicher Dunst umhüllte das ganze Schloss, so dass es aussah als würden Geister darin hausen. Das Eingangstor sah verfault aus und die Erde rundherum war pechschwarz.

Jimmi zog den Kopf zurück und schluckte einmal leer.

Handor blickte nun durch das Tor hindurch und nach zwei Minuten hielt er den Finger in die Luft, was wohl bedeutete, dass der Werwolf sich auf dem Gelände befand.

»Was tut er?«, fragte Rombo neugierig.

»Er schnüffelt ein wenig herum, sie müssen ihn entdecken!«, antwortete Handor.

Einige Minuten vergingen.

Handor hätte ihnen gar nicht erst sagen müssen, dass die Feinde Gabamanga entdeckt hatten, denn ohne Vorwarnung ertönte ein tiefer unheilvoller Gong.

Jimmi hielt es nicht aus, er warf sich flach auf den Boden und blickte durch die Beine von Handor hindurch, auf das Geschehen.

Gabamanga schien erstarrt zu sein, oder er tat wenigstens so.

Die Türen des Schlosses gingen auf und heraus kamen die brüllenden Dags.

Jimmi wusste, dass es die Dags sein mussten, denn tatsächlich sahen sie aus wie Trolle, nur in Miniformat.

Die Geschöpfe waren schnell und Gabamanga sprang jaulend in Richtung Türe davon.

»Macht euch bereit!«, zischte Handor. Jimmi kroch zurück, stand auf und nahm seine Beile zur Hand. Er zitterte ein wenig und Schweiss rann ihm die Stirn herunter.

»Jetzt!«, raunte Handor und stiess die Türe ganz auf.

Rasch schlüpften sie hindurch, richteten sich auf und spurteten los. Die Dags hatten die Eingangstüre achtlos offen stehen gelassen, wohl in der Annahme, dass auf dem Gelände keine weitere Gefahr lauern würde.

Es war ein kurzer Spurt, höchstens zwanzig Sekunden und schon schlitterten sie durch das Eingangstor hindurch.

Ihre Schritte hallten an den feuchten, modrigen Wänden wieder. Die Gruppe war unglaublich laut, doch dies war ihnen nun gleichgültig.

Jimmi hatte keine Zeit sich genauer in der Halle, in der sie sich befanden, umzusehen. Die Zeit drängte.

Die Krähe flog voran, einem schmalen, dunklen Gang entlang, in dem an den Seiten Fackeln loderten.

Am Ende des Ganges stiess Handor eine Türe auf. Nicht etwa vorsichtig und leise, sondern mit einem kräftigen Fusstritt.

Die Türe krachte nach innen auf und sie standen mitten in einer riesigen Eingangshalle.

Wieder hatten sie nicht genügend Zeit sich umzusehen, denn nun trafen sie auf ihre Feinde.

Eine Gruppe von Dags, die an einem langen Tischen offenbar Karten gespielt hatten, sprang erschrocken von ihren Stühlen auf, packten ihre kurzen Schwerter und Morgensterne und kamen brüllend auf sie zu gerannt.

Jimmi schwang seine Beile, konzentrierte sich jetzt nur noch auf die kleinen Trolle.

Den ersten hatte er bereits in das Visier genommen. Flink machte er eine Bewegung nach links, wich dem Schlag des Dags aus und liess ihn an ihm vorbeirennen.

Im Augenwinkel sah er Rombo, der zwei der Dags gleichzeitig packte, sie mit den Köpfen gegeneinander stiess und mit voller Wucht zu Boden warf.

Jimmis Gegner hatte sich mittlerweile umgedreht und schnellte auf ihn zu, das schimmernde Schwert in Angriffsposition.

Jimmi wehrte den Angriff gekonnt mit einem Beil ab und hackte gleichzeitig mit dem anderen dem Dag den Kopf ab.

Der Kopf rollte einige Meter davon, genau vor die Füsse eines Dags, der sich gerade Bella vornehmen wollte.

Die Hexe hatte es bereits mit zwei Gegnern aufgenommen, wobei sie gerade dabei war, ihre Sichel aus dem Bauch eines quickenden Dags herauszuziehen.

Jimmi beobachtete die Hexe einige Sekunden lang. Er war überrascht, wie geschmeidig und sicher sie sich bewegte und wie gut sie kämpfen konnte. »Von wegen keine Kampferfahrung«, dachte er sich staunend.

Der Dag, der den Kopf seines Kameraden betrachtet hatte, drehte sich nun wutentbrannt Jimmi zu.

Jimmi machte sich bereit, wollte die gleiche Taktik anwenden wie bei dem vorangegangenem Kampf, doch dieser Dag war klüger. Er kam langsam auf Jimmi zu, die Zähne gebleckt.

Jimmi liess ihn sehr nahe herankommen, blockte die Schwerthiebe gekonnt ab und hackte dem Dag beide Beile in die Brust.

Jimmi keuchte auf. Warmes Blut spritzte auf seine Kleidung und in sein Gesicht. Der Dag brach augenblicklich zusammen und blieb tot am Boden liegen.

Jimmi sah sich in der Halle um. Nur noch zwei Geschöpfe waren am Kämpfen.

Wandak hatte es ebenfalls mit zwei Dags aufgenommen. Einen dritten Dag, der von hinten auf den Kobold zustürmte sah der Kobold nicht kommen.

Jimmi schrie Wandak zu, das er aufpassen solle, doch der Kobold hörte ihn nicht.

Rombo, der den von hinten kommende Dag ebenfalls entdeckt hatte, setzte zum Sprint an, doch er war zu weit weg und wäre nicht rechtzeitig zur Stelle um den Dag aufzuhalten.

Jimmi handelte gedankenschnell. Er warf sein rechtes Beil mit voller Wucht nach dem Dag.

Das Beil fand sein Ziel und blieb im Rücken des kleinen Trolls stecken. Wenige Meter vor Wandak brach dieser keuchend zusammen und blieb regungslos liegen.

Der Kobold hatte in der Zwischenzeit beide seiner Gegner erledigt. Er drehte sich um und blickte überrascht, den am Boden liegenden Dag an, dem Jimmis Beil noch im Rücken steckte.

Mit einem Grunzen bedankte sich Wandak bei Jimmi, zerrte das blutüberströmte Beil aus dem Rücken des Dags und übergab es an Jimmi.

Nun war nur noch Handor am kämpfen. Er hatte es, mit einem besonders hässlichen Dag, aufgenommen. Der Elf hatte keine Mühe mit ihm. Fast schon desinteressiert streckte er den kläglich wimmernden Dag nieder. Danach drehte er sich um und blickte sich in der Halle um. Mit einer Handbewegung machte er das Zeichen zum Weitergehen.

Die Krähe führte sie weiter, durch eine hölzerne Türe hindurch, die sie in eine etwas kleinere Halle brachte. Sie waren alarmiert, denn sie hatten keine Zeit sich um die toten Dags zu kümmern und sie zu verstecken.

In der kleineren Halle waren allerdings keine Dags zu sehen. Die Wände waren schwarz und kahl. Es gab einige höher gelegene Fenster, die nur mit Gitter zugesperrt waren. Zu ihrer Rechten führte eine breite Treppe nach unten und ganz am Ende der Halle, führte eine steinerne Wendeltreppe nach oben.

Die Krähe flog, an die Leine gebunden, voraus und die anderen folgten ihr. Die Treppe, die nach unten führte beachtete der Vogel nicht, sondern flog direkt auf die Wendeltreppe zu, die nach oben führte.

»Was soll das? Die Kerker sind doch unten!«, zischte Wandak der Krähe zu.

»Nein, die wichtigen Gefangenen sind in den höchsten Türmen untergebracht. Da unten sind nur die Folterkammern!«, krächzte die Krähe zurück.

Jimmi schauderte es kurz, als der Rabe die Folterkammern erwähnte. Er wollte es sich nicht vorstellen, was da unten alles vor sich ging.

Die Gruppe folgte der Krähe die steinerne Wendeltreppe hinauf. Die Treppe war lang und immer wieder hatte es hölzerne Türen, die in einen Raum führten, doch die Krähe beachtete sie nicht und führte sie immer weiter nach oben.

Auf dem ganzen Weg sahen sie keinen einzigen Dag, was die Krähe sehr merkwürdig fand, denn normalerweise sei jede einzelne Türe bewacht, wie sie der Gruppe mitteilte.

Jimmi beunruhigte diese Meldung, doch Handor murmelte nur »Weiter!«.

Endlich machte die Krähe vor einer Türe halt. Die Wendeltreppe war zu Ende.

Rombo öffnete sie vorsichtig und spähte in den nächsten Raum hinein.

»Niemand da«, sagte er knapp und stiess die Türe ganz auf. Einer nach dem anderem schlüpfte hindurch.

Nun standen sie in einem kleinen, runden und dunklen Raum. Es hatte sieben Türen und die Krähe erzählte, dass das Schloss insgesamt 14 Türme hatte und jeder dieser Türen zu zwei Türmen führen würde.

Die Krähe wählte die vierte Türe von links. Als sie diese aufgestossen und festgestellt hatten, dass niemand da war, traten sie hindurch.

Wieder führte eine Wendeltreppe in die Höhe, doch diese war um einiges schmaler als die Vorangegangene.

Dicht hintereinander hergehend stiegen sie immer weiter in die Höhe.

Die Anspannung stieg und nun bewegten sie sich wieder etwas vorsichtiger voran. Jeden Moment könnten sie wieder auf ihre Feinde treffen. Doch es war kein Dag weit und breit zu sehen und schliesslich kamen sie an den Punkt, an der die Treppe endete und sie nun zwei weitere Türen erwartete.

Die Krähe wählte die zu ihrer Rechten und mahnte sie gleichzeitig, dass sie es nun garantiert wieder mit den Dags zu tun bekommen werden.

Der weisse Ritter musste also in diesem Turm sein.

Jimmi machte sich wieder auf einen Kampf gefasst, doch auch hinter dieser Türe fanden sie niemanden vor, der ihnen den Weg versperrte. Nun fanden sie keine Wendeltreppe mehr vor, sondern eine Holzleiter, die etwa zehn Meter nach oben führte. Jimmi konnte nicht erkennen, wo sie endete, denn da oben war es schwarz wie die Nacht.

Handor steckte das Schwert zurück in den Halfter und fing an die Leiter emporzusteigen. Wandak folgte ihm, danach Jimmi mit Gamba, Bella und am Schluss Rombo. Es stellte sich heraus, dass zuoberst in der Decke eine Falltür war.

Handor blickte noch einmal nach unten. Jimmi sah, dass er mit dem Kopf nickte und der Elf stiess die Falttür nach oben auf und verschwand.

Jimmi folgte Wandak, der ebenfalls nach oben geklettert war, sie hörten keine Kampfgeräusche.

Als Jimmi schliesslich hindurchschlüpfte, fand er sich auf einem hölzernen Boden wieder. Er sah Handor und Wandak geduckt und dicht nebeneinander dastehen. Die Waffe gezückt und mit wachsamen Blick. Neben ihnen, am Boden, brannte eine einzelne Kerze, doch ansonsten war der Raum in vollkommene Dunkelheit gehüllt und totenstill.

Rombo kam als Letzter durch die Falttür und schloss sie vorsichtig.

»Sir Larzeron?«, flüsterte Handor leise.

Keine Antwort.

Sir Larzeron, bist du da?«, flüsterte Handor erneut.

Immer noch keine Antwort.

Beunruhigt gab Handor den anderen das Zeichen ihm zu folgen. Er packte die kleine Kerze, die am Boden flackerte und ging einige Schritte nach vorne. Der Elf drehte die Kerze nach links, doch keine Spur von Sir Larzeron.

Auf dem Boden lag eine dicke Staubschicht. Dies machte Jimmi sehr stutzig, denn es sah nicht so aus, als wäre hier oben in der letzten Zeit irgendwer gewesen. Dann drehte sich der Elf nach rechts.

Auch hier war keine Spur von dem weissen Ritter zu sehen. Handor wiederholte das Prozedere bei jedem Schritt den er tat, bis sie schliesslich an einer steinernen Wand ankamen.

Handor suchte mit der Kerze in der Hand den Boden ab, dann drehte er sie wieder nach links und nach rechts.

Weiterhin war nichts zu sehen von Sir Larzeron und es war nach wie vor totenstill.

Handor drehte sich um und fasste die Krähe ins Auge.
»Sind wir hier richtig?«, fragte er den Vogel im Flüsterton.

»Bestimmt!«, krächzte dieser leise zurück. »Schauen wir auf der anderen Seite nach, die Falltür liegt in der Mitte des Turmes.«

Sie drehten sich um und Handor machte einige Schritte in die gegenüberliegende Richtung, doch nach nur wenigen Schritten hielt er inne. Sie alle hielten inne, denn auf der anderen Seite des Raumes entzündeten sich nach und nach mehrere kleine Kerzen.

Jimmi blickte mit erstarrter Miene in die grinsenden Gesichter, die im fahlen Licht zu erkennen waren und ihm wurde ihr Fehler augenblicklich bewusst.

»Willkommen im Schloss des Grauens«, knurrte eine tiefe, boshafte Stimme.

# Der Vorhang fällt

Ein Dutzend Dags, mit Kerzen, die sie einer nach dem anderen entzündeten und Schwertern in der Hand, standen an der gegenüberliegenden Wand.

Noch bevor einer von der Gruppe sich Gedanken darüber machen konnte die Dags anzugreifen, krachte die Falttür auf und es kamen noch einmal ein Dutzend Dags die Treppe heraufgestiegen.

Handor drängte die Gruppe zu der Wand zurück.

»Werft die Waffen weg!«, raunte ein Dag, der nur noch gut fünf Schritte von ihnen entfernt war.

»Klar, dann lässt ihr uns gehen«, höhnte Wandak und schwang dabei seine Keule.

»Es erhöht eure Chancen«, antwortete der Dag mit einem fiesen Grinsen im Gesicht.

Niemand warf die Waffen weg.

»Ihr vergesst eines«, begann der Dag süffisant. »Wir haben euren Kameraden als Geisel gefangen und das ganze Schloss ist alarmiert. Mit kämpfen kommt ihr hier nicht lebendig heraus.«

»Und wie dann?«, fragte Handor ruhig.

»Nun, der König des Schlosses von Mortenstein ist zu Gesprächen bereit, wir können verhandeln«, antwortete der Dag mit knurrender Stimme.

Handor sah offenbar keinen anderen Ausweg mehr. Jimmi wusste, dass der Elf ihre Chancen abwog. Für Jimmi war klar, dass sie das Schloss nicht lebend verlassen werden. Doch vielleicht hatte der Elf noch einen Plan in der Hinterhand.

Handor packte sein Schwert und seinen Bogen und warf die Waffen auf den Boden. Mit einem Kopfnicken bedeutete er den anderen es ihm gleich zu tun. Frustriert warfen sie ihre Waffen auf einen Haufen.

»Wo ist der weisse Ritter? Wie geht es ihm?«, fragte Rombo an die Dags gerichtet.

»Wir führen euch zu ihm«, grinste einer der Dags und er sah dabei aus, als müsste er gleich lauthals loslachen.

Die Dags umkreisten sie und die Gruppe wurde gezwungen die Leiter herunterzusteigen. Unten angekommen wurden sie alle an den Händen gefesselt.

Geschlagen folgten sie den triumphierenden Dags, die vor Freude ein Lied angestimmt hatten.


*Zomga, Morten-, Finsterstein, die Dunkelheit bricht nun herein.*

*Im Schloss da haben wir sie nun gefasst, hinfort ist des Königs grösste Last.*

*Die Dags haben es echt drauf, mit Gold belohnt werden wir zuhauf.*

*Mit Köpfchen und mit einer List, entgeh'n wir nun dem grössten Zwist.*

*Kriecht aus euren Höhlen raus, der letzten Hoffnung machen wir den Garaus.*

*Die Dags haben es echt drauf, mit Gold belohnt werden wir zuhauf.*

Jimmi hörte dem schief klingenden Lied zu und trotzdem hörte er die Worte daran nicht richtig. Ihm wurde übel und einige Male schwankte er, als würde er gleich in Ohnmacht fallen.

Die Dags sangen das Lied den ganzen Weg zurück in die Halle. Bei jeder Tür, an der sie vor wenigen Minuten noch vorbeigegangen waren, standen nun mindestens zehn Dags, die sich dem Geleitzug in die Halle anschlossen. Sie sangen direkt mit und das Schloss schien bei diesem Getöse zu erzittern.

Nach einer Ewigkeit, so kam es Jimmi vor, erreichten sie die Ebene, in der das Tor zu der grossen Halle lag. Die Dags sangen immer noch ihr Lied.

Die Dags führten die Gruppe nicht zurück in die Halle, in der sie am Anfang waren. Sie drehten sich nach rechts und blieben vor einer sehr unscheinbaren, blassen Holztür stehen.

Einer der Dags klopfte drei Mal gegen das Holz. Das Lied verstummte und übrig blieb ein grässlicher Nachhall, den die dunklen, steinernen Gemäuer von sich gaben.

Nach einigen Sekunden wurde das Tor von innen geöffnet und Jimmi wurde grob weitergeführt. Er sah, dass sie in eine noch grössere Halle geführt wurden.

Diese Halle war nicht zu vergleichen mit dem Rest des Schlosses. Sie war wahrlich königlich eingerichtet und nichts war mehr zu sehen von dem elenden Gemäuer, das sie vorher gesehen hatten.

An den Wänden hingen Banner, meist in Gold und dunkelblau gefärbt und mit verschiedenen Stickereien von Tieren verziert.

In der Mitte stand ein langer Tisch, der bedeckt war mit einer Vielfalt von Essen, die Jimmi bisher noch nie gesehen hatte.

Der Boden war aus edlem Holz gefertigt und blitzblank poliert. Ein übergrosser Kamin stand in einer Ecke, doch er war nicht entzündet.

All dies passte nicht zum Rest des Schlosses, dachte Jimmi und das machte ihn sehr stutzig.

Ganz am Ende der Halle erkannte Jimmi einen Thron. Steinerne Stufen, mit goldenen Teppichen versehen führten nach oben auf die Plattform, auf der der Thron angebracht war.

Auf dem Thron sass jemand und Jimmi hatte den reflexartigen Drang sich die Augen zu reiben, wenn er nicht gefesselt gewesen wäre.

Es konnte nicht sein. Er musste verrückt geworden sein, oder vielleicht war er auch in Ohnmacht gefallen und träumte dies nur. Doch Jimmi war hellwach und bei vollem Bewusstsein.

»Willkommen, meine treuen Freunde. Willkommen in meinem bescheidenen Heim, in meinem Schloss«, sagte eine nur allzu vertraute Stimme.

Sir Larzeron sass auf dem Thron.

Die weisse Rüstung hatte er abgelegt und stattdessen war er in einen edlen, goldfarbenen Umhang gehüllt. Auf seinem Kopf thronte eine perlenverzierte Krone, die bis ans andere Ende des Raumes herüberblitzte. Sein Gesicht war von Schatten umgeben. Er grinste boshaft und nichts war zu sehen von dem gewohnten freundlichen und fürsorglichen Ausdruck, den er sonst immer aufgesetzt hatte.

Jimmi war sprachlos, er begriff diesen Moment überhaupt nicht. Ratlos blickte er sich nach den anderen um.

»Was soll das?«, brüllte Wandak nach vorne. Der Kobold hatte seine Stimme als erster wieder gefunden. Blanker Hass lag in ihr und Wandak zitterte am ganzen Körper.

»Freunde, Freunde … das ist eine lange Geschichte, kommt doch her, setzt euch an den Tisch und geniesst mit mir das Festessen«, antwortete Sir Larzeron und mit einer einladenden Geste stieg der weisse Ritter von dem Thron herunter.

Auch wenn sie es nicht gewollt hätten, die Dags drängten sie auf den Tisch zu, vor dem der weisse Ritter stand.

Die Gruppe setzte sich hin. Der weisse Ritter stand ihnen gegenüber. Niemand sagte etwas. Zu überrascht und zu verwirrt waren sie in diesem Moment.

Die Dags nahmen ihnen die Fesseln ab und blieben wachsam hinter ihnen stehen.

Jimmi betrachtete die Leckereien auf dem Tisch und sein Magen grummelte hörbar.

Verschiedene Brotsorten, frische Früchte, glänzendes Gemüse, Fleisch bis zum Abwinken und der beste Wein aus ganz Atramonia standen auf dem Tisch.

Jimmi musste sich gewaltig zusammenreissen, damit er sich nicht auf das Essen stürzte.

»Wo ist der Werwolf?«, fragte Sir Larzeron, der ihnen noch immer gegenüber stand, an die Dags gerichtet.

»Er ist im grossen Wald untergetaucht Sir, wir haben ihn nicht weiter verfolgt«, antwortete ein Dag.

»Sucht ihn, ihr verlausten Maden, er darf uns nicht entkommen!«, befahl Sir Larzeron an die Dags gerichtet.

Daraufhin stürmten einige der Dags mit Gebrüll durch die Türe hinaus.

»Esst, meine Freunde, ihr seht alle recht mitgenommen aus!«, sagte Sir Larzeron mit einem Grinsen an die Gruppe gerichtet und nahm ebenfalls Platz.

Niemand von ihnen rührte auch nur einen Finger.

»Kannst du uns das erklären?«, fragte Handor. Seine Stimme klang nicht böse oder vorwurfsvoll, sondern einfach nur enttäuscht.

»Natürlich kann ich«, antwortete der weisse Ritter und griff nach einem saftig aussehenden Vogel, der auf einem silbernen Tablett dalag. Er riss sich eine Keule ab und legte sie auf seinen goldenen Teller. Ein Dag entkorkte eine Flasche Wein und schenkte dem weissen Ritter einen Kelch voll ein.

»Esst schon, es ist nicht vergiftet«, drängte der weisse Ritter und als Beweis biss er ein grosses Stück von seiner Keule ab und schlang es herunter.

Zaghaft begannen sie damit ihre Teller zu füllen. Trotz der unerklärlichen Situation waren sie alle sehr hungrig.

»Nun, ich bin hoch erfreut, dass ihr mir zur Rettung geeilt seid«, begann der weisse Ritter, als er zufrieden festgestellt hatte, dass sie sich von dem Schmaus etwas gönnten.

»Wir haben unser Leben für dich riskiert!«, knurrte Wandak mit erzürnter Stimme. Der Kobold hatte nichts von dem Essen angerührt.

»Äusserst ehrenvoll«, gab Sir Larzeron boshaft grinsend zurück und biss erneut in die Keule hinein. »Nun, wie ich schon bei der Begrüssung gesagt habe, das Schloss gehört mir, ich bin der Herrscher von Mortenstein!«

Der weisse Ritter sagte dies in einem sachlichen, bescheidenen Ton, als wäre es das normalste dieser Welt.

Jimmi war einfach nur baff. Der weisse Ritter, der ihm immer so vertrauenswürdig, so fürsorglich vorgekommen war, soll der Herrscher dieses Schlosses sein?

»Im Klartext, du bist einer der drei Herrscher des Bösen?«, fragte Handor nach.

»Das ist korrekt«, antwortete Sir Larzeron und konnte sich ein schelmisches Grinsen nicht verkneifen.

Wandak hielt es nicht mehr aus. Der Kobold warf den Teller, den er vor sich hatte, zur Seite und wollte über den Tisch klettern, offensichtlich um Sir Larzeron zu erwürgen.

Die Dags packten ihn blitzschnell an der Schulter, verpassten ihm einige Schläge in die Magengegend und setzten ihn wieder auf den Stuhl.

»Verräter«, keuchte Wandak etwas dumpf wegen den Faustschlägen.

Sir Larzeron lachte gehässig auf.

Handor regte sich ein wenig, sofort standen zwei Dags bei ihm, doch der Elf blieb ruhig.

»Wir würden nun gerne die ganze Geschichte hören«, sagte Handor kühl.

»Immer diese Eile«, seufzte Sir Larzeron. »Bereits während der ganzen Reise hatten wir nichts als Stress. Doch hier werden wir genügend Zeit haben, das versichere ich dir, mein guter Handor!«

Handor ging nicht darauf ein. Er wartete geduldig darauf, dass der weisse Ritter fortfuhr.

Schliesslich legte Sir Larzeron den abgenagten Knochen seiner Keule weg, streckte sich ein wenig und genehmigte sich noch einige Schlucke aus seinem Kelch.

»Da muss ich aber weit hinten anfangen«, begann er und stellte dabei seine Füsse auf den Tisch.

Jimmi warf einen kurzen Blick auf die Sohlen der Schuhe. Er erkannte, dass darauf ein Zeichen zu sehen war und als er es genauer betrachtet hatte, bemerkte er, dass es das gleiche Banner war, das an der Wand prangte.

»Nun, weder bin ich ein weisser Ritter, noch bin ich ein Sir, müsst ihr wissen«, begann Sir Larzeron unaufgeregt.

»Du hast die weisse Rüstung getragen, die Königsrüstung der grossen Stadt. Dies ist nur denjenigen erlaubt, die dem König dienen«, sagte Rombo knurrend.

Sir Larzeron lachte lauthals auf. »Du dummer Bär! Nur weil ich die Kleidung getragen habe macht es mich zu einem Mitglied der Königsgarde der grossen Stadt?«, fragte er an Rombo gerichtet.

»Ich habe das überprüft. Sir Larzeron ist in den Verzeichnissen der Königsgarde eingetragen«, kam Handor dem Bären zuvor.

»Oh, versteht mich bitte nicht falsch! Sir Larzeron war ein weisser Ritter, er war Mitglied der königlichen Garde!«

»War?«, fragte Handor stirnrunzelnd.

»In der Tat, war! Nur, ich bin nicht Sir Larzeron!«, grinste Sir Larzeron oder wer auch immer er war.

Jimmi blickte in das Gesicht des weissen Ritters. Er verstand es einfach nicht. Wer sollte er sonst sein?

»Was bist du?«, flüsterte Bella etwas überraschend, doch sie verstand es als einzige von ihnen.

Der weisse Ritter blickte Bella an. Auf seinem Gesicht breitete sich ein eiskaltes Lächeln aus.

»Genau das ist die richtige Frage, junge Hexe! Was bin ich?«, sagte er mit einer anerkennenden Geste in Richtung Belona. »Nun, ich bin ein Wandler!«, fügte er genüsslich hinzu.

Niemand fragte ihn, woher er wusste, dass Bella eine Hexe ist, vielmehr beschäftigte sie etwas anderes.

»Und was ist ein Wandler?«, fragte Rombo nach einigen Sekunden und mit kritischer Stimme.

»Wenn ihr mir gestattet. Ich zeige es euch«, grinste Sir Larzeron, stand auf und legte sich seinen königlichen Umhang ab.

Da gab es nichts zu gestatten, die Gruppe musste es sich so oder so ansehen und Jimmi wünschte sich, dass er das nie gesehen hätte. Mit Grauen beobachtete er das Geschehen.

Sir Larzerons Gesichtszüge schienen sich zu verändern. Es sah aus, als würde er sich gewaltig anstrengen müssen, denn er sah sehr verkrampft aus. Seine Haut begann sich zu bewegen. Es sah aus wie die Wellen im Meer oder als würden sich Würmer unter seiner Haut bewegen. Seine Haare schienen sich nach innen in den Kopf zu ziehen und er begann ein wenig zu schrumpfen. An den Armen und Beinen schmolz die Haut weg, sodass fleischige Glieder zu sehen waren. Auch im Gesicht schmolz die Haut weg, doch hierbei nicht an jeder Stelle.

Schliesslich hatte Sir Larzeron seine Wandlung vollzogen und Jimmi blieb die Luft weg.

Die Hände und die Beine waren fleischig. Die Brust, der Bauch und die Schulterpartie ebenfalls. Sein Gesicht sah aus als wäre es mit einem Messer massakriert worden, denn an einzelnen Stellen war Haut zu sehen und an anderen wiederum nur das rote Fleisch. Seine schwarzen Augen waren von dunklen Ringen umgeben und die Pupillen waren rubinrot. Sein Schädel war unförmig und er war nun glatzköpfig.

Rombo übergab sich auf den Tisch und auch Jimmi würgte es einige Male.

»Bitteschön! Vor euch steht mein wahres ich. Ich bin Tados von Mortenstein, der wahre Erbe des Schlosses und einer der drei Herrscher des Bösen!«, sagte das Biest und seine Stimme klang nun hoch und krächzend.

Die Halle war erfüllt von dem boshaften Gelächter der Dags, die dieses Schauspiel köstlich zu amüsieren schien.

Die Gruppe blieb ruhig. Wie gebannt betrachteten sie das Stück Fleisch, das wieder in seinen goldenen Umhang gewickelt war und sich vor ihnen brüstete.

»Dann gab es also nie einen Sir Larzeron?«, fragte Handor mit gedämpfter Stimme.

»Natürlich gab es den! Ich brauche das Blut eines Geschöpfes um ein Ebenbild erschaffen zu können«, antwortete dieser Tados mit krächzender Stimme.

Gamba, der die ganze Zeit neben Jimmi gesessen hatte fiepte leise und traurig. Jimmi blickte ihn sofort an um ihm klarzumachen, dass er ruhig bleiben solle.

»Was hast du mit dem echten Sir Larzeron gemacht?«, flüsterte Wandak entsetzt.

Tados von Mortenstein begann zu lachen. Das Lachen hallte an den Wänden wieder. Es klang grauenhaft und vergnügt gleichzeitig.

»Wenn Jolene einmal etwas tiefer gräbt, in ihrem wunderschönen Garten, wird sie das Skelet ihres Bruders finden!«

Jimmi keuchte auf und Rombo vergrub sein felliges Gesicht in seinen Tatzen. Wandak wurde noch grüner im Gesicht. Handor jedoch zeigte keine Regung.

Tados lachte noch lauter.

»Ich habe ihn beobachtet. Ich kam als normaler Mensch, den ich hier in Mortenstein gefangen hielt und dessen Gestalt ich annahm, in die grosse Stadt. Ich sah mir den weissen Ritter sehr genau an. Ich merkte mir seine Gewohnheiten, sein Laufstil, seine Aussprache und sein lächerlich hochmütiges Gehabe.«

Tados hielt kurz inne. Er schien es zu geniessen, diese Geschichte preisgeben zu können.

»Dann, als ich ihn ein und auswendig kannte und wusste, dass er am nächsten Tag nach Xandera aufbrechen würde, entführte ich ihn auf ein Getreidefeld, ausserhalb der Stadt. Meine Wandlung war schnell vollzogen und ich wollte den ausgelaugten Körper begraben. Leider wurde ich von einer Patrouille der Königlichen Garde gestört. Rasch steckte ich Sir Larzeron in einen Sack und ging gezwungenermassen mit der Patrouille mit, zurück in die grosse Stadt. Ich sagte den Idioten, dass ich einen wilden Eber erlegt hätte und diesen nun zu meiner Schwester bringen möchte. Sie glaubten mir und brachten mich zu ihr. Ich liess den Sack im Garten zurück und ging auf eine Tasse Tee hinein. Ich verabreichte Jolene ein starkes

Schlafmittel, bei dem man sich nicht mehr zurückerinnern kann. Geschützt von den Hecken des Gartens vergrub ich die Leiche im Schutz der Dunkelheit und ging danach in das Quartier der Königsgarde. Als hätte Sir Larzeron niemals gefehlt, ass ich mit der Königsgarde das Abendessen. Niemand schöpfte Verdacht. Am nächsten Tag begab ich mich nach Xandera und schloss mich eurer kleinen Gemeinschaft an.«

Jimmi war entsetzt über die Gräueltaten dieses Monsters. Ihm wurde richtig übel bei dem Gedanken, dass er nur wenige Meter über Sir Larzerons Leiche gestanden hatte, als sie in Jolenes Garten waren.

»Und wie hast du das alles erfahren? Woher wusstest du von unserer Versammlung und woher wusstest du, dass die grosse Stadt den weissen Ritter schicken würde?«, fragte Handor weiter.

Tados lachte abermals krächzend auf. »Ausgerechnet du fragst mich das, Handor. In Xandera hast du es perfekt formuliert. Das Böse weiss ganz genau Bescheid über diese Theorie. Es war ein leichtes mir Zugang zu den Akten zu verschaffen. Ich verwandelte mich einfach in einen Kammerdiener, den ich verschwinden liess. Ich musste nicht lange suchen und wusste genau, wer für dieses Vorhaben geschickt werden sollte. Zum Pech von Sir Larzeron«, endete Tados genüsslich.

Handor nickte langsam und verständnisvoll. »Gibt es noch mehr Wandler auf dieser Welt?«, fragte er unverhofft.

Jimmi hatte den Verdacht, dass Handor Zeit schinden wollte, allerdings wusste er nicht weshalb. Die Lage war schlechter denn je. Gabamanga würde es kaum schaffen, sie hier rauszuholen und einen anderen Trumpf hatten sie nicht mehr.

»Es gibt immer nur zwei und die meiste Zeit nur einen«, antwortete Tados etwas ungenau.

»Verstehe«, murmelte Handor. »Ich kann mir vorstellen, dass jeweils der Vater und der Sohn auf der Welt sind, bis der Vater stirbt?«, fügte er fragend hinzu.

»Sehr klug, mein alter Freund. Der Herrscher des Schlosses von Mortenstein kann nur ein Wandler sein. Von Vater zum Sohn weitergegeben, von ihm ausgebildet, bis das zwanzigste Lebensjahr erreicht ist. Danach verschwindet der Vater ins Exil und lässt sich nie mehr blicken in Atramonia.«

»Was macht ihr wenn es ein Mädchen wird?«, fragte Rombo neugierig.

Tados drehte seinen zerfleischten Kopf langsam zu Rombo hin und seine Fratze grinste breit. »Die Tradition will es, dass nur Männer dieses Schloss regieren dürfen. Wir können nicht riskieren, dass eine Frau mit der Fähigkeit eines Wandlers durch die Welt läuft, wir beseitigen die Mädchen, nach der Geburt. Ebenfalls die ahnungslose Mutter!«, antwortete das Monster an Rombo gerichtet.

Jimmi konnte es nicht fassen. Noch nie hatte er solche Horrorgeschichten gehört und er bekam es nun mächtig mit der Angst zu tun. Was wird dieses Monster nur mit ihnen anstellen? Mit Töten hatte es anscheinend keine Mühe.

»Warum hast du uns nicht gleich im Schlaf erdrosselt?«, knurrte Wandak mit hasserfülltem Blick auf Tados.

»Ah, endlich kommen wir zu den spannenden Dingen«, grinste Tados und genehmigte sich noch einige Schlucke aus seinem Kelch.

»Natürlich hätte ich es tun können«, begann das Monster und lächelte dabei boshaft. »Ich hätte euch im Schlaf erschlagen können, ich hätte euch den Trollen überlassen können, ich hätte euch an die Skaps verraten können. Ich nehme an, dass du, Handor, so klug bist und es verstehst warum ich es nicht getan habe?«, sagte Tados und blickte sich fragend nach Handor um.

Handor schwieg. Jimmi wurde nervös, denn der Gesichtsausdruck auf Handors Gesicht wurde etwas bleicher und das hatte er bei dem Elfen noch nie gesehen.

»Ah ja, Handor versteht es«, sagte Tados und lachte krächzend auf.

»Ich wollte natürlich herausfinden, was Jimmi für Fähigkeiten besitzt, du dummer kleiner Kobold. Welche aussergewöhnlichen Kräfte hat der Bursche und wie kann ich diese zu meinem Vorteil nutzen?«

Jimmi hatte nicht daran gedacht. Natürlich, es war absolut logisch, doch Jimmi hatte gar nicht mehr an die Theorie gedacht und dass die Hoffnungen der Welt auf ihm ruhen werden.

»Wie ihr alle, wurde ich enttäuscht«, fuhr Tados weiter.

Jimmi gab es einen kleinen Stich.

»Zugegeben, der Junge hat einige Fortschritte in der Kampfkunst erlangt, doch ansonsten?«

Tados zuckte übertrieben mit seinen Schultern.

»Nichts war zu sehen von den hoch angepriesenen Fähigkeiten. Ich habe ihm lange Zeit gegeben, doch in Bärenstadt habe ich mich für die Rückkehr nach Mortenstein entschieden. Ich wusste, dass ihr nach mir suchen würdet und so habe ich euch in die perfekte Falle locken können. Ich habe euch den Weg hierher geebnet.«

»Du hast uns den Weg nicht geebnet. Wir haben uns durch diesen elenden Wald geschlagen um dich zu retten und das ohne deine Hilfe!«, heulte Wandak auf.

Tados stand von seinem Stuhl auf und knallte seine fleischigen Hände auf den Tisch.

»Hast du geglaubt, du kommst hier einfach so durch den grossen Karamangawald hindurch? Ich gab den Befehl alle Gefahren aus dem Weg zu räumen, damit ihr freie Bahn habt. Der Wald ist gefährlicher als ihr denkt. Spinnen, Schlangen, Sphinx, Eidechsen ... alle hätten euch nur zu gerne gefressen!«

Wandak murmelte etwas von »sie hätten uns nicht gesehen«.

»Gesehen vielleicht nicht, doch gehört mit Bestimmtheit. Ihr wart lauter als eine Horde Kampfgorillas, wie mir berichtet wurde! Wir haben alles dafür getan, damit ihr sicher bis nach Schloss Mortenstein gelangen konntet.«

Tados setzte sich wieder hin und lehnte sich zurück. Einige Male atmete er tief durch, ehe er seine Faust wieder auf den Tisch schlug.

»Genug mit der albernen Plauderei, meine Geduld ist erschöpft! Führt diese Mistbande zurück in den Turm«, krächzte Tados erzürnt.

»Alle ausser dem Jungen, der kommt mit in die Kerker!«

Jimmi wurde ganz anders. Er erinnerte sich gut daran, was die Krähe in der Eingangshalle, vor nicht einmal einer Stunde zu Wandak gesagt hatte: *»Nein, die wichtigen Gefangenen sind in den höchsten Türmen untergebracht. Da unten sind nur die Folterkammern!«*

# Tados Werk

Das verzweifelte Kreischen von Gamba hallte Jimmi noch lange nach, während ihn die Dags, angeführt von Tados, nach unten in die Keller schleiften. Er hätte sich gerne noch gebührend von allen verabschiedet, denn er wusste, dass er in diesen Kerkern nur den Tod finden würde.

Handor hatte ihm noch zugeflüstert, dass er stark sein solle, doch Jimmi hatte es nur verschwommen wahrgenommen. Tränen rannen ihm die Backen herunter. Nicht wegen seiner Angst, die ihn zweifellos umhüllte, sondern wegen dem Verrat von Tados. Wegen seinen Freunden, die gefangen in einem der höchsten Türme von Mortenstein waren und um die es nicht besser bestellt war als um Jimmi. Wegen ganz Atramonia, das Böse wird die Herrschaft übernehmen und den Kontinent in das dunkelste Zeitalter schicken, das die Welt je erlebt hatte.

Wegen dem langen und scheinbar unsinnigen Weg, den die Gruppe auf sich genommen hatte.

Der Weg in die Kerker fühlte sich endlos lange an. Jimmi dachte nun nicht mehr nach, er liess sich mitschleifen und er war wie betäubt. Verschwommen nahm er die Umrisse der Eingangshalle war und wie Dags ihn zu der Treppe schleiften, die nach unten in die Kerker führte.

Die Treppe führte spiralförmig nach unten. Einzelne Fackeln beleuchteten die schwarzen Wände und schliesslich gelangten sie in einen langgezogenen Gang, der mehrere Meter unter dem Erdboden lag. Es roch stark nach verbranntem Fleisch und gelblicher Dunst, der Jimmi säuerlich die Nase emporkroch, umhüllte den dunklen Stein. An den Seiten lagen Kerkertüren und die Dags brachten Jimmi in einen grossen Kerker, bei dem eine Streckbank in der Mitte stand. An den Seiten aufgehängt lagerten die übelsten Folterinstrumente die man sich nur vorstellen konnte. An einer Wand stand ein hölzernes Regal, auf dem die verschiedensten Gefässe mit schimmernden Flüssigkeiten standen.

»Lasst mich einfach sterben«, dachte sich Jimmi bei diesem grauenvollen Anblick.

Die Dags hievten Jimmi auf die Streckbank und banden seine Arme und Füsse fest. Dann traten sie zurück.

Jimmi liefen nach wie vor stumme Tränen herunter und in seinem Mund hatte er einen salzigen Geschmack.

Tados trat nun in Jimmis Blickfeld. Das Monster betrachtete ihn sehr lange und von unten bis oben. Dann riss er Jimmi das T-Shirt vom Leib. Ausserdem nahm er Jimmi gewaltsam den Ring ab, den er von Faldok bekommen hatte.

»Nein«, wimmerte Jimmi. Der Ring bedeutete ihm sehr viel. Tados lachte krächzend auf, nahm einen Hammer zur Hand und zerschlug diesen in seine Einzelteile.

Jimmi rannen die Tränen nun in Bächen herunter. Der Ring von seinem Vater und seiner Mutter war zerstört.

»Sehr schön«, murmelte Tados, nachdem er Jimmi vergnügt beobachtet hatte. »Die Stunde der Wahrheit«, fügte er grinsend hinzu und schritt auf das Regal mit den Flüssigkeiten zu. Er entschied sich für ein giftgrünes Gefäss und kam wieder zu Jimmi hin.

»Nun wollen wir mal sehen, was du unter Schmerzen für Fähigkeiten zeigst«, lachte Tados, entkorkte das Gefäss und träufelte die giftgrüne Flüssigkeit auf Jimmis Brust.

Jimmi schrie wie er noch nie zuvor geschrien hatte in seinem Leben. Es waren Schmerzen, die er sich in den schlimmsten Albträumen nicht hätte vorstellen können. Die Flüssigkeit brannte ihm die Haut regelrecht weg.

Nach einer Minute war der Schmerz vorbei und Jimmi wimmerte und stöhnte. Das Atmen fiel ihm schwer. Er hörte wie Tados im Hintergrund sagte: »Eine Umdrehung!«

Jimmi spürte wie es ihm die Arme und Beine langzog. Noch war es aushaltbar, doch es streckte jetzt schon sehr straff.

»Noch eine Umdrehung!«, befahl Tados etwas ungeduldig.

Jimmi zog es in die Länge und jetzt hatte er das Gefühl, als würden ihm gleich die Arme und Beine ausreissen. Er stöhnte auf und kalter Schweiss rann ihm über die Stirn. Die Fasern entspannten sich nicht mehr, langsam wurde es unerträglich.

Tados nickte und begab sich wieder zu dem Regal mit den Gefässen hin. Diesmal zog er eine feuerrote Flüssigkeit aus dem Regal.

Das Monster kam zurück und flösste das Getränk wortlos in Jimmis Mund.

Jimmi musste es runterschlucken um nicht daran zu ersticken und die Wirkung zeigte sich augenblicklich. Die Farben verschwammen, die Lichter begannen zu flackern. Panische Angst ergriff Jimmi und als er sich umsah erkannte er die Dags. Feuerspeiend lachten sie Jimmi aus und nun stand Tados vor ihm. Sein Schädel war blutrot gefärbt, aus seinem Mund rann eine schwarze Flüssigkeit und Maden krochen ihm über den Körper.

Jimmi schrie vor Angst, während Tados mit einer Stimme lachte, die grauenerregender nicht sein konnte.

*»Zeige nun deine Fähigkeiten, Jimmi Johnson! Zeige mir was dich so besonders macht. Ich werde dein Leben verschonen, ich werde dich zu meinem treuen Gefährten heranziehen! Gemeinsam werden wir über die Welt herrschen!«*

Es war Tados Mund, der sich bewegte, doch die Stimme war nicht von dieser Welt.

Diese Wirkung hielt ganze zehn Minuten lang an, ehe sich das Geschehen wieder normalisierte und die Halluzination aufhörte.

Weinend lag Jimmi da, der Schweiss brannte ihm in den Augen und seine Brust schien sich von innen nach aussen zu kehren.

»Hartnäckig, der Bursche«, hörte Jimmi Tados krächzen. »Wir versuchen es auf die klassische Weise«, fügte das Monster hinzu und ging nun zu den Folterinstrumenten.

Jimmi hörte das Klimpern von Metall und dieses Geräusch war ebenso schlimm wie das, was noch kam.

Als Tados wieder über ihm stand hatte er eine Beisszange in der Hand. Jimmi packte die Panik. Er windete sich und versuchte sich aus den Fesseln zu befreien, doch er hatte keine Chance.

»Du musst mir nur deine Fähigkeiten zeigen, Jimmi Johnson, dann hast du es hinter dir«, höhnte Tados und ging mit der Zange langsam zu Jimmis Füssen hin.

Das Monster rupfte ihm jeden einzelnen Zehennagel aus und Jimmi brüllte vor Schmerz.

»Lass es endlich vorbei sein. Lass mich sterben, lass mich gehen«, dachte er sich verzweifelt, doch daraus wurde nichts.

Tados nahm sich nun die Fingernägel vor und Jimmi schrie ohrenbetäubend nach seiner Mutter. Er bat sie um Hilfe, sie solle etwas tun, sie solle ihn erlösen.

»Schreien ist keine besondere Fähigkeit«, grunzte Tados, als er jeden einzelnen Nagel von Jimmi ausgerissen hatte.

»Ein letzter Versuch noch, danach schicke ich dich zu deiner Mutter, versprochen«, sagte das Monster und verschwand wieder aus seinem Blickfeld. Währenddessen erbrach Jimmi sich auf den Tisch. Zum Glück konnte er seinen Kopf noch ein wenig drehen, damit er nicht erstickte.

Tados kam zurück und Jimmi erkannte mit geschwollenen Augen die lange Säge, die er in der Hand hielt.

Jimmi schloss die Augen. Das wollte er nicht mit ansehen und verzweifelt versuchte er die Luft solange anzuhalten, dass es ihn umbringen würde. Die Reflexe liessen es nicht zu und er schnappte gierig nach Luft.

Dann war es soweit, er spürte die spitzen Kanten der Säge an seinem Bein und Tados begann die Säge zu bewegen. Das Monster sagte einen tiefen Riss in Jimmis Fleisch und er schrie noch lauter als je zuvor.

Nun drohte ihm endlich die Ohnmacht. Jimmi merkte, wie er ganz benebelt wurde, doch er spürte auch den Schmerz, denn Tados hatte seinen Oberschenkelknochen erreicht. Die Schmerzen waren höllisch und als Jimmi meinte, dass es nun sein Ende wäre, hörte er von weit her ein lautes Krachen.

Benommen drehte er seinen Kopf ein wenig und erkannte, dass ein Dag die Türe aufgeschlagen hatte und hereingestürmt kam.

»Sir, wir werden angegriffen!«, brüllte der Dag an Tados gerichtet.

»Was? Wer? Wie kann das sein?«, raunte das Monster zurück und hörte auf an Jimmis Knochen zu sagen.

»Ein Rudel Werwölfe Sir! Sie sind bereits in der Eingangshalle!«

Tados fluchte laut.

»Ihr bleibt bei dem Jungen und rührt ihn nicht an!«, brüllte Tados und zog das Schwert hervor, das er schon seit Xandera dabei hatte. »Ihr zwei geht nach oben und bewacht die restlichen Gefangen, der Rest kommt mit mir!«, fügte er hinzu und schritt auf die Kerkertüre zu.

»Dass du mir nicht wegläufst, Jimmi Johnson«, sagte Tados an Jimmi gerichtet und lachte einmal laut auf.

Es ertönte ein Knallen und die Kerkertüre wurde zugeschlagen. Jimmi hörte wie sich ein Schlüssel im Schloss drehte und ein Knacken verriet ihm, dass er mit den beiden Dags eingesperrt war. Die Schritte von Tados und den Dags wurden immer leiser und verklammen schlussendlich.

Jimmi lag da, regungslos und unfähig sich zu bewegen. Er spürte, dass die Säge noch immer in seinem Bein steckte. Er spürte warmes Blut, das aus seinem Bein strömte und er spürte den stechenden, brennenden Schmerz auf seiner Brust. Die beiden Dags schlichen wie Raubtiere um ihn herum und diskutierten dabei, welches Stück sie am Ende von Jimmi wohl bekommen würden.

Es vergingen zehn Minuten und nichts war zu hören, doch dann knallte es plötzlich sehr laut. Abermals wurde die Türe aufgestossen und Jimmi blickte zur Türe hin.

Da stand Gabamanga.

Seinen Säbel in der Hand und das Gesicht vor Wut verzerrt. Die beiden Dags kreischten auf und stürzten sich auf den Werwolf.

Gabamanga machte kurzen Prozess. Der Werwolf bewegte sich so schnell, dass Jimmi ihn nur schemenhaft wahrnehmen konnte. Die Köpfe der Dags rollten geräuschvoll davon, während ihre Körper zu Boden sanken.

»Gabamanga«, krächzte Jimmi leise und der Werwolf kam auf ihn zugestürmt.

»Tut mirr leid, Junge«, murmelte Gabamanga, nachdem er das Rad der Streckbank zurückgedreht hatte. Der Werwolf packte die Säge und zog sie mit einem Ruck heraus, was Jimmi noch einmal höllische Schmerzen bereitete und noch mehr Blut strömte aus der Wunde heraus.

Der Werwolf löste die Fesseln so schnell er konnte und hob Jimmi mühelos hoch. Dann spurtete er los.

Obwohl der Werwolf nicht wie gewohnt auf allen Vieren springen konnte, sondern nur aufrecht gehend, war er enorm schnell. Er spurtete den Gang entlang, ohne sich dabei umzusehen. Jimmi hing in seinen Armen und nahm alles nur noch verschwommen war. Der Blutverlust drohte ihn ohnmächtig werden zu lassen.

Gabamanga spurtete die Treppe herauf und sie gelangten in die Eingangshalle. Ein gewaltiger Kampf tobte und Jimmi nahm benommen war, wie mehrere Werwölfe die Dags bekämpften.

Trotz den Schmerzen und trotz dem Leid, das Jimmi erfahren hatte, machte sein Herz einen kleinen Hüpfer, als er erkannte, dass auch seine Freunde in der Halle am Kämpfen waren. Er erblickte Handor, der es mit Tados aufgenommen hatte.

»Ich hab ihn!«, hörte Jimmi Gabamanga brüllen und der Werwolf sprang zu dem Eingangstor hin.

»Haltet sie auf!«, hörte Jimmi Tados kreischen, doch es war zu spät.

Es blendete Jimmi, als Gabamanga ihn durch das offene Tor trug. Jimmi blickte nach unten und sah, dass Gamba ebenfalls mit dem Werwolf wegspurtete. Weg von dem Höllenschloss, weg von dem Monster Tados und weg von den Schmerzen. Vor Jimmis Augen wurde es schwarz und er gab sich der Ohnmacht hin.

# Krokendar

Jimmi wachte auf, die Augen hielt er geschlossen. Er wusste nicht wo er war, doch es roch nach Stroh.

»Tot kann ich nicht sein«, dachte er sich, als er ein Gemurmel wahrnehmen konnte.

Stechende Schmerzen durchdrangen seinen ganzen Körper. Er war sehr verwirrt und hob seine Augenlieder einige Millimeter. Neben ihm stand Bella, sie hatte ein scharfes Messer in der einen und eine hellrote Flüssigkeit in der anderen Hand. Verschwommen nahm Jimmi war, wie sie mit dem Messer an seiner Brust herumwerkelte. Dann setzte unverhofft ein höllischer Schmerz ein, der ihn augenblicklich an die Qualen der Folterkammer zurückerinnern liess. Jimmi schrie auf, so laut, dass Bella einige Meter zurück wich.

»Tut mir leid Jimmi, das abgestorbene Fleisch muss weg!«, sagte sie ihm mit zittriger Stimme und mit herunterlaufenden Tränen in den Augen. »Warte, ich spritze dir ein wenig Mohnblumensaft«, fügte die Hexe hinzu.

Immer noch keuchend vor Schmerz, beobachtete Jimmi, wie Bella ihre Spritze mit der hellroten Flüssigkeit füllte. Er spürte den Einstich kaum, als die Hexe ihm das Tonikum verabreichte, doch die Wirkung kam augenblicklich. Jimmi hatte das Gefühl, als ob sein Körper sehr leicht wurde. Er merkte sogar, wie ihm ein schiefes Grinsen auf das Gesicht kroch und er kicherte sogar ein wenig. Die Schmerzen waren verschwunden.

Bella schnitt weiterhin an seiner Brust herum, doch Jimmi merkte es nicht mehr. Es war ein berauschendes Gefühl und ein ausgesprochen tolles dazu. Die Hexe hatte ihm sehr viel Mohnblumensaft verabreicht und so sank er schnell in einen traumlosen Schlaf.


»Er wird nicht einmal humpeln müssen. Der Knochen ist glücklicherweise nicht beschädigt und den Riss im Oberschenkel habe ich ihm zugenäht.«

»Was ist mit seiner Brust?«

»Habe ich verbunden. Er wird Schmerzen haben, doch ich denke er wird sie aushalten können. Der Heilungsprozess hat bereits eingesetzt, sie haben ihm nur die oberste Hautschicht weggeätzt.«

»Weshalb haben sie ihm die Brust verunstaltet?«

»Keine Ahnung, doch es muss eine Höllenqual für ihn gewesen sein.«

»Der Junge muss tatsächlich durch die Hölle gegangen sein, schaut euch doch nur mal die Zehen und die Finger an!«

»Die Nägel wachsen nach, ich bin froh, dass sie ihm nicht die ganzen Finger abgeschnitten haben.«

»Das Bein wollten sie mir zuerst abnehmen!«

Jimmi schlug die Augen auf. Er lag nicht auf einem Bett, sondern auf einem Haufen Stroh.

Rund um ihn herum sassen Wandak, Rombo, Bella, Handor und Gamba. Die Wirkung des Mohnblumensaft hatte nachgelassen. Er spürte wieder die stechenden Schmerzen an seinem Körper und doch übermannte ihn ein unglaublich glückliches Gefühl, als er in die Gesichter seiner Gefährten blickte.

»Wo bin ich?«, fragte Jimmi ein wenig schwach und blickte sich um. Er lag in einem Zelt, das aus zerfetzten Leintüchern gemacht war und nach oben hin spitzig wurde.

Eine einzelne Fackel erleuchtete das ganze Zelt und es war sehr spärlich eingerichtet. Neben dem Stroh, auf dem er lag, gab es einige Stühle, einen Tisch und eine offene Feuerstelle. Ein einziges Bild hing an der Wand. Es zeigte einen Werwolf, der über einem Hirsch kniete und in die Kamera lächelte.

»Wir sind in Krokendar, der Heimat von Gabamanga«, antwortete Handor sachte.

Krokendar, die Stadt der Werwölfe, das wollte sich Jimmi genauer ansehen. Er wollte sich gerade aufrichten, doch Handor drückte ihn wieder nach unten.

»Du musst dich noch ein wenig ausruhen!«, sagte der Elf.

Jimmi wollte sich nicht ausruhen, er wollte alles wissen.

»Was ist passiert? Gabamanga hat mich aus dem Schloss getragen und danach bin ich weggetreten«, fragte Jimmi neugierig. »Wie seid ihr freigekommen? Habt ihr Tados besiegt?«, fügte er noch hinzu ehe ihm jemand auf die erste Frage antworten konnte..

»Dank Belona sind wir entkommen«, antwortete Handor und Jimmi drehte sich ein wenig überrascht der Hexe zu.

Die Hexe lächelte ihn an.

»Was guckst du so überrascht?«, fragte sie Jimmi, als wäre es ganz normal, dass die Hexe für ihren Ausbruch verantwortlich wäre.

»Ich habe die Schwefelsäure versteckt, bevor sie uns alles abgenommen hatten«, fügte sie hinzu und zog ein halbleeres, gelbes Fläschchen hervor, das sie in ihren Schuhen versteckt hatte. Sie musste es in dem höchsten Turm gemacht haben, im Schutz der Dunkelheit.

»Wir haben uns von den Fesseln befreit, das Türschloss von der Falltür mit Hilfe des Schwefels aufgebrochen, die zwei Bewacher erledigt und unsere Waffen wiederbesorgt«, spulte Rombo herunter.

Jimmi nickte verständnisvoll und schwer beeindruckt ab der klugen Aktion von Bella.

»Beinahe gleichzeitig stürmte Gabamanga mit einem Trupp Kämpfer der Werwölfe die Eingangshalle. Wir haben viele von ihnen erschlagen können und wir hätten das ganze Schloss einnehmen können, doch Handor war deine Gesundheit wichtiger. So flohen wir von dem Schloss weg und hierher nach Krokendar«, führte Rombo die Geschichte weiter.

»Tados konnten wir nicht besiegen, er hat sich zurückgezogen, dieser Feigling«, brummte Wandak und sein Gesicht war vor Wut verzerrt.

»Trotzdem, es wird eine Weile dauern bis sich Schloss Mortenstein wieder gesammelt hat, wir haben einen kleinen Vorsprung«, fügte Handor hinzu. »Allerdings werden neue Truppen in Mortenstein dazustossen, wir dürfen also nicht lange verweilen«, mahnte sie der Elf.

Jimmi wusste, dass Handor die Kampffaffen meinte, die vom Herrscher von Zomga in Richtung Schloss Mortenstein losgeschickt worden waren. Die anderen Geschöpfe fragten nicht nach den neuen Truppen, sie schienen alle einfach nur froh zu sein, dass es Jimmi dementsprechend gut ging.

»Wie sieht der Plan aus? Wie lange bleiben wir in Krokendar?«, fragte Jimmi an Handor gerichtet.

»Deine Verletzungen sollten es zulassen, dass du normal gehen kannst, allerdings unter Schmerzen. Du kannst am

Nachmittag ein wenig in Krokendar umherlaufen. Bald gehen wir weiter«, antwortete Handor.

»Weiter nach Maskara?«, fragte Jimmi neugierig.

Handor nickte langsam.

Ein kurzes Schweigen trat ein, in der sie sich alle mit ihren eigenen Gedanken befassten.

»Sir Larzeron!«, krächzte Jimmi unvermittelt und ihm wurde Speiübel bei dem Gedanken, dass der weisse Ritter unentdeckt unter der Erde von Jolenes Garten lag.

»Wir können leider nichts tun im Moment«, sagte Handor ruhig, doch mit einer etwas zittrigen Stimme.

»Wir müssen eine Nachricht schicken!«, sagte Jimmi entrüstet, doch Handor wollte von dem nichts wissen.

»Wir können es nicht riskieren, dass die Botschaft abgefangen wird.«

Jimmi passte das nicht, doch für ihn war es jetzt nicht der richtige Zeitpunkt um sich zu streiten. Bella verabreichte ihm noch einmal eine Injektion mit Mohnblumensaft und Jimmi schlief wieder ein.

Am Nachmittag wachte Jimmi auf und hatte definitiv keine Lust mehr sich länger im Zelt von Gabamanga aufzuhalten. Immerhin befand er sich in Krokendar, dem Heimatort der Werwölfe und die Neugier packte Jimmi so fest, dass er vorsichtig aufstand.

Überrascht stellte Jimmi fest, dass ihm sein Bein nur minimale Schmerzen bereitete, obschon es beinahe von Tados abgesägt worden war. Seine Brust brannte noch und das Atmen fiel ihm nicht leicht und auch die Finger und die Zehen taten ihm weh, da das Monster ihm jeden einzelnen Nagel ausgerissen hatte. Trotzdem, er lebte und es fühlte sich befreiend gut an, dem Tod entwischt zu sein.

Gamba hatte am Zelteingang auf einem kleinen Teppich geschlafen. Als er bemerkt hatte, dass Jimmi wach war, kam das Äffchen mit einem leisen Kreischen auf ihn zugesprungen.

Jimmi streichelte Gamba eine ganze Weile. In letzter Zeit war das Äffchen bei ihm viel zu kurz gekommen. Zusammen gingen sie aus dem Zelt heraus. Jimmi atmete einige Male durch, als er draussen war. Zu seiner Überraschung war die Luft um einiges klarer als vorher, obwohl Jimmi wusste, dass er sich noch immer im grossen Karamangawald befand.

Sonnenstrahlen blendeten Jimmi. In den letzten Wochen war er so lange in der Dunkelheit unterwegs gewesen, dass er so viel Licht nicht mehr gewohnt war. Er hielt sich die Hand als Schutz vor das Gesicht und blickte sich um. Die Werwölfe hatten sich eine kleine Siedlung in den grossen Karamangawald gebaut. Ein kreisförmiger Platz, der zugestellt war mit Zelten verschiedenster Art. Aus Tüchern, aus Stoffen und aus Holz. Einen richtigen Weg durch die eng aneinander liegenden Zelten gab es nicht. Es roch nach Seife und nach gebratenem Fleisch. Die Luft war erfüllt von den knurrenden Stimmen der Werwölfe. Sie alle sprachen mit derselben, eher düsteren Stimme wie Gabamanga auch.

Jimmi machte sich einfach einmal auf den Weg. Ziellos schlenderte er in Krokendar umher und begutachtete die Umgebung. Krokendar war um einiges grösser und dichter besiedelt, als Jimmi es sich gedacht hatte. Immer wieder musste er den Weg zurückgehen, von dem er gekommen war, da er in einer Sackgasse, die aus Zelten bestand, gelandet war.

Die Werwölfe selbst sassen meist vor ihren Zelten. Jimmi sagte ihnen allen höflich »Hallo« und von den meisten der Werwölfe wurde die Begrüssung erwidert. Er konnte die neugierigen Blicke spüren, die sie ihm zuwarfen, doch im Allgemeinen schien das Volk der Werwölfe sehr freundlich zu sein. Dennoch war es für Jimmi ein mulmiges Gefühl durch die Zeltreihen zu laufen. Gabamanga hob sich deutlich von den anderen Werwölfen ab. Gabamanga war sehr dürr gebaut, doch im Vergleich zu den anderen Wölfen sah er richtig durchgefüttert aus. Bei den meisten Werwölfen sah man die Knochen deutlich hervorstehen. Sie sahen alle recht kränklich aus und Jimmi fand auf seinem Weg in die Mitte keinen einzigen Werwolf vor, der übergewichtig war.

Ein runder Platz verriet Jimmi, dass er sich nun in der Mitte von Krokendar befinden musste. Es herrschte ein reges Treiben darauf. Ähnlich wie in Xandera schien dies der Dorfmarkt zu sein. Doch der Unterschied zu Jimmis Heimat war deutlich zu sehen. Die hölzernen Karren, die die Werwölfe vor sich herschoben, waren nicht so gut beladen wie in Xandera. Vielfältig war der Markt schon gar nicht, denn Jimmi sah, dass es meist Nüsse waren, die verkauft wurden.

Einen Stand entdeckte Jimmi, der mottenzerfressene Kleidung verkaufte. Mit traurigem Blick beobachtete Jimmi wie eine Mutter versuchte für ihr Kind ein kleines T-Shirt, das voller Löcher war, zu einem günstigen Preis zu bekommen.

»Schön dass du dich auch mal blicken lässt«, hörte Jimmi eine Stimme hinter ihm sagen. Er drehte sich um und sah Bella, die zusammen mit der Krähe auf ihn zukam und sich neben ihn stellte.

»Den Burschen hat es übel erwischt!«, krächzte die Krähe.

Bei diesen Worten wurde Jimmi wütend. Er packte die Krähe an der Gurgel und der Vogel krächzte wild umher, was einige Werwölfe zu empören schien. Jimmi beachtete die erschrockenen Blicke der Werwölfe nicht.

»Hast du gewusst, dass Tados der Herrscher des Schlosses ist?«, fragte Jimmi drohend an die Krähe gerichtet.

»Nein, das wusste ich nicht! Ich schwöre es!«, antwortete die Krähe verdruckst.

Jimmi glaubte ihr nicht, doch Belona fasste sanft nach Jimmis Arm. Jimmi lies von der Krähe ab und keuchte ein wenig auf.

»Glaub mir, Jimmi, der Kobold hatte ähnliche Gedanken und wollte ihn bereits erschlagen, doch wir glauben ihm, dass er es nicht gewusst hat«, sagte Belona mit sanfter Stimme.

Jimmi atmete tief ein und nickte dann kurz mit dem Kopf. Er blickte von der Krähe weg und wieder auf die Mutter mit ihrem Kind, die versuchten ein günstiges T-Shirt zu ergattern.

»Traurig, was?«, sagte Bella, als sie Jimmis Blick zu der Mutter mit ihrem Kind folgte.

»Ich dachte das Armenviertel von Xandera wäre schon traurig, doch das...«, murmelte Jimmi verdriesslich und beobachtete, wie die Mutter nun den gesamten Inhalt einer kleinen Tasche auf den Tisch des Händlers ausleerte. Einige Bronzen und Silberstücke, die man mit einer Hand abzählen konnte, kullerten heraus. Die Mutter packte sich rasch das zerrissene Kleidchen und wandte sich von dem Stand ab.

»Können wir ihr nicht ein wenig Geld geben?«, murmelte Jimmi an Bella gerichtet. Diese Szenerie brach ihm beinahe das Herz.

»Nein, Jimmi«, antwortete die Hexe ernst. »Die Werwölfe folgen einem Gesetz. Jeder bekommt monatlich den gleichen Anteil an Geld. Vom Oberhaupt der Werwölfe bis hin zum einfachen Waffenschmied.«

»Bekommen demnach nicht sehr viel, was?«, murmelte Jimmi bestürzt und beobachtete die Mutter, wie sie ihr Kind bei der Hand nahm und in der Menge verschwand.

»Nein, aber es ist fair«, antwortete die Hexe ruhig und drehte sich ab. »Komm mit, die anderen sind beim Oberhaupt der Werwölfe.«

Jimmi folgte Bella. Schweigend nebeneinander gehend gingen sie durch die Zeltreihen hindurch. Die Hexe führte ihn an den Rand von Krokendar. Die Bäume umgaben Krokendar wie ein schützender Ring und Bella führte ihn zu einem besonders dicken Baum. Eine hölzerne Treppe führte spiralförmig um den Baum herum nach oben. Gemeinsam stiegen sie die Treppe hinauf, bis sie vor einem kleinen, aus Holz gefertigten Häuschen standen. Es war das einzige Haus in ganz Krokendar.

Bella klopfte an die Türe. Ein magerer Werwolf öffnete und betrachtete die Beiden mit misstrauischem Blick.

»Lass sie herrein, Vego«, hörte Jimmi die Stimme von Gabamanga sagen.

Der Werwolf namens Vego trat wortlos zur Seite. Er liess sie hinein und schloss dann die Türe wieder zu.

Jimmi trat in das merkwürdige Haus herein. Es war so simpel eingerichtet wie Gabamangas Zelt. Der Unterschied war, dass es grösser wirkte.

Hinter einem kleinen Schreibtisch sass ein etwas älter aussehender Werwolf, der die Beiden mit neugieriger Miene taxierte.

»Das ist Jimmi Johnson aus Xandera«, stellte ihn Gabamanga dem Werwolf hinter dem Schreibtisch vor.

»Jimmi, das ist Asungo, unser Oberhaupt.«

Asungo schien trotz seines hohen Alters von kräftiger Statur zu sein. Er hatte muskulöse Arme und Beine. Einen grauen Umhang, auf dem ein Werwolf prangte, hatte sich das Oberhaupt um die Schultern gehängt und Jimmi konnte einen Säbel erkennen, den Asungo an seinem Gürtel trug.

Jimmi trat auf den Werwolf zu, verbeugte sich kurz und dankte dem Oberhaupt für die Gastfreundschaft.

»Nichts zu danken«, antwortete Asungo mit tief knurrender Stimme, doch ausgesprochen freundlich. »Wirr sind geehrrt den Rretter von Atrramonia in unserrem bescheidenen Heim begrrüssen zu können«, fügte Asungo hinzu.

Dies schmeichelte Jimmi ein wenig, doch noch war nichts gerettet.

Handor, Wandak und Rombo sassen auf Stühlen um den grossen Schreibtisch herum. Jimmi und Belona setzten sich dazu.

»Du hast viel Schmerrz und Qual errleiden müssen, in den abscheulichen Tiefen des Schlosses«, sagte Asungo an Jimmi gewandt.

Der Werwolf betrachtete dabei Jimmis Hände, an denen die Fingernägel fehlten.

»Nun ja, sie haben versucht mir zu entlocken, was ich ... ähm ...«

Jimmi blickte fragend zu Handor, unsicher ob er das sagen konnte, was er wollte.

Der Elf nickte.

»… was ich für Fähigkeiten besitze. Sie dachten wohl, dass ich selbst die Waffe wäre.«

»Und hast du irrgendwelche Fähigkeiten herrvorrgebrracht?«, fragte Asungo sehr freundlich und doch mit einem neugierigen Unterton, den ihm Jimmi allerdings nicht verübeln konnte.

Jimmi murmelte »Nein Sir«. Ihm war es doch etwas peinlich. Er wollte vor dem Oberhaupt eine starke Figur abgeben, doch dies konnte er nicht, da er keine besonderen Fähigkeiten gezeigt hatte.

Asungo blickte ihn an und überraschenderweise machte sich ein Lächeln auf dem furchterregenden Wolfschädel breit.

»Schmerrz, Qual und Wut. Durrch diese Eigenschaften eine besonderre Fähigkeit herrvorrzubrringen ist eine Philosophie des Bösen«, sagte Asungo weise. »Glücklicherrweise hat es bei dirr nicht geklappt, was beweist, dass du den rrichtigen Geschöpfen trreu bist«, fügte der Werwolf hinzu und Jimmi fiel ein Stein vom Herzen. Er war froh, dass Asungo diese Worte gesagt hatte, das nahm im sehr viel Selbstzweifel ab.

Eine kurze Pause trat ein, in der niemand ein Wort sagte und sich Gedanken über die Worte des Oberhauptes machte.

»Ihrr seid weit gekommen«, fuhr Asungo schliesslich fort und stand auf.

Der Werwolf schlenderte zu einer kleinen Terrasse hin, auf der er den Überblick über gesamt Krokendar hatte. Höflicherweise folgten die anderen dem Oberhaupt auf den kleinen Vorsprung. Zwitschernde Meisen flogen an ihnen vorbei.

»Mein Volk hat schon viel überr sich errgehen lassen müssen«, begann Asungo und sein Blick schweifte über die Zelte unter ihnen hinweg. »Wirr haben allem getrrotzt und werrden es auch weiterrhin tun.«

Jimmi war froh, dass Asungo ein neues Thema aufgenommen hatte und sich das Gespräch nicht mehr um ihn drehte.

»Gewiss, …«, antworte Handor freundlich und respektvoll. Der Elf zögerte einige Sekunden, ehe er fortfuhr. »… dennoch, ich habe euch bereits informiert, dass das Böse wohl auf dem Weg uns zu finden Krokendar angreifen wird und ich befürchte, dass ihr diesem Ansturm nicht gewachsen sein werdet.«

Asungo rümpfte die Nase und drehte sich zu Handor um. Seine dunklen Augen fixierten sich auf die blauen Augen des Elfen.

»Wirr sind das einzige Volk, das dem Bösen in diesem Wald getrrotzt hat. Die Dunkelheit verrsuchte auch nach Krrokendarr zu gelangen, doch wirr haben sie immerr wiederr abgewehrrt«, sagte der Werwolf trotzig.

»Spione, Diebesgesindel, kleinere Gruppen von Söldner auf ihren Raubzügen. Nun steht eine Armee vor Euren Toren und bei dem grössten Respekt, dem ist selbst Krokendar nicht mehr gewachsen«, antwortete Handor immer noch sehr höflich und ruhig.

»Sollen sie doch kommen! Wirr haben fünfzig bestens ausgebildete Krriegerr, die diesem Drruck standhalten werrden!«, sagte Asungo stur.

»Ich achte Euch für Eure Kampfbereitschaft!«, sagte Handor ehrlich und fuhr fort: »Doch werdet Ihr es gegen Bonz, Dags, die schwarzen Riesen, Trolle, Kampfgorillas und zwei Könige des Bösen aufnehmen müssen.«

»Was sind da schon fünfzig Krieger«, murmelte Wandak in einem ziemlich unpassenden Moment.

Asungo drehte sich langsam zu dem Kobold um.

Wandak wurde rot im Gesicht und murmelte »Verzeihung!«

»Der Kampf um Atramonia wird hier im Osten stadtfinden, das kann ich Euch beinahe garantieren. Bedenkt, was sie dem Jungen angetan haben. Wollt Ihr Euer Volk wirklich leiden sehen?«, fragte Handor.

»Natürrlich nicht«, grummelte Asungo. »Aberr wo sollen wirr hin? Im Osten steht derr Krrieg bevorr, im Norrden laufen wirr dem Bösen dirrekt in die Arrme, im Süden befindet sich das ebenfalls verrfeindete Finsterrstein und im Westen warrtet die Wüste Grrebold nur darrauf, dass wir verdurrsten«, fügte Asungo hinzu.

Überraschenderweise meldete sich Wandak zu Wort. »Geht über den Dornenweg. Der führt euch auf direktem Wege nach Lima. Dann geht ihr in den Berg Nagur, die Kobolde werden euch Unterschlupf gewähren.«

»Derr Dorrnenweg? Derr Sklavenweg meint Ihrr wohl eherr«, brummte Asungo und seine Augen blitzten auf.

»Berg Nagur ist der weit entfernteste Ort von dem Krieg und der Dornenweg ist von aussen nicht zu erreichen«, sagte Handor ruhig.

»Seid Ihrr euch da sicherr?, fragte das Oberhaupt an Handor gerichtet.

»Tados hat lange genug unter uns gelebt. Er weiss, dass wir nach Maskara gehen müssen, weil dort die Waffe versteckt ist, die Jimmi finden soll. Er wird seine Streitkräfte nach Maskara schicken. Den Dornenweg wird er ignorieren«, antwortete Handor gelassen.

Asungo wirkte immer noch nicht überzeugt.

»Ich bitte Euch, Sirr«, begann Gabamanga knurrend. »Wie Handorr schon gesagt hat, gegen diese Strreitmacht sind wirr hoffnungslos unterrlegen. Führrt unserr Volk in Sicherrheit. Wenn wirr mit unserrem Vorrhaben scheiterrn, werrdet Ihrr noch frrüh genug zum Kämpfen kommen.«

Dies war wohl der endgültige Knackpunkt. Asungo sah es ein, obschon er mehrfach betonte, dass ihm das Weglaufen nicht besonders behage, doch die Sicherheit seines Volkes hatte Vorrang.

Nach einem kleinen, kargen Mahl, das sie in seinem Haus zu sich nahmen, stieg Asungo wieder auf die Terrasse. Er blies in ein grosses Horn hinein und als Jimmi nach unten guckte, sah er, wie das Oberhaupt nach wenigen Minuten die gesamte Aufmerksamkeit seines Volkes erobert hatte.

In einer halbstündigen Rede verkündete das Oberhaupt der Werwölfe, dass sie ihre Zelte abbrechen und nach Berg Nagur gehen würden.

Jimmi war überrascht, dass das Volk nicht unruhig wurde. Tatsächlich machte das Volk während dieser halben Stunde keine Anstalten, auch nur eine einzige Frage zu stellen. Wahrscheinlich war sich dieses Volk der Gefahr doch mehr bewusst, als ihr Anführer. Asungo hatte es ihnen auch sehr deutlich erklärt und der Menge klargemacht, dass es Zeit war, die Zelte abzubrechen.

»In 12 Stunden brrechen wirr auf, bitte berreitet euch auf den langen Marrsch vor«, beendete Asungo seine Rede.

Das Dorf war augenblicklich in Aufruhr. Überall wo man hinschaute packten die Werwölfe ihre sieben Sachen zusammen. Jimmi schlenderte durch die Zelte hindurch zurück und erblickte Gabamanga vor seinem Zelt sitzend. Nachdenklich und betrübt blickte er sich die chaotischen Szenen an. Jimmi setzte sich neben den Werwolf hin.

»Es tut mir so leid Gabamanga«, murmelte Jimmi mit einem Seitenblick auf den Werwolf.

»Muss es nicht, Jimmi«, brummte dieser zurück und holte eine kleine Pfeife hervor. Er zitterte ein wenig, als er diese entzündete.

»Mein Volk wirrd auch dieses Elend überrleben, so wie wirr es schon immerr getan haben«, brummte er und blies kleine Rauchringe aus seinem Mund.

226

»Wenn ich nicht wäre, hättet ihr diese Probleme nicht«, bemerkte Jimmi etwas kleinlaut.

Gabamanga drehte sich zu ihm um. Auf seinem furchterregenden Gesicht machte sich ein mildes Lächeln breit.

»Du bist unserre Zukunft, Jimmi. Meine Hoffnung auf ein besserres Leben warr noch nie so starrk wie jetzt«, sagte der Werwolf.

»Trotzdem«, seufzte Jimmi bedrückt.

»Hörr zu Jimmi. Fürr mein Volk gibt es in diesem Wald keine Hoffnung mehrr. Sie werrden die Rreise überrleben und wirr kümmerrn uns um unserre Mission. Es wirrd schon gut kommen«, antwortete Gabamanga mit bestimmter Stimme.

# Auf ein Wiedersehen

12 Stunden waren vergangen und Krokendar glich einem verlassenen Zeltlager. Der Boden war braun, matschig und niedergetrampelt. Das Werwolf-Volk war bereits seit einer halben Stunde losgezogen und die Gruppe sass beim noch einzigen stehenden Zelt, dem von Gabamanga.

Handor hatte sich dazu entschlossen, eine Stunde nach den Werwölfen weiterzuziehen. Wieder einmal bereiteten sie sich auf einen langen Marsch vor, doch Jimmi wusste, dass es nun auf die entscheidenden Tage zuging.

Der Plan war es, dass die Gruppe in zwei Tagen zu der Wachstadt gelangte und sich anschliessend in die Schlucht der Elfen, nach Maskara begab.

Jimmi freute sich auf Maskara. All die Erzählungen von Handor, endlich würde er es mit eigenen Augen sehen können.

Ein Gedanke schoss ihm dabei immer wieder durch den Kopf. Er würde in die Heimatstadt seiner Mutter gelangen. Zu diesem Thema machte er sich die meisten Gedanken. Wo hatte sie in ihrer Kindheit gelebt? Hatte er vielleicht sogar noch Verwandte dort? Wie würden ihn die Bewohner begrüssen?

Trotz all den schönen Gedanken machte sich in Jimmi auch eine riesige Nervosität breit. Der Zeitpunkt schien nun endgültig gekommen. Nun wird er seine besonderen Fähigkeiten zeigen müssen. Die Waffe wartete in Maskara und die Zeit lief ihnen davon.

»Schön, gehen wir«, murmelte Handor als die Zeit gekommen war und stand auf.

Das erste Mal auf ihrer langen Reise werden sie nun mit der traurigen Gewissheit den Weg auf sich nehmen müssen, dass der weisse Ritter tot ist. Jimmi betrauerte dies komischerweise ein wenig, obwohl er wusste, dass sie nie wirklich mit dem weissen Ritter gereist waren.

Die Gruppe liess Krokendar schnell hinter sich. Sie begaben sich nun auf einen schmalen Weg, der aus dem Karamangawald hinausführen würde. Handor meinte, dass sie nun so oder so mit offenen Karten spielen würden und sich den Weg durch das Dickicht ersparen konnten.

Der normale Weg machte die Reise um einiges einfacher. Sie mussten nicht mehr durch dichtes Gestrüpp, stechenden Dornen oder zwischen dicken Bäumen hindurch gehen. Der Wald erschien zunehmend freundlicher zu werden. Die Sonne drang hier und da durch und Jimmi hörte sogar etwas Vogelgezwitscher.

Der Weg windete sich, er war kurvenreich und ging stets etwas abwärts.

Gabamanga war über die ganze Zeit mucksmäuschenstill geblieben. Wandak nervte sie unterdessen mit seinen Sprüchen, die er immer dann hervorholte, wenn ihm langweilig wurde.

»Ich habe immer schon vermutet, dass dieser Typ nicht ganz stubenrein ist«, verkündete er mit selbstsicherer Miene und geschulterter Keule. Mit dem Typ meinte er Sir Larzeron.

»Was du nicht alles schon vermutet hast«, knurrte Rombo von der Spitze des Zuges aus.

»Vielleicht sollten wir dir ein wenig von deinem Fell abziehen. Nur um zu sehen, ob du nicht auch so ein Verrückter bist«, antwortete Wandak herausfordernd.

»Komm doch her du stinkender Kobold«, knurrte Rombo und warf einen erzürnten Blick nach hinten.

»Ihr könnt beide die Klappe halten«, unterbrach Bella das Streitgespräch. »Wir sind bei der Weggabelung angelangt«, fügte sie hinzu.

Jimmi warf einen Blick nach vorne. Tatsächlich trennte sich der Weg in zwei verschieden Pfade. Einer führte noch weiter in den Südosten, der andere drehte nach rechts in Richtung Südwesten.

»Gut, wir ziehen uns ein wenig ins Dickicht zurück und schlagen unser Lager auf«, sagte Handor mit einem Blick in den weiten Wald hinein.

Noch gut zehn Minuten durchstreiften sie den Wald, bis sie schliesslich zu einer kleinen Lichtung kamen, auf die die letzten Sonnenstrahlen des Tages fielen. Bereits in Krokendar hatten sie sich darauf geeinigt, dass sie bei der Weggabelung ihr Nachtlager errichten würden.

Für Jimmi war es zu einer alltäglichen Prozedur geworden. Inzwischen wusste er genau, wo der weichste Punkt auf dem Boden war, um sich schlafen zu legen oder wie er den Untergrund mit Blättern noch bequemer einrichten konnte.

Beim Abendessen, was aus Brot und Nüssen von Krokendar bestand, redeten sie nicht viel. Die Stimmung war ernst und die Anspannung spürbar. Morgen würden sie nach über zwei Wochen den grossen Karamangawald hinter sich lassen und sich in Handors Heimat begeben.

Jimmi war froh, dass sie den gefürchteten Wald hinter sich lassen konnten. Die Dunkelheit hatte ihm zu schaffen gemacht und Spuren hinterlassen. Er hatte einiges an Körpergewicht verloren und da Jimmi sonst schon von magerer Erscheinung war, wirkte sich das negativ auf seine Kräfte aus.

Jimmi war sich bewusst, dass dies nicht nur an der mangelnden Ernährung lag. Seine Psyche hatte ebenfalls sehr gelitten. Die Wahrheit über den weissen Ritter und die Folter in den Verliesen von Mortenstein machten ihm schwer zu schaffen.

Gamba hielt ihm die abendliche Medizin hin, die Jimmi gegen seine Schmerzen bekam. Er hätte sich am liebsten ein wenig Mohnblumensaft spritzen lassen, doch Bella war entschieden dagegen. Sie hatte ihn daran erinnert, dass der Mohnblumensaft abhängig machte. So erhielt Jimmi eine Salbe aus natürlichen Kräutern, die er auf die Wunden streichen konnte und die die Schmerzen etwas linderten.

»Woher hast du das gerissene Kerlchen?«, fragte Bella an Jimmi gewandt, während sie Gamba beobachtete, wie er Jimmi die Salbe hinhielt.

»Von dem Dorfmarkt in Xandera«, murmelte er an Bella gerichtet. »Mein Vater war dagegen aber ich habe ihn so lange bearb…«

»Oh nein, das gibt's nicht!«, fuhr ihm Bella zischend dazwischen.

Jimmi blickte sie verwirrt an. Die Hexe hatte ihre Augen auf ein besonders dichtes Gebüsch gerichtet.

»Was hat sie denn jetzt schon wieder?«, knurrte Wandak mit missmutiger Stimme.

»Sei still du dämlicher Kobold, ich glaube im Gebüsch ist eine Waldziege!«, knurrte Bella mit konzentriertem Blick auf das Dickicht.

Ohne zu fragen griff sich die Hexe die Armbrust von Jimmi, die er achtlos neben sich abgestellt hatte. Bella legte einen Pfeil ein und zielte auf das Gebüsch.

Jimmi musterte das Dickicht, auf das es die Hexe abgesehen hatte. So genau er auch hinschaute, er konnte keine Waldziege erkennen.

Belona trat mit äusserster Vorsicht näher an das Gebüsch heran und hielt inne. Die Gruppe beobachtete gespannt, wie die Hexe auf die Büsche zielte.

Sie atmete einmal tief ein und schon drückte sie ab. Der Pfeil schoss zischend in das Gebüsch hinein und Jimmi hörte ein dumpfes »Määää«.

Belona warf Jimmi die Armbrust hin und lief schnurstracks auf die Gebüsche zu.

Erstaunt beobachtete die Gruppe wie die Hexe eine waldbraune Ziege hinter den Büschen hervorschleppte und sie keuchend vor ihnen ablegte. Die Hexe grinste mit zufriedener Miene.

»Ziemlich zielsicher«, brummte Rombo anerkennend, als er den Pfeil aus dem Hals der Ziege zog.

»Danke«, antwortete Belona und schenkte dem Bären ein Lächeln.

»Jaaa, die trifft ziemlich gut«, hörten sie Wandak sagen. Seine Stimme klang etwas ängstlich und als Jimmi ihn ansah, sah er wie der Kobold sich an seinen runzeligen Hals griff und schluckte.

»Keine Angst«, grinste Bella den Kobold an. »Dich würde ich mit dem hier erledigen«, fügte sie hinzu und zog ihre Sichel hervor.

Die Gruppe lachte, als sie Wandaks ängstliche Miene sahen. Die Hexe machte dem Kobold tatsächlich etwas zu schaffen.

»Tja, tut mir leid Freunde, ich brauche das Nebennierenmark frisch. Das wird etwas stinken.«

Ohne auf eine Antwort zu warten rammte die Hexe der Waldziege ihre Sichel in den Bauch und schlitzte sie auf.

Jimmi wandte sich ab. Er hatte in den letzten Tag genügend Blut gesehen.

Handor entzündete seine Pfeife und Wandak, Gabamanga und Rombo taten es ihm gleich. Es war eine schöne Szenerie. Das rötliche Glühen in der rasch hereinbrechenden Dunkelheit gab Jimmi ein Gefühl, als wäre dies ein friedlicher Ort, an dem einige Freunde sich zu einem gemeinsamen Lagerfeuer getroffen hätten.

Als die Nacht schliesslich vollends über dem grossen Karamangawald hereingebrochen war, legten sie sich hin. Die Wache übernahmen Rombo und Gabamanga.

Bella hatte unterdessen ihre Waldziege vollends ausgeschlachtet. Jimmi lag bereits in seinem Bett aus Blättern und hörte ihr noch eine ganze Weile dabei zu, wie sie die Ziege noch in mundgerechte Stücke zerteilte. Danach versank er in einen traumlosen Schlaf.

Am nächsten Morgen war Jimmi der Letzte, der erwachte. Die Gruppe sass bereits im Kreis und verpflegte sich für die Reise zur Wachstadt.

Jimmi gesellte sich mit einem dumpfen »Morgen« dazu und gönnte sich ein wenig altbackenes Brot. Gamba kam von einem Baum heruntergeklettert und ass ebenfalls ein wenig von dem Brot, das Jimmi ihm reichte.

»Du warst ruhig in dieser Nacht«, murmelte Rombo an Jimmi gewandt. »Keine Träume von irgendwelchen Totenköpfen?«, fügte er fragend hinzu.

»Nein, nichts dergleichen«, antwortete Jimmi als er seinen Bissen heruntergeschluckt hatte und sich versuchte an einen Traum zu erinnern.

»Apropos Träume…«, bemerkte Wandak mit einem kritischen Blick auf Bella. Die Hexe bemerkte seinen Blick und nickte verständnisvoll mit dem Kopf. Jimmi schaute mit verwirrtem Blick den Kobold an.

»Sie sagte doch, sie kenne ein Mittel, das dir diese Träume vom Hals schafft«, knurrte Wandak mit wenig überzeugter Stimme.

»Ich habe nicht alle Zutaten und Vollmond ist noch einige Tage hin. Ich kann ihn heute nicht von diesen Träumen befreien.«

Die Hexe sagte dies in einem entschuldigenden Ton, der sehr ehrlich klang.

»Na dann warten wir eben«, grummelte Wandak missmutig. »Nehmen wir uns die Zeit und suchen das Zeugs so lange wir noch im Wald sind, Handor. Das wäre eine Sorge weniger für den Jungen!«

»Heute werde ich euch verlassen«, antworte ihm Bella mit einem etwas komischen Lächeln.

»Was?«, fragte Wandak und blickte die Hexe verdutzt an.

»Hast du es vergessen? Es ist abgemacht, dass ich in meine Heimat zurückkehre. Ich habe das Nebennierenmark und ... tja ...«, sagte Bella etwas bedrückt.

»Wir kümmern uns später um Jimmis Träume«, warf Handor ein und beendete das Thema.

Jimmi hatte es nicht vergessen. Er hatte bereits vermutet, dass Bella an der Weggabelung den Weg nach Südwesten einschlagen würde.

Jimmi hatte ein dumpfes Gefühl dabei, wenn er daran dachte, dass die Hexe sie heute verlassen wird. Er machte sich keine Sorgen darüber, dass ihr etwas zustoßen würde, sie war taff genug den Weg alleine auf sich zu nehmen. Trotzdem war es ein komisches Gefühl, das durch Jimmis Magengegend wanderte.

»Na du wirst mich auf keinen Fall vermissen!«, sagte Bella grinsend an Wandak gerichtet. Der Kobold widersprach dem nicht.

Das Frühstück war eingenommen und die Gruppe machte sich auf den Weg zurück zu der Weggabelung.

Jimmi warf der Hexe immer wieder verstohlene Blicke zu und das Gefühl in der Magengegend wurde immer stärker. Jimmi wollte ihr am liebsten sagen, dass sie nicht gehen solle, doch dafür hatte er zu wenig Mut und seine Stimme versagte immer wieder und so liess er es bleiben.

An der Weggabelung angekommen hielten sie inne.

»Tja, machen wir es kurz«, sagte Bella mit einem Blick in die Runde.

Erst ging sie zu Handor hin und umarmte ihn. Dann ging sie weiter zu Gabamanga und Rombo und umarmte die beiden ebenfalls. Danach streichelte sie Gamba kurz über den Kopf und sie gab sogar Wandak einen höflichen Händedruck, den der Kobold auch erwiderte.

Dann kam sie auf Jimmi zugelaufen. Jimmi schluckte ein wenig, als sie näher kam. In seinem Kopf herrschte ein Stimmengewirr. Bella umarmte Jimmi nicht, sie blieb direkt vor ihm stehen. Jimmi wollte ihr ins Gesicht blicken, doch irgendwie schaffte er es nicht und so war sein Blick auf einen Baum gerichtet, der hinter Bella stand.

»Du bist die Hoffnung von uns allen, Jimmi. Es schmerzt mich ein wenig, dass ich dich nun verlassen muss, ich würde dich gerne weiterhin begleiten«, sagte Bella in einem sehr feinfühligen Tonfall.

*Dann bleib doch!*

Jimmis Augen schnellten zu dem Gesicht der Hexe. Er betrachtete ihre hübschen, mandelförmigen Augen.

Dann umarmte ihn die Hexe. Länger als die anderen. Schliesslich gab sie ihm einen kleinen Kuss auf die Wangen, was Jimmi fast ohnmächtig werden liess.

»Auf ein Wiedersehen«, stammelte er bedrückt.

»Einstweilen«, lächelte sie Jimmi an, wandte sich ab und ging ohne ein weiteres Wort zu sagen auf den südwestlichen Weg, der sie in ihre Heimat zurückbringen wird. Die Krähe flog über der Hexe her.

»Einstweilen…«, murmelte Jimmi leise und blickte ihr nach, bis ihre Silhouette in den Bäumen des grossen Karamangawaldes verschwunden war.

# Trügerische Stille

Noch gut zwei Stunden wanderte die Gruppe dem Waldweg entlang. Während diesen zwei Stunden musste sich Jimmi einen endlos langen Psalm von Wandak anhören. Dem Kobold und auch allen anderen war nicht entgangen, wie sich Bella und Jimmi voneinander verabschiedet hatten.

»Hexen sind hinterlistig und gemein … sie zerstückeln dich im Schlaf … wir befinden uns im Krieg, da sind Liebesgeschichten nicht förderlich … du wirst nur bitterböse enttäuscht …«

So ging das über die gesamten zwei Stunden weiter, bis Rombo genug hatte und eingriff.

»Lass den jungen Leuten ihren Spass, Mann! Vielleicht ist bald keine Zeit mehr dafür und ausserdem sind nicht alle

Wesen so gefühlslos karg wie ihr kleinen Gnome in eurem Berg drinnen!«, schnauzte der Bär, Wandak an.

Dies lenkte Wandak natürlich vom Thema ab und die beiden Streithähne gerieten sich wieder einmal in die Haare.

Jimmi hatte dem Kobold so oder so nicht zugehört. Seine Gedanken waren über die gesamten zwei Stunden bei der Verabschiedung und bei der Hoffnung Bella wiederzusehen.

Gabamanga und Handor hatten sich aus dem Thema rausgehalten. Es schien sie nicht weiter zu interessieren oder wenigstens taten sie so.

»Genug mit derr Zankerrei. Wirr sind an derr Waldgrrenze«, bemerkte Gabamanga. Rombo und Wandak hörten augenblicklich auf zu streiten.

Jimmi blickte nach vorne und spähte durch die letzten Bäume des grossen Karamangawaldes hindurch. Es blendete ihn und er musste erst einige Male blinzeln, ehe er richtig sehen konnte.

»Uh, oh«, entfuhr es Jimmi, als er auf eine farbenfrohe, blühende Landschaft blickte. Die Gruppe hatte es geschafft. Sie hatten den grossen Karamangawald hinter sich gelassen.

Jimmi atmete tief durch und seit zwei langen Wochen atmete er wieder richtig frische Luft ein. Vor ihnen lag eine weite Ebene, die nicht vergleichbar war mit den kargen Landschaften bei Bärenstadt. Das Klima war warm, obwohl es Winter war. Mindestens zwanzig Grad. Ein warmer Wind durchstreifte das giftgrüne Gras und Pflanzen in allen Farben blühten munter vor sich hin. Kleine Flüsse flossen gemächlich Richtung Westen und das Zwitschern, Zischen und Gequake liess diese Landschaft zum Leben erwecken.

Jimmi liess sich ins Grass fallen. Eine Wärme durchkroch seinen Körper, der seinen Geist wieder zum Leben erwachen liess. Es war nicht mehr diese stickige Wärme aus dem Karamangawald, es war eine herzliche, wohltuende Wärme.

Die Gruppe gönnte sich eine zehnminütige Pause, in der sie kein einziges Wort miteinander sprachen, sondern einfach nur die wohltuende Wärme genossen. Danach packten sie ihre Sachen und gingen mit einer viel besseren Laune weiter. Das einzige was hier fehlte, waren Berge. Die Ebene war flach und Handor mahnte sie, dass sie sich beeilen sollten, da sie nirgendwo eine sichere Deckung zu ihrem Schutz hätten.

Mehrere Stunden durchquerten sie die schöne Landschaft. Sie tranken frisches Wasser aus den Bächen und assen saftige Erdbeeren, die hier in Scharen wuchsen.

»Erwartet man uns in Maskara, Handor?«, wollte Rombo neugierig von dem Elfen wissen, während sie gerade einem kleinen Fluss folgten, der gemächlich vor sich hin plätscherte.

»Ich wurde geschickt um Jimmi in meine Heimat zu bringen. Sie wissen, dass wir kommen.«

»Sind wir denn auch erwünscht?«, wollte Wandak wissen und seine Stimme klang etwas zweifelnd.

»Wenn ihr euch anständig benehmt schon, ja«, antwortete Handor und seit Tagen konnte Jimmi bei ihm wieder einmal ein Lächeln erkennen.

»Wie sieht derr Plan aus, wenn wirr in Maskarra eingtrroffen sind?«, wollte Gabamanga wissen. In seiner Stimme lag etwas Zwanghaftes, das Jimmi etwas komisch fand.

»Wir werden uns eine Nacht ausruhen, danach gehen wir gemeinsam auf die Suche nach der Waffe«, bemerkte Handor gelassen. »Maskara ist gross und wir sollten uns beeilen, wenn wir dort sind«, fügte er hinzu.

»Ich würde gerne die Stadt ein wenig erkunden«, murmelte Jimmi etwas bedrückt.

Dies war tatsächlich ein Wunsch den er verspürte. Die grosse Stadt, Nagur und Berg Nagur, Bärenstadt und Krokendar. Alles hatte er bisher gesehen und auf die eine oder andere Art war er begeistert von den Städten, doch auf Maskara war er am meisten gespannt. Es ist die Elfenstadt, von der Handor wunderbare Dinge erzählt hatte, es ist die Heimatstadt von seiner Mutter.

»Ein verständnisvoller Wunsch Jimmi, doch ich fürchte die Mission geht vor«, antwortete Handor gelassen. »Ich hoffe dir werden noch Jahre bleiben um Maskara zu erkunden«, murmelte der Elf mehr zu sich selbst als zu Jimmi.

Ein flammendes, rötliches Licht am Himmel sagte ihnen, dass es schon bald eindunkeln würde.

Die Gruppe hatte auf ihrem Weg ein wenig getrödelt und Handor entschloss sich, trotz der Eile die sie hatten, dazu, sich ein wenig hinzulegen und erst im Morgengrauen weiterzuziehen.

Während sich Jimmi für die Nacht einrichtete, durchstiess ihn ein Gedanke, den er verwirrend fand. Er blickte sich um und erkannte Handor einige Meter von sich entfernt im Gras sitzend.

Jimmi stand auf, ging zu ihm hinüber und setzte sich neben den Elfen hin, der tief in Gedanken versunken schien.

»Darf ich dich etwas fragen, Handor?«, murmelte Jimmi etwas leise, doch der Elf hatte ihn gehört und drehte sein Gesicht zu ihm herüber.

»Wieso ist diese Landschaft hier unbewohnt?«

Jimmi liess seinen Blick über die rötlich schimmernde Landschaft schweifen. »Hier bräuchte das Volk von Xandera nicht zu hungern, oder die Werwölfe, die in grosser Armut leben. Ich meine dieser Ort ist keinen Tagesmarsch von den Werwölfen entfernt und trotzdem wohnen sie in diesem stickigen Wald«, fügte er hinzu.

Handors Miene verzog sich zu einem leichten Lächeln. »Es gibt mehrere Gründe, Jimmi«, begann Handor und gönnte sich einige Schlucke aus seiner Wasserflasche. Als er sich den Mund mit seinem Handrücken abgewischt hatte fuhr er fort: »Die Welt ist in einem Stadium der Unkenntnis, des Aberglaubens und der Furcht. Dies ist ein grosser Faktor. Die Werwölfe lieben den Wald und wenn er noch so verseucht vom Bösen ist. Du hast Asungo gehört. Es passte ihm überhaupt nicht, als wir ihm rieten ihre Heimat aufzugeben. Für die Werwölfe ist eine Heimat ausserhalb des Waldes unvorstellbar und Asungo hat nur eingewilligt, weil ihm das Wohl seines Volkes wichtiger war.«

»Schön und gut, und weshalb leben sie dann in dieser Armut, wenn es in der Nähe so viel Nahrung gibt?«, wollte Jimmi stutzig wissen.

»Der Aberglaube und die Furcht, Jimmi«, antwortete Handor und entzündete seine Pfeife. »Die Werwölfe ernähren sich von dem was ihnen der Wald hergibt. Sicher hast du bemerkt, dass dies sehr wenig ist?!«

»Ja«, murmelte Jimmi verdrossen.

»Na schön, was ist wenn ich dir sage, dass die Beeren und Früchte auf dieser Ebene verflucht sind und sie dir Unglück bringen?«

»Würde ich es dir nicht glauben«, grinste Jimmi den Elfen an.

»Schön, was ist wenn dir das jemand von der Geburt an einpflanzt und vermittelt?« fragte Handor weiter.

»Dann würde ich diese Leckereien wohl kaum essen«, musste Jimmi zugeben. In der Schule hatte man ihm manch einen Schwachsinn beigebracht, den er immer geglaubt hatte, bis er auf diese Reise aufgebrochen war.

»Na also und ich denke das wurde den Werwölfen so beigebracht. Aus welchem Grund auch immer.«

»Und was macht dann der Typ da drüben?«, wollte Jimmi wissen und konnte sich ein Schmunzeln nicht verkneifen.

In einigen Metern Entfernung sass Gabamanga neben einem Erdbeerenstrauch und schlug sich den Bauch mit den Früchten voll.

Handor lachte kurz auf. »Hast du keine Angst, dass du daran stirbst, Gabamanga?«, rief Handor in die Richtung des Werwolfes. Dieser drehte sich verdutzt um.

»Weshalb sollte ich das?«, knurrte er.

»Nicht der Rede wert«, sagte Handor vergnügt und fügte hinzu: »Die Beeren wirst du bezahlen müssen!«

Gabamanga grunzte. »Zieh es von meinem Goldanteil ab, den du uns schuldest!«

Jimmi verstand kein Wort und blickte Handor fragend an.

»Dieses Land gehört zum Gebiet von Maskara«, erklärte er Jimmi kurz und bündig, doch mit einem etwas seltsam entschuldigenden Unterton.

Jimmi runzelte die Stirn. »Wie wär`s mit teilen?« fragte er Handor. Jimmi hatte immer gedacht, dass die Elfen hilfsbereit wären.

»Dies liegt nicht in meiner Macht, Jimmi«, antwortete Handor und kehrte dabei zu seinem ernsten Tonfall zurück. »Ich würde es sehr begrüssen, doch ich bin nicht befugt so etwas anzustreben, geschweige denn durchzusetzen.«

Jimmi wandte sich ab. Es war für ihn einfach unverständlich und ein Unding. Keinen Tagesmarsch entfernt hungerte ein ganzes Volk, während sich die Elfen über Überfluss erfreuen konnten.

»Hör auf dir darüber Gedanken zu machen«, hörte er Handor hinter seinem Rücken sagen. »Die Welt ist einfach noch nicht bereit für Gerechtigkeit. Mit unserer Mission sind wir daran dies zu ändern und die Völker zusammenzuführen, doch im Moment kannst du und auch ich gegen das alles einfach nichts tun!«

Handor hatte es ihm in einem sehr bestimmten und abschliessenden Ton gesagt. Jimmi konnte sich keine Gedanken mehr darüber machen, denn Handor verkündetet ihnen nun wie es für sie weiterging.

»Wir laufen im Morgengrauen los. Wir werden die Wachstadt am frühen Nachmittag erreichen. Dann warten wir bis zu
der Abenddämmerung. Wir durchqueren die Schlucht nach
Maskara in der Nacht, dann sind wir nicht so auffällig. Noch
Fragen? Nein? Dann ab ins Bett, ich übernehme die erste Wache.

# Das Feuer der Nacht

Die Landschaft erwachte in demselben rötlichen Ton, den sie auch schon beim Eindunkeln erlebt hatten.

Die Gruppe war schon seit einiger Zeit auf den Beinen und hatte sehr gute Laune. Wandak verkam zu einem kleinen Kind wann es ihm gut ging. Erstaunlicherweise steckte er mit seinem dämlichen Gehabe sogar den Bären an, der bei jedem seiner Witze lauthals losröhrte und sich nur schwer wieder beruhigen konnte. Die Landschaft war nach wie vor sehr grün und sehr gut bewachsen. Es schien eine unsichtbare Magie darüber zu schweben, die ihnen diese gute Laune verschaffte.

Handor geriet einige Minuten ins Schwärmen, als er von seiner Heimatstadt erzählte. Jimmi kannte dies schon, dennoch hörte er dem Elf auch beim wiederholten Male sehr gerne zu.

Handor versicherte ihnen, dass man vom Rand der Schlucht sogar das Meer erkennen konnte, obschon es kilometerweit entfernt sei.

Nach einer weiteren, ereignislosen Stunde breitete sich auf Handors Gesicht ein leichtes Lächeln aus.

»Da vorne ist die Wachstadt. Wir sind so nah an unserem Ziel, wie nie zuvor«, sagte er und er konnte seinen stolzen Unterton kaum verbergen.

Die Gruppe erblickte die Wachstadt. Es war eher ein Dorf als eine Stadt, denn Jimmi zählte gerade einmal zehn Häuser.

»Sind dort schon Elfen?«, wollte Wandak mit neugieriger Miene von Handor wissen.

»Nein, in der Stadt haben niemals Elfen gelebt. Früher war sie sehr beliebt bei Gnomen, die eine Arbeit brauchten. Dies änderte sich, als sich die Gnome dazu entschieden haben in den Untergrund zu verschwinden, oder in den Westen zu ziehen«, antwortete Handor.

»Die Gnome wachten überr das Gebiet und schlugen Alarrm, wenn sich ein Feind näherrte, nehme ich mal an«, sagte Gabamanga weise.

»Das stimmt. Sie erhielten freien Zugriff auf die Felder, was ihnen Nahrung verschaffte und sie bekamen die Häuser als Wohnung. Es war sowohl für die Elfen, als auch für die Gnome ein gutes Geschäft«, erklärte Handor munter.

Die Gruppe kam den Häusern immer näher und schon bald standen sie vor der Wachstadt. Die Stadt schien gut erhalten und was Jimmi am meisten verwunderte, noch in einem tadellosen Zustand zu sein. Die Häuser erstrahlten in einem fast grellen Weiss und die Gärten blühten prächtig.

Handor führte sie zu einem Haus in der Mitte. Der Elf zückte einen kleinen goldenen Schlüssel aus seiner Tasche hervor und schloss damit die Türe auf. Geräuschlos schwang sie nach innen auf.

Handor entzündete mehrere Kerzen und Rombo schwang die Balken der Fenster nach aussen. Jetzt erkannte Jimmi, dass das Haus gemütlich und äusserst edel eingerichtet war.

Der Boden war aus edlem Parkett gefertigt. Es sah aus, als hätte es jemand erst gestern gebohnert. Die Wände waren allesamt in perlweiss gehalten und mit Bildern aus der Umgebung geschmückt. Der Tisch war ein wahres Meisterwerk. Er war aus Holz gefertigt und enthielt auf der Oberfläche mehrere in das Holz eingearbeitete Schnitzereien. Meist zierten Bäume oder Flüsse den Tisch, doch Jimmi erkannte auch die unverkennbare Silhouette einiger Elfen.

Gläser, Teller und Besteck waren fein säuberlich an ihren Plätzen abgestellt und natürlich waren sie aus purem Silber gefertigt. Ein grosser Herd und edle Töpfe rundeten die Szenerie im Erdgeschoss ab.

Im zweiten Stock lagen die Schlafzimmer mit ihren Betten. Jimmi stöhnte gierig auf, als er die weich aussehenden und gut duftenden Zimmer betrachtete. Seit Bärenstadt hatte er nicht mehr in einem gemütlichen Bett geschlafen.

Es war Mittag und die Gruppe hatte sich eine ausgiebige Mahlzeit gegönnt. Handor hatte einige Kleinigkeiten aus der Speisekammer geholt. Die Kleinigkeiten bestanden aus Dörrfrüchten, Käse, Schinken, Obst und Gemüse. Als abschliessende Krönung holte Handor einige Tafeln Schokolode aus der Kammer hervor und sie genossen diese Köstlichkeit, als hätten sie noch nie zuvor Schokolade probiert.

In sechs Stunden wird die Gruppe endgültig den Weg nach Maskara auf sich nehmen und die Schlucht herunter zu den Elfen steigen. Jimmi hatte sich dazu entschlossen diese Stunden zu nutzen um sich eine Mütze Schlaf zu gönnen.

Unterdessen sassen Rombo, Gabamanga, Wandak und Handor am Tisch und nahmen noch gemeinsam ein Getränk zu sich. Dies war eine Gelegenheit, ein sehr ernsthaftes Thema zu besprechen, von dem Jimmi im Moment nichts mitbekommen sollte.

»Jetzt wird es ernst«, bemerkte Wandak knapp und nippte ein wenig von seinem Wurzelsaft, den er sich zubereitet hatte.

»Endlich, würde ich mal sagen«, knurrte Rombo.

Gabamanga grunzte zustimmend.

»Machen wir es immer noch so, wie wir es besprochen haben?«, fragte Rombo nachdenklich und mit bedrückter Stimme in die Runde.

Ein kurzes Schweigen trat ein.

»Ja, ich finde es nach wie vor das Beste und immerhin hat er seinen Affen bei sich, dann ist er nicht ganz alleine«, antwortete Handor schliesslich.

»Trotzdem«, brummte Rombo verdriesslich. »Den Jungen einfach so alleine in den unendlichen Wäldern von Maskara auszusetzen, finde ich sehr riskant.«

»Kommt hinzu, dass wir ihn mit diesem Schlaftrunk von der Hexe ausser Gefecht setzen müssen«, sagte Wandak zähneknirschend.

»Derr Junge hat genug gelerrnt auf derr Rreise bis hierrherr«, knurrte Gabamanga überzeugend.

»Das hat er«, bestätigte Handor mit ernster Miene. »Zusätzlich kommt noch hinzu, dass es klar in der Theorie steht. Nur Jimmi kann diese Waffe finden. Wir können es nicht und wir werden es auch nicht versuchen. Wir können ihm lediglich den Rücken freihalten, in dem wir auf die Ankunft des Bösen warten und sie dann von Jimmi ablenken.«

»Ein Glück, dass wir das erst in Krokendar besprochen haben«, murmelte Wandak nachdenklich und alle wussten, dass er an den weissen Ritter dachte.

»Tados wird damit rechnen, dass Jimmi an unserer Seite steht, dass wir ihn beschützen wollen und er wird sich uns als erstes vorknöpfen wollen«, sagte Handor.

Sie alle erkannten den überzeugten Ton in seiner Stimme und sie alle wussten auch, was dies zu bedeuten hatte.

»Im Sinne der Freiheit gebe ich mein Leben gerne hin«, sagte Wandak mit einem merkwürdig schiefen grinsen.

»Ja«, stimmten Rombo und Gabamanga gleichzeitig zu.

»Nun gut, legen wir uns auch noch einige Stunden hin. Der Weg ist nicht einfach zu begehen und schon gar nicht bei Nacht«, sagte Handor.

Jimmi lag schlafend oben in seinem Bett. Nichts ahnend von dem Plan seiner Gefährten. Die Stühle kratzten über den Boden und die Gruppe begab sich in die Schlafgemächer.

»Aufwachen«, hörte Jimmi eine Stimme sagen. Handor stand zwischen den Betten. Der Elf war bereits fertig für die Weiterreise.

Jimmi streckte sich ein wenig. Lieber würde er die Nacht noch hier verbringen und doch war er so gespannt auf Maskara, dass er sich aus dem Bett hievte und sich für die Weiterreise bereit machte. Rasch ass die Gruppe eine Kleinigkeit um sich für den Marsch zu stärken. Danach verliessen sie die Wachstadt so unspektakulär wie sie gekommen waren.

Die letzten Sonnenstrahlen verschwanden am Horizont und schon bald dunkelte es ein. Von einem Lebewesen war keine Spur zu sehen.

Die Gruppe folgte nun einem geebneten Weg und dieser Weg führte sie einen Hügel hinauf, in die Höhe.

Das rötliche Licht am Horizont war noch nicht verschwunden und Jimmi verwunderte dies ein wenig. Am Vorabend war das rötliche Licht um diese Zeit bereits verschwunden gewesen. Als er Handor darauf ansprach, sagte ihm der Elf, dass in Maskara die Sonne ein wenig später untergehen würde und dass das rötliche Licht in der Schlucht noch länger schimmerte, als auf der Ebene.

»In zehn Minuten stehen wir am höchsten Punkt der Schlucht. Dort wird uns ein Weg in die Tiefe führen«, berichtete Handor und seine Stimme hatte einen ungewohnt erregten Unterton angenommen.

Tatsächlich beschleunigte der Elf seine Schritte, sodass ihm niemand mehr folgen konnte.

Jimmi erkannte, dass die Gruppe den höchsten Punkt des Hügels in wenigen Metern erreichen würde. Handor konnten sie bereits nicht mehr sehen.

Keuchend gelangte Jimmi als erster nach oben. Seine Neugierde hatte ihn noch einmal vorangetrieben. Er blickte nach vorne und sah, dass Handor an einem Abgrund stand, doch etwas stimmte nicht.

Seine Tasche hatte Handor achtlos neben sich hingeschmissen. Bewegungslos stand der Elf da, mit hängenden Schultern und mit schlaffen Armen.

Jimmi blickte sich nach den anderen um, die gerade den Weg hinauf gestampft kamen. Sie alle erschraken ein wenig, als sie den Elfen in dieser Haltung sahen. Dies waren sie von ihm nicht gewohnt.

»Was ist los, Handor?«, wollte Rombo schnaufend wissen aber er bekam keine Antwort.

Rasch gingen sie auf Handor zu und als sie neben ihm standen, erkannten sie warum der Elf so schlaff dastand.

Das rötliche Licht kam nicht von der untergehenden Sonne. Weit in der Ferne der Schlucht erkannten sie die riesengrosse Stadt Maskara. Jimmi hatte sie sich in seiner Fantasie immer so prachtvoll und schön vorgestellt, doch das was er da sah liess all seinen Mut sinken.

Die Stadt stand in Flammen, die ganze Schlucht schien in Flammen zu stehen.

Das Böse stand vor den Toren der Stadt und schleuderte riesige Feuerbälle auf die Stadt ab.

Zehntausende Krieger jubelten und jauchzten und verlangten unerbittlich nach dem Kopf des Herrschers von Maskara. Sie brüllten und hämmerten auf ihre Rüstungen.

Jimmi und auch der Rest der Gruppe konnte den Blick nicht abwenden. Geschockt standen sie da und starrten über die Klippen hinweg zu der untergehenden Stadt hin.

Schwarze Riesen hämmerten gegen das Eingangstor und nach einigen Sekunden gab es nach.

Jimmi keuchte auf, als er beobachtete, wie tausende Feinde sich durch das offene Tor drängten.

Dags, Bonz, schwarze Riesen, brüllende Kampfaffen und eine grosse, fette und schleimige Kreatur, die Jimmi noch nie zuvor gesehen hatte schwärmten in die Stadt hinein.

Einige Sekunden vergingen, bis die Luft von schmerzerfüllten, hilflosen Schreien zerrissen wurde.

Wandak drehte sich ab und übergab sich in das Gras. Rombo schluchzte hemmungslos vor sich hin. Gabamanga blickte bitterböse und mit ratloser Miene zu der Stadt hinab.

Jimmi blickte nach rechts, in das Gesicht von Handor. Da waren keine Tränen zu sehen. Auf seinem Gesicht zeichnete sich das schiere Entsetzen ab. Der Elf sah um Jahre älter aus. Sein Glaube war zerbrochen, seine Hoffnung dahin.

Auch Jimmi fühlte sich elend. So lange hatte er sich auf diese Stadt gefreut. So lange hatte er darauf hin gearbeitet das Ziel zu erreichen. In Sekunden waren nun seine Träume dahin. Ein elendes Gefühl der Hilflosigkeit ummantelte ihn wie eine Schlange, die ihr Opfer würgte. Sein Blick in die Zukunft vernebelte ihm die Sinne, liess ihm die Übelkeit wie ein Gift durch den Körper schiessen. All die Bemühungen umsonst. Die ganze Vorfreude war innert Sekunden zerplatzt. Sein Wille war gebrochen.

Nach der ersten Bewältigung des Schocks kamen die bitterernsten Fragen, die sie alle dem Anführer der Gruppe stellten.

»Was sollen wir nun tun, Handor?«

»Gibt es einen anderen Weg?«

»Ist dies das Ende unserer Reise?«

»Wie sollen wir jetzt diese Waffe finden?«

»Bitte sag uns wo wir nun hin sollen, Handor!«

Doch in dieser Nacht und zum ersten Mal überhaupt, konnte der Elf ihre Fragen nicht beantworten.

ENDE Teil 2